HIDDEN IN MEMORY

藏在記憶中

屠火火——著

回憶讓人最難受的是，
你會忽然明白，曾有過的快樂不會回來，
深愛的那個人，卻永遠不會變成曾經。

出·版·緣·起

三百六十度全媒體出版

城邦原創創辦人　何飛鵬

當數位變革浪潮風起雲湧之際，做爲一個紙本出版人，我就開始預想會不會有數位原生內容出版社出現？如果會的話，數位原生出版會以什麼樣貌出現？而我又將如何面對這種數位原生出版行爲？

就在這個時候，我看到了大陸的起點網，這個線上創作平台，聚集了無數的寫手，形成數量龐大的創作內容，無數的素人作家在此找到了夢許之地，也成就了一個創作與閱讀的交流平台，而手機付費閱讀的習慣養成，更讓起點網成爲全世界獨一無二、有生意模式的創作閱讀平台。

基於這樣的想像，我們決定在繁體中文世界打造另一個線上創作平台，這就是ＰＯＰＯ原創網誕生的背景。

做爲一個後進者，再加上我們源自紙本出版工作者，因此我們在ＰＯＰＯ上增加了許多的新功能，除了必備的創作機制之外，專業編輯的協助必不可少，因此我們保留了實體出版的編輯角色，讓有心成爲專業作家的人，能夠得到編輯的協助，我們會觀察寫作者的內容、進度，選擇有潛力的創作者，給予意見，並在正式收費出版之前，進行最終的包裝，並適當的加入行銷概念，讓讀者能快速認識作者與作品。

這就是ＰＯＰＯ原創平台，一個集全素人創作、編輯、公開發行、閱讀、收費與互動的一條龍全數位的價值鏈。

經過這些年的實驗之後，ＰＯＰＯ已成功的培養出一些線上原創作者，也擁有部分對新生事物好奇的讀者，不過我們也看到其中的不足——我們並未提供紙本出版服務。眞實世界中，仍有許多作家用紙寫作，還有更多讀者習慣紙本閱讀，如果我們只提供線上服務，似乎仍有缺憾。

爲此我們決定拼上最後一塊全媒體出版的拼圖，爲創作者再提供紙本出版的服務，讓所有在線上創作的作家、作品，有機會用紙本媒介與讀者溝通，這是ＰＯＰＯ原創紙本出版品的由來。

如果說線上創作是無門檻的出版行爲，而紙本則有門檻的限制，線上世界寫作只要有心，就能上網、就可露出，就有人會閱讀，沒有印刷成本的門檻限制。可是回到紙本，門檻限制依舊在。因此，我們會針對ＰＯＰＯ原創網上適合紙本出版的作品，提供紙本出版的服務，我們無法讓所有線上作品都有線下紙本出版品，但我們開啓一種可能，也讓ＰＯＰＯ原創網完成了「三百六十度全媒體出版」的完整產業及閱讀鏈。

不過我們的紙本出版服務，與線下出版社仍有不同，我們提供了不同規格的紙本出版服務：（一）符合紙本出版規格的大眾出版品，門檻在三千本以上。（二）印刷規格在五百到二千本之間的試驗型出版品。（三）五百本以下，少量的限量出版品。

我們的宗旨是：「替作者圓夢，替讀者服務」，在作者與讀者之間搭起一座無障礙橋梁。

我們的信念是：「一日出版人，終生出版人」、「內容永有、書本不死、只是轉型、只是改變」。

我們更相信：知識是改變一個人、一個組織、一個社會、一個國家的起點。讓想像實現、讓創意露出、讓經驗傳承、讓知識留存。我手寫我思，我手寫我見，我手寫我知，我手寫我創，變成一本本的書，這是人類持續向前的動力。

我們永遠是「讀書花園的園丁」，不論實體或虛擬、線上或線下、紙本或數位，我們永遠在，城邦、POPO原創永遠是閱讀世界的一顆螺絲釘。

Chapter 1

親眼看見我的手按在那個不該按的東西上，它有了鮮活雄壯的自然反應，那大概是我短短十八年的人生中最想砍掉一雙好手的時候。

當我看著那個男生，而他也看著我，他的臉一瞬間爆紅，表情變得猙獰，甚至透過我那隻輕薄了他的手，可以感覺到他年輕的肉體正微微發抖。

這看來是個未經人事的好孩子啊……怎麼就讓我糟蹋了呢？

事後，小星興致勃勃地問：「所以呢，妳究竟是怎樣碰到的？」

這是一個非常不顧當事人心情的問題，就像你問狗爲什麼要叫，狗也只會繼續衝著你叫，但牠其實是想告訴你：「因爲我是狗，所以我要叫。」而我眞的不知道事情是怎麼發生的，所以你問我，我也只能說：「因爲我不是神，還眞不知道。」

換個科學的角度想好了。

首先「距離＝時間×速度」，而「速度＝距離÷時間」，又「時間＝距離÷速度」，簡單說就是一分鐘內走多遠，或是一分鐘內做多少事情——如果一切都能用數學公式是不是挺容易懂的？既然我怎樣也摸不清楚自己和那個男生的距離、速度與時間關係，那就是被OOXX了。他是被我，而我是被老天爺，挺公平的。

畢竟命運安排我們在這一刻有所交集，總是得別出心裁一些。所以我只能回答：「是命，一切都是命。」

我想應該要按照時間順序來說，那是發生在體育課的事。

兩堂很平常的體育課，平常到我記不住那兩節一百分鐘的課程究竟上了什麼，只記得小星一如往常以那自游泳課程開始以來就不曾結束過的生理期爲藉口，又一次翹掉游泳課。

根據她本人的說法是，每到游泳課她的生理期就會特別活躍，有如滔滔江水……我深知她只是不想展露她那胸懷寬廣的姣好身軀，忘了說，她的三圍數字皆是一樣的寬廣。

想來青春期的女生是很敏感的，如果不能忌口，那身材什麼的就自己藏著掖著吧，不過這也成爲她沒能親眼目睹那場面的原因，她可扼腕了。

我想不透，不過是雙方都沒怎麼經意的一個錯誤，日後怎麼就變成大家口中津津樂道的知名場面了？

再次強調，情況我眞的不記得，只能猜想推測，應該是我正要游到終點，而他正要下水，我可能太專心沒看前面，他可能才坐在池畔一邊和人聊天一邊準備下水，所以當我看到水面下出現一雙男生的腿已經來不及，我揮起的手原本應該打在池畔的終點線作爲一趟刷新個人紀錄的段落，卻硬生生打在他的下體。

應該很痛。

那一瞬間我並沒有把那雙腿和柔軟的觸感連接起來，我只是浮出水面，然後那無辜的男孩目瞪口呆地和我四目相對，我的手還攀在他泳褲的正中央。

這實在太超過理解範圍，於是我就……捏了他一把。

眞的是不由自主的，我發誓。

小星興奮的用鼻孔噴氣：「然後呢然後呢？天雷勾動地火了嗎？還是他男朋友出現捍衛他的貞操，打算跟妳拚命？」

我看著眼前這顆極品的球……挺無言的。

小星姓崔，這代表她爸爸也姓崔，而另一個爸爸姓馬，沒錯，小星有兩個爸爸，這兩個爸爸可不是將來某部同名電視劇裡的那種健康關係，這兩個爸爸就是會一起洗澡睡覺，看電影還買情侶套票的關係。

大抵因爲如此，在她內心的妄想情節中很少安排女主角，對她來說，女人是作者這超然神性的存在，亦是造成兩個男人過度頻繁使用下半身的原因，眞不知道她在家都是用什麼有色眼光看待雙親的。

我盡量將目光放遠，用想當年的語氣說：「然後小夥子抓了一路人的毛巾，蓋著雄赳赳氣昂昂的下半身，紅著臉，純情地跑走了。」

小星忽然一個福至心靈，抓起我的手緊握著，誠懇道：「晶晶，身爲我最好的朋友，妳眞是太極品了，妳一定要告訴我對方是誰。」

我這時就覺得她特別面目可憎。

所以我特慈愛地笑，反過來拍拍她的手說：「孩子，這幾天妳走在路上仔細看，哪個見了我就跑的，定是他了。」

小星忽然笑得曖曖昧昧：「那妳呢？」

我掩著嘴輕輕打了個呵欠：「我怎樣？」

她扳起指頭數給我聽：「連續兩年的游泳冠軍，合唱團主唱，英文朗讀冠軍，奧數代表選手，還每次考試都是學年第一，女生對妳是忌妒又崇拜，男生對妳是崇拜之餘還頂禮膜拜，妳那不叫校園偶像，妳都是我們學校活生生的一枚神話了，妳就不怕從明天開始大家會對這一精彩事件加油添醋，讓妳從神話降格到蠢話？」

我甩了甩長髮，曬出最美的側臉四十五度角，笑言：「既然妳知道我多麼風雲，就該了解被我非禮，男生只會說請，謝謝，沒關係。」

小星用「這人特別無恥」的眼神瞥我一眼，轉身鑽研她的BL漫畫去了。

我對她的眼神很不滿，總有一天向老師揭發她帶違禁品來學校。

那純情小夥子隔天就被曝光了，他也是高三，姓姜。

似乎是當時有個攝影社的同學正在泳池畔尋找靈感，看能不能拍張將來能登上國家地理雜誌的傑作，也可能只是在拍泳裝女高中生，總之正經目的沒達到，倒是趁亂拍下那精彩的一幕，還加緊趕工洗了出來，張貼在布告欄上供大家欣賞。

我深深覺得這位同學肯定有顆猥瑣的心。

「照得清清楚楚呢。」小星站在我旁邊說。

還好有她在，我周圍的空間挺寬敞的，她一個人可以占去兩到三個人的位置，但呼吸只有一人份的量，連空氣都新鮮不少，在這個擁擠的場合，非常難得。

我攢眉，這照片眞是不順眼：「我的右臉比較好看，要拍怎麼不站我右邊拍？」

小星原本張了嘴要說話的，忽然目光掠過我向前看去，接著同學們紛紛也跟著看去，我不願意承認學校裡有比我更聚焦的人物，所以我也看去了。

哎呀，是他。

爲了確認，我還用我那二．〇的視力在公布欄的照片和他的臉之間來回端詳，嗯，我肯定是他，挺高的一個小夥子，站在那兒挺有鶴立雞群的效果。

一顆大平頭搭配他那張宛如農夫的樸素長相，凸顯了他實屬於平凡人的氣質。

挑這款的對象非禮，就知道我當眞只是無心之過。

「苦主來了。」小星歡天喜地的跟過年一樣。

霎時間，人群鼓譟了，活躍了，大大興奮了。

那位無辜的姜同學立在校門和中堂之間，被聚集的人群給困住，表情滿頭霧水。

可憐的孩子，他一定不知道自己被找出來了，用七、八年後的新興語彙形容就是——肉搜。

「妳覺得他會不會過來？」小星萬分期待地抓住我的手，我嘴角歪了一下。

這裡必須解釋，有些胖的人，體能不佳，連跑步都會扭傷腳，那叫虛胖，小星不是，她是紮實的、實心的、練家子的，她那力氣是可以錯手殺人的，所以我的手腕快廢了。

我盡力不在眾人面前對她咆哮，笑容可掬地問：「妳可不可以放開我？」

小星眞誠地搖頭：「我怕妳跑了，那這次我就又沒法成爲當事人。」

妳本來就不可能是當事人，又不是妳ＯＯＸＸ了他。

人群圍繞著我和他，還體貼地在我們之間分出一條路，如果我們是在烽火下失散多年的戀人，接下來定是淒楚哀婉的久別重逢，可惜我們不是，只能說人性都是愛湊熱鬧的。

他試探性往前一步，後方的人群立刻吞噬他先前站的地方，他滿臉狐疑，又往前走了幾步，突然頓住，定定地盯著我，好像現在才第一次看見我似的，我堅持是我剛剛站的位置太路人，他才沒第一眼發現我，否則我面子掛不住。

我可是宋晶。

接下來他的臉從紅了到黑了，表情由理解到沉痛頓悟，都不過是一眨眼的事，眞是精采萬分。

也許是因爲他不再前進無法滿足廣大群眾看熱鬧的心理期待，有人出手推了他一把……他那個叫不動如山，還回頭凶狠地瞪了對方一眼，才邁起不情願的腳步。

小星在旁跟念經一樣，不停重複說著：「來吧來吧來吧來吧來吧。」我就想起當初《少年格列佛》也是這麼召喚絕招的，眞令人懷念。

他面有難色地走來，也不是特別想走這條路，而是人群給他規範了這條路，他不得不。

我想怎麼樣都應該安慰他一下，便甩開小星的手，上前一步。

「早安，姜同學。」我主動開口。

他沒搭理我，正看著布告欄上的東西。

我猜這是他第一次看到這麼多人聚集在布告欄前，畢竟要不是適逢上學時間，也不可能有這麼多人卡在這裡爭相目睹什麼叫一流的人做一流的性騷擾。

我用一種開解他的態度說：「其實這也沒什麼，你看，把我們拍得都挺好的，沒有翻白眼，牙齒沒卡菜渣……欸，我其實每個角度都很好看。」

基本上他比較慘，我的照片只是沒拍到正確角度，但我的左臉也是美的，頂多比右臉遜色百分之五，他卻被多拍了好幾張，尤其一張一張還追著他逃跑的勢態拍下去，鏡頭不斷捅進他有熱血反應的下半身，實在挺惡意的。

我更正，拍照的也許是個女同學……

當我還在想學校哪來的攝影社，這位一夕之間成爲目光焦點的姜同學伸手就把那張僅用一晚加工就成了圖文並茂、精彩可期的四開報導給撕下來。

我眼睜睜看著他把照片撕了又撕，撕出痛恨的情感，還把我撕成上下兩半，我火就騰騰地冒上來，他憑什麼撕我的照片！

「喂——」我的手才剛剛碰到他的肩。

「不要碰我！」他很激動地避開，好像我是正大光明的輕薄了他。

學生生活，枯燥是必然的，所以只能聊哪一班有男同學午休聚在視聽教室偷看ABCD片被逮，哪個老師趁沒人注意的時候偷拔鼻毛還以爲眞沒人注意等這類雞毛蒜皮的小事……總之，一對男女學生在大庭廣眾下發生爭執，眞是比什麼都精采，大家當然都爭著看我們。

我是不知道他如何，但是身爲一個校園風雲人物，我由衷感到人格被他嚴重抹黑了。

「我只是想要你——」

他壓根沒等我說完，就從我旁邊迅速走過。

一股淡淡的香氣飄過鼻尖，不是沐浴乳或洗髮精，應該是香水無誤。這人該不會是個騷包吧？那裝什麼純！

見。

我瞪著他，小星球狀的身體切斷了我對他背影的憤怒，我只好換成瞪她，看她有何高

沒想她就是發表了一句感想：「他本人比照片普通。」

這種朋友！

「剛剛宋晶是不是說……要他？」不知道誰說了這句，聲音還眞是不大不小，適合飄進大家耳裡，造成深沉的餘波盪漾。

我扶著額頭，苦笑：「不，我的意思是——」

「對對，我有聽到……」又有人說。

我瞪了聲音的來源一眼，最討厭別人打斷我，「我是打算要他——」

「她眞的要他耶！」

「是那個意思嗎？」

「宋晶要他耶……」

「媽媽，是宋晶親口說的，眞的。」

很好，東邊一句、西邊一句，還要報告家長，吶，這就叫眾口鑠金。

連小星都說：「晶晶，妳好前衛。」

我他媽的就是想要阻止他撕掉那張照片，上面可是有個水噹噹的人兒啊！

但我抵擋不了三人成虎的趨勢。

罷了，此地不宜久留，有空得找那位姜同學把話說清楚才行。

新任國文老師是個奇葩。

她有個非常少見的姓，姓哀，名字非常老派，叫靜女，哀靜女，聽起來就挺悲催的。據她本人的說法是取自《詩經》的「靜女其姝」那個靜女；所以我告訴她，我的名字是從〈小星星〉的歌詞「一閃一閃亮晶晶」裡取的。

她感嘆：「難怪妳和崔小星感情那麼好。」

我嘖嘖搖頭：「小星是『嘒彼小星』的小星，和老師師出同門。」

國文老師一臉狐疑。

我斟酌著該如何讓她知道身爲老師卻懷疑學生，這樣很不好，這樣會使我質疑人性，而且小星的名字確實也源自《詩經》。

「宋晶，妳會參加作文比賽吧。」沒想她的話鋒來了一個大轉彎，是如果眞在開車，乘客會大罵她王八蛋的那種。

我平衡感好，我就笑盈盈道：「當然是不會。」

「爲什麼？」她一愣，似乎沒想過會被拒絕，誤以爲自己是萬人迷是所有老師的通病，好像學生都不能拒絕他們似的，他們眞該好好反省。

但我體諒她是個新老師，不懂我的隱疾。

「想知道嗎？」我神神祕祕對她招手，她好奇地靠近，我說：「給我紙筆。」

她剜了我一眼，我沒做錯事，自是自在，她就擺出「我就看妳要幹什麼好事」的表情給了我紙筆。

我一時想不到要寫什麼，只好臨摹了教師辦公室裡貼著的標語：學習是進步的源泉，技能是謀生的基礎。

這眞是一句非常典型的廢話，透露了塡鴨式教育體系下的悲歌，師長未曾眞正關心學生，就像眼前的國文老師一樣——如果她夠關心我，就會知道我的字醜得無顏見姥姥。

但是她沒有，她拿著那張便條紙，眨眨眼笑了：「宋晶，妳字寫得好醜啊。」

我就不懂了，你說這世上有人不會吹口哨，不會彈舌，不會彈指也不會彈棉花，不會畫畫還不會看畫，我只是不會寫一手好字，値得她那麼開心嗎？

她嘆口氣：「爲什麼之前不告訴我呢？」

我佛心來著：「因爲這是個祕密，妳知道我就必須殺了妳。」

她驚訝地又問：「那現在爲什麼又跟我說？」

我那叫無奈：「如果不說的話，死的會是我。」

她竟大笑，眞是對不起她那個名字，也不知道矜持點。

我覺得她完全沒有顧及我的羞恥心，她就是要來羞辱我的，我得忍辱負重做全精彩的演出，便語氣沉重地說：「這就是我不能參加作文比賽的原因。」

她臉上那毫不賢淑的笑一斂：「不，妳還是參加吧，我已經幫妳報名了。」

那語氣還眞是沒得商量，難道不好好聽別人說話是最近的趨勢？

「反正這也不難，妳知道三年十九班的姜安武同學嗎？他是連著兩年的書法比賽冠軍，我可以請他來指導妳。」

姓ㄐㄧㄤ啊……不，不能這樣，不能看見黑影就開槍，這世上沒那麼巧的事，可是小說、漫畫裡的主角只要這樣想了，通常就輸了，通常就眞他媽的是心裡所想的那個倒楣鬼。

於是我問：「是滔滔江水的江，安安靜靜的安，跳舞的舞嗎？」

是個女孩兒吧。

國文老師正色道：「是姜太公的姜，平平安安的安，轟動武林的武。」

姜安武……那是誰？

其實我不知道那位被我OOXX的姜同學全名是什麼，搞不好叫姜小明還是姜小英什麼的，偏偏我就是有股直覺，覺得可能就是那位心思敏感的少年郎。

說起那位姜同學，後來好像挺倒楣的，也不知道是我的錯，還是他在大庭廣眾下那句「不要碰我」太嬌俏，竟莫名成了大家捉弄的對象，很多人與他擦肩而過時，都會突地摸他一下，過分些還會朝他的重點部位突襲，實在很缺德。

在他心裡肯定認爲千錯萬錯都是我的錯，我偶爾在走廊上巧遇過他幾次，他那扭頭就走的姿態，只差沒跺腳，實在嬌氣得很……

那大概是小星第七次跟我提起，她親眼見到有女生和姜同學在玩「老爺別跑，丫鬟別追」的遊戲。

我訕訕：「現在是怎樣?他紅了嗎?很受歡迎嗎?比我受歡迎嗎?」

小星說：「妳不知道越不受歡迎的越容易被欺負?《麻辣教師GTO》都這麼演的。」

我囧：「……那是我國中時的卡通。」

小星驕傲：「我爸愛看，那叫經典。」

我故意問：「哪個爸爸？」

小星睨我：「兩個都愛，而且他們還邊看邊把鬼塚和警察配對。」

……我忘記了，小星不是比我無恥，她的字典裡沒有那兩個字。

你瞧瞧，當矜持都不再是女生的美德，學校實在應該加強生活教育才對。

既然如此，作為當事人，該是我出馬的時候了。要找一個成心避著自己的人可不容易，我一路上聽到不少人把「不要碰我」這句話當口頭禪在開玩笑，演變型還有「你好壞」、「老爺別鬧」之類的，都快成本學年最流行金句了。

找到那位姜同學的時候，他正被一群男男女女包圍在校園角落，眼看即將被迫做出對不起父母師長社會的事，我就覺得虧他生了那副高大的身材，也不懂好好運用，真是個大而無當的孩子。

孩子總是需要媽的，雖然我不是他媽，卻是目前最值得他依靠的，於是我正大光明地往姜同學身前一站，非常有氣勢，聽著其他人窸窣咬耳朵：「是宋晶耶！」我感到很滿意，畢竟知名度這種東西可不是一天就能造成的。

我謙虛地說：「沒錯，我是宋晶，今天看在我的面子上，別動他吧。」我能怎麼說？陳浩南是我懵懂的初戀。

突然所有人都用「這人毛病的毛都拔光了，她有病」的眼神看我，我敢說他們都沒看過古惑仔，眞是不懂經典。

我決定說白一些：「總之，他是我罩的，以後別再讓我聽到他被人騷擾。」

多少我是有點期待會發生「妳想怎樣」、「我不想怎樣」、「跟妳沒關係妳別管」、「這件事我管定了」之類的相互叫囂，可是眾人心中沒有參加奧斯卡的願望，所以一哄而散，其實現實往往都是如此，不比電影，太不精彩紛呈，爲此我常感到寂寞。

「欸，好啦，你以後不用擔心了。」我說完，一回頭，那景象還眞是風蕭蕭兮易水寒，壯士一去不復還。

他怎麼就走了？

「喂！」

他壓根沒理我，繼續往前走。

追上去就太掉價，所以我扯開嗓門喊：「姜同學，你用不著太感謝我，同學之間舉手之勞，不值得感激。」

他終於肯回頭，我掛上笑容滿面，大方迎上他，這要是在古代，比照救了遭登徒子調戲的小姑娘的規格，他都該以身相許，痛哭流涕了。

我嘴上說不要他感激，但他如果眞想對我傾訴謝意，我也是樂於傾聽的。

沒想他狠狠刨了我一眼：「本來就是妳的錯。」

然後他就走了，徒留我一人被挖苦得不知所措。

如果我生在古代，現在就滅他滿門。

Chapter 2

在這個年代，助人是會有後遺症的。

當年高一開學的時候，不知道是誰以班級的名義申請了奇摩家族，在班上熱烈了好一段時間，版上討論區充斥著各式各樣的匿名八卦，甚至連股長忘了在班上宣布的事都會透過家族來告知，然而隨著同學之間越來越熟識，有什麼話不能當面說？尤其八卦更要聚在一起、背著當事人說才有氣氛，於是三年一班的家族版自然就漸漸荒廢閒置了，當然，另一個重要原因是MSN的興起。

因此早在史蒂夫・賈伯斯推出了紅透半邊天的蘋果智慧型手機取代智障型手機，馬克・祖克伯創立了FB取代無名小站之前，我們早就明白科技的興衰總是如此讓人感到繁華過後的淒涼。

大抵是當初申請的人不甘寂寞吧，三年一班的奇摩家族在檯面下依然默默運作，卻始終沒能提供一個讓大家激昂發揮的題材，落得冷冷清清，悽悽慘慘戚戚，可是自從我幹下當眾非禮這骯髒事，大家的小宇宙又燃燒了。

作爲家族的共同管理者，小星在第一時間告訴我八卦更新的頻率與點擊率，當我挺身幫助姜同學免於集體性騷擾的事件登上討論區頭條後，她除了惋惜自己又沒能在場，還苦勸了我一番。

「晶晶，我想妳是太不了解妳自己，妳這人呢，要外表有外表，要學識有學識，要家世也是一等一的，可是妳一開口，別人就會知道妳是個白搭美女。」

我偶爾挺虛心的：「什麼叫白搭美女？」

她倒不客氣：「白搭是好聽點的說法，難聽點就是白目，妳就是太白目。」

我覺得親口問別人自己到底哪裡白目，實在是一件很悲劇的事，所以我不問，我只好奇班級家族版上到底把我形容成什麼了。

小星對此回答得鏗鏘有力：「大抵說妳就是個剽悍黑道的人才。」

……也許將來我真的可以往這一塊發展，只要我繼續氣勢如虹下去，搞不好真能成黑道霸主了。

我眺望遠方，挺惆悵地說：「妳知道嗎？我小時候眞的很喜歡陳浩南，那程度可是到了小結巴翹辮子時，我只替她難過了一秒鐘，立刻轉爲歡天喜地，沒想到後來南哥女人那麼多，更沒想到他心底最愛的還是小結巴，眞是該死的端木若愚……」

小星猜測：「所以妳討厭死黎姿了？」

我給她一個白眼：「我的意思是古惑仔每一集電影我都看了，我就迷，不行嗎？」

小星眞誠地說：「當然可以，但妳不能在現實生活中過古惑仔的日子，會嚇壞大家，也不符合妳給大家的形象，這樣高中生活就不可能美好可期了，而且我指的不是妳的高中生活，是大家的。」

聽小星這麼捧我，我心情好多了：「這就是我肩負連續兩年來被最多人告白的重任，我不能推辭這天降大任，得維護好自己的形象，否則就是失職。」

小星又說：「最後還有一點，妳能不開口就別開口吧，美女一向是沉默是金的。」

這丫頭把嫉妒我當人生的志向，我有時會懷疑在家族上張貼第一手消息的就是她。

後來我上了家族去看，才知道小星已經是挑好聽的告訴我了，更難聽的說法是「她爸捐了錢給學校，她就以爲自己什麼事都能管」、「其實她長得也還好，我覺得三年十三班的美珍比她漂亮」、「樓上是本人吧」、「她確實摸了那男生好幾把，肯定是課業壓力太大，才太飢渴」、「乾脆下次游泳課男生都裸體讓她摸好了」……

我把留言一條一條看了，破解每一個帳號可能是誰，將來總是有機會報復的。

大抵是被惹惱得太徹底，又找不到機會發洩，以至於國文老師在走廊逮到我時，我竟顚顚地跟她走了，眞是失算。

她找了個走廊盡頭站定，要我和她一起迎向微風、迎接愛，我用冷漠的眼白表達了對此的感想。

她於是說：「宋晶，我聽說妳最近名聲很差，要不要我提供妳一個揚名立萬的機會？」

我不受誘惑，挺淡定的：「四十歲以上才能選總統，況且我也不認爲老師妳能提供我這方面的援助。」

她一副熱血衝腦的樣子：「妳就去參加作文比賽吧！妳之前的國文老師跟我說，她跟妳提過好多遍，妳就是不肯……」

「我現在也沒打算肯。」

記得曾經有個老師在課堂上提過什麼叫做美女幻滅，場景是在某大學裡，一個長相飛仙、氣質空靈、只吃空氣就能活下去的美女，被一個愛慕她的男同學從後面遠遠叫住，她回過頭，嘴角那抹笑跟言情小說女主角一樣唯美地盪開，然後操著一口流利的台灣國語問：「啊，有素喔？」

我想這應該是個公允且常見的例子，卻在我心中留下不可抹滅的記憶。

你說一個校園神話，怎麼可以有缺點？這個缺點又怎麼可以是寫了一手超級難看、超級形象崩壞的醜字？

我把這番論調告訴國文老師，沒想她卻說：「那妳就把這個缺點給校正啊，這樣一來不都無死角了嗎？老師相信妳可以做到的！」

我發誓我不是個被人灌迷湯就會飄飄然的人，我只是喜歡「無死角」這個頭銜，聽起來酷斃了。

就在我猶豫的那一兩秒之間，國文老師立刻抓緊機會又說，寫好一手字無非是靠練習，想當年王獻之還是毛頭小夥子的時候，寫了一缸的水，那就是將來成就他兒子成爲一個大書法家的基礎。我回她：那跟他兒子有啥關係？

她沒理會，自顧自地又說：「距離比賽還有一個月，妳從現在開始每天練習，還是有機會的，妳就算將來當不成王羲之第二，搞不好也能成爲張愛玲啊。」

其實我也一直覺得自己挺有寫作方面的才能，就是字醜，導至這塊處女地尚未開發而已。

於是，我就給說服了，有時候我確實挺沒原則的。

國文老師一說服我，馬上換了張嘴臉，不負責任地說：「姜同學那邊我還沒跟他提過，鑒於你們近來交流頻繁，我想妳自己去跟他說一聲就好。」

我挺無言的。

想不到還眞的是他啊。

姜安武他討厭我是師出有名的，可是我都幫了他一把，他還對我沒好臉色，他這人肯定不容易討好。

儘管如此，我依然大大方方地向他當面提了。

「姜同學，讓我們好好談談。」這是我綜合了小星的建議後，最適當的用字遣詞。

他看了我一眼，從我旁邊繞過去，好吧，我承認我眞的不懂他。

是我耶，是宋晶在跟他說話，不是別人，他這樣說走就走實在夠侮辱人的。

沒辦法，我也只能追上去，不管海陸我都是速度高手，連音速小子都是我的粉絲。

「姜同學，你這麼急著去哪裡啊？就花個幾分鐘和我說幾句話嘛。」

他加快步伐，我立刻落後，腿長還眞了不起啊。

我只好小跑步跟上：「姜同學，不如我先跟你道歉吧，那天摸了你的小……朋友，讓你當眾出糗，我眞是發自內心由衷感到很抱歉，這麼說好了，我們都是年輕氣盛的春風少年，你會有那種反應也是在所難免，都怪大家小題大作了。」

「妳不只摸！」這是一句多麼氣勢磅礡的指控，他卻像是很見不得人似地壓低聲音。

怪了，明明出手的是我，他還替我顧面子啊？

我撇開臉嘖了聲才說：「好嘛，我就捏了一下，那不至於十惡不赦吧？」

「是兩下！」他既然要說還臉紅什麼？

我狐疑：「你不能血口噴人。」

他停下腳步憤恨地瞪我。這是個好機會，我立刻笑咪咪地回望著他，打算以德報怨才有效果。

我就不信憑我的個人魅力他不會投誠，只要好好解開誤會，他就會知道那沒什麼，都是旁人瞎起鬨而已，我倆絲毫沒有不純，我們就正正當當、清清白白的兩個人。

「姜同學，俗話說有話好說，但要好說，也得我倆坐下來說，我都跟你道歉了，你也別那麼小肚雞腸，讓我們別再受青春期的荷爾蒙控制，像大人一樣理性和平地談談吧。」

他給我說得稍微冷靜些了，只要不看太陽穴上那跳呀跳地，跟跳跳糖一樣的青筋，他這樣抿著嘴、瞪大眼睛的樣子，挺有一股小清新的純眞模樣。

「妳到底想怎樣？」他雙手往口袋一插。

我眨眨眼，「國文老師跟我說你是連續兩年的書法比賽冠軍，我想請你……咳、咳，請你指導我如何把字寫得更漂亮。」

要拜託別人對我而言果然有難度。

「我不要。」他拒絕得倒挺乾脆的。

「……你不肯的原因難道是因爲我？」

「是。」

期待他客套回話的我該去哪兒找台階下？

我強硬了些，雙手抱胸，下巴抬得高高的，「其實我想過你可能會拒絕，但我實在沒有被人拒絕的經驗，也就是說，我不能被拒絕的。」

「神經。」他說完，那個轉身可眞是劃破空氣般的俐落，他俐落地走了。

唉，又要「老爺別跑了」。

我決定不追了，待在原地朝他的背影大喊：「姜安武，不如我們打個商量，你教我寫字，我就答應無條件幫你做件事，這樣你不虧，我不虧，很公平的。」

「妳爲什麼不能去找別人？」他吼回來。

「因爲將來別人問起我師承哪一門才不會太難看。」我覺得這是一番挺高檔次的恭維。

「妳腦子進水是吧？」

他扔下這句，這次眞的是頭也不回地走了，於是我也扭頭朝反方向走，沒有被人這樣糟蹋後還跟在對方屁股後頭顚顚地跑的。

……這下得繞遠路回教室了。

✦

如果是圖書館和K書中心做選擇，我一定是選花錢的那個。

我不是虛榮鋪張，圖書館我也曾待過的，而且還有固定座位——一個靠窗可以看夜景的座位，這樣在我想休息的時候，就能看看窗外的夜景，假裝假裝憂鬱——當然那個座位既沒有寫我的名字，也沒被我黃狗撒尿圈了地盤，只是我通常能得到我想要的座位，因爲美女都能得償所願。

我不再去圖書館也是因爲那個座位的緣故。

記得是在開學一個星期後，在圖書館裡，我第一次仔細看了坐在我對面的那個男生，五官排列不是挺讓人印象深刻，但其猥瑣的氣質相當富饒，簡單說就是個即使只說上一句話都會覺得噁心的對象。

起先是他掉了什麼東西滾到桌底下彎腰去撿，我那時正在做一道複雜的數學題目，聚精會神得很，腳踝突然被碰了一下，害我一個激靈縮回腳，那個男生正好迅速挺起身，繼續看他的書。

從氣氛看來，我猜測他是不小心碰到我的，才會尷尬地裝沒事，所以也沒怎麼在意，只能說當時的我還很天真，沒有警覺他從厚重的眼鏡後偶爾打量我的眼神，是一種深沉的算計，裝沒事就是在等待下次機會。

久而久之，我發現他老是坐在我對面。

後來他還是會掉東西，不是很常，但和別人比起來頗為頻繁，他也不是每次撿東西都會碰到我，可是每碰一次，他的手會停留更久一些。我覺得很煩，幾次過後，我看準他又掉東西的時候，屏氣凝神地等待，等到他終於又摸我，我就抬起腳，死勁地踩他，當他坐起身，我更是目光發狠地瞪著他。

「你再這麼做試試看。」我沒有直接說出口，而是用眼神示意。

我認為這樣已經足夠強調我知道他在耍什麼小把戲，而我非常不喜歡。

他沒有再利用撿東西的時候偷摸我，情況卻變得更糟，他開始跟我搭同一班公車，開始對我笑，有時還湊近聞我的頭髮，後來終於坐到我旁邊的位子。

有一種人就是不會輕易放棄，我煩不勝煩，便不再去圖書館。

那是一個月前的事了。

然而姜安武選的是圖書館，我只好跟過來。

本來我只是三不五時從他面前經過，再溫情地和他打聲招呼，有時還溫情地關心他吃飯否，但他依舊對我不理不睬，逼得我不得不採取緊迫盯人的戰術。

小星是這次行動的主要策畫，就是她替我打聽到姜安武放學後都上圖書館去，我自然就跟過來，還一連跟了三天。

他不是來複習功課的，每次都往自然科學的書架走，只把時間耗在那上頭，不知道明年的大考他打算怎麼考啊。

我站在隔了中央走道的對向書架旁邊觀察姜安武。

那一列書架前，來來去去的人不少，只有他一杵在那裡就待了三十分鐘，除了翻動書頁，動都不動，我看得都累了。這時候有個女人走入那條通道，背向他盯著另一面書架，從穿著看來應該是個上班族，挺美的一個上班族。

我會注意到那個女人，不是因爲走進那條通道的幾個男生全都在看她，而是因爲她——裙子塞到內褲裡了。

如此困窘的情況，竟沒人跟她說一聲，如果她是到了圖書館後才上廁所倒還好，如果她在外頭便如此招搖過街，那麼人心眞是太險惡了，甚至還有男生經過她背後時特意拿手機偷拍。

我本來是想要過去提醒她的，可是她在笑，笑得挺嬌俏，我猜她絕對不知道自己背後的窘況，一定以爲今天自己美得格外引人注目，才會笑得那麼開心。

我差點替她淚目了。

那個女人在姜安武背後站定，彷彿在低頭找什麼書，彎下腰時還撞了他一下，她說了句對不起，聲音輕輕的、甜甜的，他也分神半回過身隨意點了一下頭，目光又落回手上的書本，一秒過後，他不敢置信地回頭再確認一眼，又快速看回前方的書架，露出困擾的表情。

這幾天觀察下來，我曉得了一件事，這廝非常不擅長和女生來往，光是說個話都會臉紅不自在，所以我猜……不，不用猜，他不會告訴那個女人的。

畢竟這是個連同性都覺得難以開口的不妙情況啊。

沒想他深吸了一口氣，闔上書本，立刻轉過身，伸手便一把把她勾在內褲裡的裙子給拉出來。

那是發生在一瞬間的事，等到那個女人似乎察覺有些不對勁時，姜安武已經裝作若無其事地繼續看他的《天文年鑑》，那個女人看了他一眼，摸摸屁股，好像覺得他有些怪異，於是匆匆走了。

實在是他的臉太紅，連耳朵都跟燒起來一樣，難怪人家會懷疑他做了什麼事。

「姜同學，我看到了唷。」我笑得曖曖昧昧，不懷好意地靠近。

他一見到我，跟被人打了一拳沒兩樣，臉上一陣難看。

「欸，我認爲你那不是頂好的作法，你應該在附近找個女生，告訴她這件事，再由她去提醒剛剛那位小姐嘛。」

我話才說完，剛剛那個女人領著一個男性工作人員過來，她指著姜安武，臉上表情可鄙夷了。

「你看，來了吧。」我小小聲說。

姜安武好像也明白我的意思，臉色鐵青，看著對方。

工作人員和那個女人一走近，她劈頭就說：「你剛剛摸了我對吧。」

姜安武十分鎮定：「沒有。」

那個女人撒潑似地吼：「明明就有！」

工作人員爲了安撫她，對姜安武說：「同學，你過來，我們到其他地方談談。」

姜安武擰著脾氣：「我沒有摸她，爲什麼要跟你去？」

比他矮上一顆頭的工作人員只能按著他的手，好像深怕他跑了，恨不得立馬上手銬逮捕他一樣。

我嘆了口氣，上前抓住工作人員的手，出聲解釋：「他眞的沒有說謊。」

當時沒有其他人站在這個通道，只有我清楚看到事發經過。

我把事情解釋過一遍，還指認了現場某個男學生，逼對方亮出手機裡偷拍那個女人的照片，才終於解開誤會，那個女人大概是覺得太丟臉，也沒道謝或道歉就迅速閃人了，估計她短時間內都不會再來。

眞的是還好有我在，我想這下姜安武也會同意。

二十分鐘後，我和姜安武面對面坐著，我一臉暢懷，他一臉大便，有好有壞，人生圓滿。

「現在，可以好好聽我說了嗎？」我輕輕撩了一下頭髮，臭跩到連自己都想痛毆自己的程度，心情特別好。

他眉間皺出個川字：「妳說。」

我滿足一笑，笑得比星星月亮太陽都燦爛：「首先讓我們來傾吐傾吐彼此的未來志向吧，我先說，將來我想當律師，但只要我想，當大明星都可以，好了，換你。」

他用看神經病的眼神瞧我，慢悠悠道：「什麼都可以。」

就這樣？

我手抵著桌面，身體往前靠近他，繼續笑得百花盛開：「這麼說吧，姜同學，你想考什麼學校什麼科系？」

他還是想都沒想就答：「都可以。」

我嘴角抖了抖，這下都笑得草草了事了，再問：「那夢想呢?就是小時候都會寫到的，以我將來想成爲ＸＸ開頭的那篇作文啊，你寫什麼？」

他頓了一頓：「忘了。」

我快哭了：「別這樣，大哥，算我求你了，你就說一個吧。」不帶他這樣忽略我的美麗。

他說：「都——」

聽到那個字我就牙癢，我狠狠磨牙：「你再敢說那句，信不信我就敢當眾翻桌？」

他順從地改口：「無所謂。」

……我囧，把長度及胸的頭髮抓在下巴攏成一束，跟包粽子一樣包住臉，每當我實在不知道該怎麼做的時候，只能這樣。

他掃了我一眼，「妳幹麼？」

我從頭髮之間的空隙覷著他，「我寂寞孤單覺得冷。」

姜安武倒沒吐槽我，反而瞧了我一會兒，瞧得我鬆開頭髮，對他眉開眼笑，符合我蕙質蘭心的氣質。

他闔上書：「沒事了？」

怎麼他老不把我當一回事？

我甩了甩臉頰邊的髮，自覺甩得挺風情萬種的，再直勾勾地望著他瞧：「欸，你覺得我怎樣？」

他慢條斯理回：「還能怎樣……就是個變態。」

我沒聽見，我沒聽見。

於是我露出更真情真切真摯還略帶嬌羞的表情，真心的爲了自己的名譽而發問：「你不覺得我很極品嗎？」

「……」他直接跳過這個問題。

我給他一個白眼，「不然你說說看你喜歡怎樣的類型？」

姜安武臉上覆了一層薄薄的腆然：「這跟妳有什麼關係？」

「就好奇。」我聲音很甜，沒幾分真心就是了。

他眼神上下打量我：「長相普通可愛，細心，散發一種理所當然的柔弱氣息，興趣最好是做菜，品行相當吃苦耐勞，最重要的是——胸部要很大。」

他最後那句話挺意有所指的，那眼神也挺瞧不起人的，但我並沒因此被惹惱，只覺得難怪他會對我沒反應，他說的跟我是完全相反的類型。

我訕訕：「姜同學的標準挺低的，應該容易找。」

他淡淡道：「基準從D起跳。」

我乾笑：「姜同學的思想挺膚淺的。」

他很風涼：「膚淺和變態哪個比較糟呢？」

這這這這……眞是堵得我無比堵心，差點吐血了。

「可以了吧？我要走了。」他自顧自地說完，自顧自地走了，就沒自顧自地關心我一下。

我那氣得啊，眞恨不得撲上去咬他一口。

跟著姜安武上圖書館的第四天，我遇見了一個老朋友——猥瑣男，他和我在廁所門口狹路相逢，那時候我胸口還眞是突突地跳，一股腦熱血，想衝上去敲昏他再拖進廁所、塞進馬桶，塞不進馬桶就塞回他媽子宮。

沒想他只是看了我一眼，眼神極其尋常，跟看陌生人一樣，這讓我有種莫名的寂寞，又想打招呼，又覺得不好，還是默默走開就好，視線一轉，哎呀，姜安武亂入了。

他先是看向我，接著盯著猥瑣男瞧，被我形容爲大而無當的身材這時候特別盛氣凌人，十分有用，我眞心羡慕。

猥瑣男給他一看，登登登地跑了，眞是莫名其妙。

姜安武走過來問：「妳認識那個人？」

我覺得奇怪，這廝是不可能突然對我有興趣到特地來跟蹤我的，可是對一個猥瑣男感興趣，這眞是……

「姜同學啊，你該不會……」我刻意不把話說完全。

「他剛剛是跟著妳來廁所的。」他從眼角瞅我，俗稱斜眼。

我順勢接下去：「而你是跟著他來廁所的。」多可怕的三角關係啊。

他表情不耐煩，卻挺認眞地告誡我：「總之妳最好小心一點，那個人……怪怪的。」

這……是不是關心啊？

我嘻嘻笑得曖昧，跟抓了他的小辮子一樣高興，他猛搖頭，那雙大概到我胸部那麼長的腿一掃，秋風掃落葉那般無情地閃人了，我看著他那彆扭的背影覺得開心。

說來眞是個正直卻不懂多想的人品呀，我見了很喜歡啊。

✦

有人跟著我。

我實在不想說這是跟蹤，畢竟與猥瑣男重逢當天就遇上這種事，嫌犯是不是太好猜？

也許他沒打算做什麼，但是尾隨我走在這種小巷子裡，就算路燈沒有閃爍得跟拍鬼片一樣，也足夠造成我相當程度的心理壓力了——說眞的，我氣得發抖，我到底做錯了什麼需要被一個猥瑣的男生這樣糾纏？

巷子口轉角是一間便利商店，我假裝沒發現有人尾隨，冷靜鎮定地走去，想著等到進了店裡，絕對要請店員報警逮人。

可是我想得太簡單，他已經逐步朝我逼近，直到距離已經近到我難以忍受，正打算跟他翻臉的時候，我的頭髮給扯了一下，接著就是手起刀落的「喀擦」一聲。

我不敢置信地回頭，看見猥瑣男手中握著我的一束頭髮時，我爆發了，衝上去抓住他的領子一摔，瞬間將他放倒在地，腳往他的臉上踩下去，他發出尖叫，我在碰到他之前停下來，改踏在他的胸前，狠狠地踏，把他當糞坑裡的臭蛆踩。

「你這個雜碎，你知道我是誰嗎？我是宋晶！你他媽的還敢亂剪我頭髮！是不是非要我踩爛你的生殖器，你才知道自己有多王八蛋？」

大概是我長得太弱不禁風，還搖曳生風，卻能把他摔倒在地，這件事太出人意表，猥瑣男愣愣地望著我，也可能是我的用詞稍嫌激烈，他才會連句話都說不出來，不遠處從便利商店走出來的路人也正往這邊看，可是我只想著要讓他更明白我的意思，所以我不顧裙底風光會被他看個詳細，繼續用盡全力地猛踩他。

「你這下三濫的東西，頭髮是女人的生命，聽懂了嗎！」我咆哮完，搶走他手中的我的頭髮和剪刀。

然後猥瑣男用一種看到鬼的眼神，拔腿呼嘯而去了。

我握著自己的頭髮，死死地瞪著他的背影，確定他不會再回來，才轉身，卻看到姜安武站在不遠處看著。

路燈下，他那張樸實的長相被照得有些朦朧，只有眼睛閃著微光，不刺眼，溫溫的，柔柔的……還有點呆，看來是被嚇傻了。

我的臉毫無由來地紅了，是羞紅啊羞紅。

爲了掩飾莫名而來的害臊，我罵道：「你既然在，爲什麼不過來幫我？」

他撓撓後腦，誠懇地問：「妳需要幫忙嗎？」

是……不需要，但這是騎士精神的問題。

他低頭看著我手上握著的頭髮，我也跟著看，那麼一大把，都不知道猥瑣男下手有多狠，剪了多少。

他問：「怎麼辦？」

「捐給病童。」我默默把頭髮收進書包，不然還能怎麼辦？

他觀察我的眼神中帶點眞摯：「所以妳沒事吧？」

「那個王八蛋應該比我有事。」我哼了聲，把抖得有點像中風的手藏到背後，不好讓他看見。

姜安武點點頭，一副「那我要走了」的表情，我馬上拉住他。

「幹麼？」他緊盯著我的手，好像我隨時會往不該摸的地方招呼去。

「不要走。」他狐疑地看著我，我尷尬地咳了幾聲，「哎呀，我好歹是女生，走夜路需要人陪。」

實話說，是我那顆小心臟有點招架不住，再多來幾次這種驚嚇，誰受得了？

他倒是受教了，又或者只是因爲他讓我給死死扯住不放，實在無可奈何，只能應承。他從書包裡拿出一件外套披在我肩上，我當然是嫌熱的，現在可是夏天啊。

「妳穿著就是。」他卻不肯讓我脫下來，還把外套上的連帽罩在我頭上。

原來是想替我遮頭髮啊……

我多看了他幾眼，看得他粗魯地說了聲：「不是要回家？快點走了。」

他等我先走，可是我實在不想再讓人走在我後面，便一把勾了他的手想一起走，偏偏他一步也不肯邁，我抬頭想數落他幾句，讓他顧慮顧慮我的心情，可是他臉紅的跟小姑娘一樣，眞有幾分可愛，我就不逼他了，改抓他的書包肩帶。

「好了，走吧。」

也許是我笑的有幾分小得意，他無聲嘆口氣，才朝我指的方向走，走沒幾步，他肩上的書包給我扯掉了，後來他只好抓著背帶另一頭，和我一前一後地走著。

在車水馬龍的雜音中，我瞧著他紅通通的耳廓，城市的街頭彷彿只剩下我和他……的耳朵，感覺挺青春的。

等公車的時候，姜安武冒出一句：「我以爲妳會哭。」

「我以前可是學過巴西柔道的。」我心情已經恢復平靜，就可以臭跩。

他卻說：「要是妳哭的話，我也會跟那個男的一樣逃跑。」

「……」

某一線的公車停下，他多看了幾眼，我猜那是他平常會搭的車次，可是他沒上車。

「姜同學，我看你就答應我吧。」我看準這時候他應允的機率極高。

他睨我一眼，似乎是要我說下去。

我便無猶豫且無恥地開口了：「老師說我只剩下一個月可以練習，我不想再浪費時間，所以談談條件吧，你教我寫字，我幫你複習一個科目，我們就這樣過吧。」

最後一句說得太順口，導致我沒覺得有任何怪異，但他顯然聽進心裡了，表情可木然了。

「誰跟妳過？妳這腦子裡都裝了什麼？」

「跟你一樣是腦漿。」

「……」

「不然你看，我這樣天天跟你上圖書館都上出危險了。」

「學到教訓妳就別再跟著我。」

我的公車來了。

我沒跟他說，你不答應我還繼續跟，我只是在上車前對他笑咪咪地說：

「姜同學，明天見。」

Chapter 3

禮拜二午休。

「怎麼姜同學今天沒來？」

我覺得說出這番話的國文老師應該先自己反省一下，怎麼能把教我練字這事情全推到姜安武頭上？這樣很不上道，非常不老師。

所以我沒接話，試圖把臨摹的文章重寫上第二十三次，可是一看那堪比蝌蚪出生的悲慘字跡，肯定還得寫第二十四次，我立刻嫌煩。

夏季的驕陽把耐心都烤光了。

「仙女仙女，開冷氣開冷氣。」如果有碗，我就會不顧形象的敲碗催促。

仙女是我爲她取的綽號，總比叫信女好，她本人挺喜歡的，直說這是第一次有學生爲她取暱稱……我不忍心告訴她我其實沒安好心眼。

「其他老師都不在，我什麼資格開冷氣給妳吹？」

我給她一記失望的眼神：「老師，妳姓哀聽起來已經夠倒楣了，想不到現實生活也挺不順的，連吹個冷氣都無法自己決定，不如我開，責任我來擔。」

身爲一個學生，我很有魄力。

有著倒楣名字的國文老師，白了我一眼，自然是不予理會。

「我聽說妳跟了姜同學好幾天了啊，怎麼會還沒成呢？你們現在的孩子，不是都強來硬上的嗎？」

我木著臉：「妳這樣說話很不仙女，我要改叫妳楣女，倒楣的楣。」

「先說說妳和姜同學進展到哪裡了？我聽說妳就差沒跟進廁所裡。」

身爲老師，不聽學生的話似乎很應該，我便沒追究，卻也懶得回答。

「眞的好熱，我去買冰，妳吃不吃？」起鬨得不到回應，國文老師沒勁地另起話題。

「合作社有冷氣，不如我們去那裡練習？」我興匆匆提議，實在是再繼續在這裡待下去，我的制服都要汗濕成透明了。

國文老師置我的建議不理：「巧克力還是香草？不說我就買草莓了。」

我懶洋洋地回：「蘇打，快點回來。」

她就走了，我埋頭不曉得該怎麼把惡劣的惡寫得不那麼惡劣，鼻頭都冒汗了。

過了一會兒，一陣緩慢的腳步聲踱來，我停下筆，是該休息、吃冰降降火氣了。

抬起頭，姜安武正好在我對面坐下，我想自己此刻的表情肯定有點空白，有點傻氣。

他雙手靠在桌上，身體向前傾，低頭檢視我的字跡。

「妳要不要先試著把一個字塡滿格子？」

我回過神：「喔，我試試看。對了，你遲到，遲到的人要幫對方搧涼。」

他皺眉：「這麼無恥的話妳說得出口？」

我笑道：「大不了等你練習的時候，換我幫你搧。」

姜安武哼了聲，拿起桌上的稿紙對折後，認命地爲我搧起涼來，國文老師回來看到這一幕，沒多打擾，只笑得特曖昧地轉身離開了。

眞是個不可多得的老師。

某次午休練習，國文老師的教職員辦公室裡只有我和姜安武兩人，我們就合理地懷疑其他老師一定是去哪個有冷氣有床還有幸福的地方睡午覺去了。

我們像是整座校園裡唯一醒著的兩匹狼，正孤獨地跟夏天搏命演出。

「欸，你怎麼越搧越不涼了？」

我拉了拉悶熱的裙襬，甩開握得濕淋淋的筆，非常不要臉地抱怨。

「妳怎麼越寫越醜？」姜安武把天文學的書往旁邊推，扯走我的稿紙，挺不留口德，也挺不懂安慰的。

我只好搶過他的扇子猛搧，他則拿起我的筆，隨便抓張空白的稿紙把文章謄寫了一次，要我回去找張描圖紙臨摹，我對這個方法滿口讚賞，把稿紙好好收進資料夾裡。

「你爲什麼連墨都不磨，這算什麼練習？」我喝著他買來的可樂。

不是我搶他的，是他說要給我的。

「書法是一種天賦，一旦天賦被喚醒，就不可能遺忘。」他說得很玄。

我哼哼兩聲：「後天就要第一次模擬考，你喚起你的讀書天賦沒？還在看星星雜誌。」

姜安武不知是不是太無聊，忽然臨摹起我的字，還問：「怎麼能把字寫成這副德行？」

我隨手翻著《天文年鑑二〇〇八》，嘴裡回：「我媽說我從小握筆的方式就有問題。」

「搞不好是人品缺德，行不正，字也不正，歪七扭八。」

不帶他這樣從字到人品無一不消遣的。

「你的人格才有大問題。」我砰地蓋上破爛爛的書皮，抓起書就朝他猛搧，搧得他的稿紙一角翻飛，可惜是熱風。

說好互相幫對方搧風的嘛，我這人體貼。

「給我喝一口。」姜安武被那溫熱的風吹得頭昏腦脹，伸手拿走可樂就喝。

我那真是來不及反應，事後回想，我常反省自己高超的運動神經怎麼就沒在那時發揮功用，但現在我只是眼睜睜地看他跟官兵一樣強搶我的可樂。

男孩子有時候眞的很沒顧忌，想幹麼就幹麼，也沒體貼一下少女心，間接接吻什麼的，怎麼說我都是第一次吶……我搶回稿紙低頭練字去。

姜安武盯著我發紅的額頭看了一陣，才意識到自己做了什麼，不可避免地尷尬起來。

「妳臉紅什麼？誰讓妳拚命亂搧，熱風吹得我發暈，都是妳的錯。」他倒是惡聲惡氣責怪起我來。

我瞪大眼睛，作勢拿筆扔他，論起不講理，我是不會輸人的。

接著大約五分鐘的時間，我前所未有地認眞練習，他也只顧喝可樂，誰都沒再開口，空氣依舊悶熱不已，但我們注意所及不再只是空氣，還有些許若有似無的什麼圍繞在彼此之間。

我默不作聲，用眼角餘光確認我們之間相隔的距離。

約莫十公分的間隔，他短袖制服下曬得很夏天的手臂，似乎只要一動就會輕輕擦過我的寒毛，皮膚立刻泛起一股麻麻癢癢的感覺。

他忽然彈起身坐到對面。

「幹麼？」我明知故問。

他的臉色有點怪異，只說：「坐太近很熱。」

「可樂都讓你喝了還嫌熱，眞是太浪費了，還不如給我喝。」

話一出口，兩人同時又爆紅了臉，乾瞪眼幾秒，紛紛又裝忙起來。

我連寫了幾行，字醜到連自己都不忍卒睹，可是眼下這氛圍，最好的選擇就是不說話，誰先說話誰就輸了……這樣下去不是辦法，我可是宋晶。

衝著這點，我決定出個聲：「姜安武，你很幼稚，不過就是喝了我的口水，你要鬧彆扭到什麼時候？」

他挑了挑眉，也沒說什麼，就是那小眼神之中可有什麼了，好像是我調戲了他，嘖，都忘了他那小姑娘家的扭捏心態。

他不說話對我來說是一種無聲的凌遲，凌遲了我打破沉默的決心和勇氣，最後乾脆滾到一邊畫圈圈去。

這個午休特別漫長，下課鐘老是不打，國文老師也不回來指導。

姜安武只顧著看他的書，實在沒事做，也不會去磨個墨，實在沒有墨，他竟然決定看我。

看得我都汗如出漿了……

「你看什麼？」我頂著他的視線，頭也不抬地問。

他不自在地轉開目光，沒一會兒又看回來。

「你到底想幹麼？」我從瀏海間隙中捕捉到他的視線，睫毛上正巧落下一滴汗在晶瑩地閃著，癢得我去揉。

他狼狽地避開，隔了好久才說：「妳爲什麼把頭髮剪得那麼短？」

說到這個我就有氣：「還不是那個王八蛋害的，一刀給我剪了那麼長一截，那個下三濫的東西要是再來，我就把他剛發育的毛髮都給剃光！」

「他看起來沒剪那麼多。」姜安武也不知道哪來的靈光一閃，竟伸手摸了摸我的髮尾。指尖的溫度穿透髮梢暖了我的後頸，實在太出乎意外，我不自覺哆嗦了一下，很大一下。他被我給抖得回過神來，慌慌張張縮手，還不小心撞到桌子，痛得他想叫也不是，不叫也不是。

眞是個毛躁的小夥子啊。

我咳了兩聲，給他找臺階下：「反正天氣熱，就順勢剪短點。」

「還留長不？」他抓起書隨便翻了一頁。

我忽然覺得感傷，嘆了口氣：「我覺得肯定是之前那頭長髮讓別人以爲我溫柔可人還很好欺負，現在剪短就是改走個性路線，我人氣依舊直線攀升啊。」

「……妳高興就好。」姜安武扭過頭，側臉貼著書趴在桌上，彷彿很認眞想參透書裡記載的絕世武功，搞不好有一天他眞能無師自通，如果他看的是葵花寶典的話。

我眨眨眼，歪了腦袋想看看他的表情，他倒是藏得很好，只有那半邊的耳朵紅得很招搖。

這人要關心我也不明說，是不是有點彆扭？

我也默默趴下，頭轉的方向正和他相反，用後腦勺和他的後腦勺相對。

我說：「欸，下禮拜開始我要參加游泳比賽的練習，暫時不過來了。」

他停頓片刻才說：「那我也不來了。」

「你不問我暫時是多久嗎？」

「多久？」

「就下個禮拜而已。」

「嗯。」

非得我提他才問啊？好像我比較在乎的樣子……

我忍不住轉過頭，視線正好對上他白白的髮旋，看得有點心動，實在很想伸手去摸。

「你發自內心點，以溫情關懷一下同學好不好？」

「喔，那要我去加油嗎？」

「比賽都在上課時間，你怎麼來？」

「那我就不去了。」

……這算哪門子關心？我只有被惹惱的感覺而已。

「那就別來。」我說著，聞到他身上的香水味，又補了一句：「高中生你擦什麼香水，怕別人不知道你悶騷啊？」

「只是習慣。」姜安武這時也轉過頭來，似乎就爲了說這句話，不料我和他距離太近，呼吸到的都是對方的呼吸。

他整個人瞬間向後反彈。

我也傻了，但跟他相反，我傻得一動也不動，還趴在桌上。

我們剛剛應該沒有碰到對方吧，不管是臉上的任何器官，應該都沒有，只是差點碰到而已吧？

鐘終於響了，響得很是時候。

「……我先回去了。」他語氣生硬地說完，猶豫了一下，手輕輕碰了碰我的頭。

我沒有像平常那樣嚷著要一起走，直到聽見他走出辦公室，才頂著張紅通通的臉靠在桌子上發呆。

眞是……被他碰過的地方好燙好燙啊。

✦

那是游泳比賽前一天的事。

那天我沒有放學留下來練習的打算，我這人有個毛病，睡不飽隔天容易發燒，爲了明天的比賽，我得更注意身體狀況，所以最後兩節國文課結束後，便打算直奔回家，沒想到如意算盤卻被國文老師打亂。

依照慣例，她又不顧我忙否，硬要把我帶到走廊盡頭吹風，要是她再往我身後一站，我都要懷疑她是否想藉機把我推下樓了。

「宋晶啊，妳去看過模擬考的成績了嗎？」

她這麼一提，我才曉得原來大家中午吃完飯後一窩蜂離開教室，是爲了去看公布排名。

其實考完後，各科老師已經對過答案，學年第一這位子，我心裡是十拿九穩的，就沒有很積極去看成績。

所以我說：「我國文沒失常吧。」

「是沒有，可是妳唯一錯的那題，之前小考也錯過，實在很可惜啊。」

她看起來比我還懊悔，身爲一個學生，我也只能反省，保證下次絕不再錯。

國文老師表達欣慰，卻沒有讓我走的意思，我肯定那一題不是她找我碴的主因，只是個引子。

果不其然，她接著說：「宋晶啊——」

「拜託不要再那樣叫我。」我制止她再用那種詭異的慈母口吻喊我「宋晶啊」，好像要我唸阿彌陀佛一樣。

國文老師挺配合的，立即改口：「晶晶啊，妳現在和姜同學的關係不錯吧，能不能抽空關懷關懷他的課業啊？你們倆可以一起教學相長啊。」

那聲「晶晶啊」，眞是喊得我驚驚啊，抖落了一身雞皮疙瘩，跟不用錢一樣。

「老師，妳能不能叫我宋晶就好，讓我們保持師生間淡淡的疏離關係，妳這樣不分輩分，我承受不起。」

她不理會我的糾結，還在談姜安武：「他這次考得很糟啊，這樣下去國立大學是不可能的。」

我問到底有多糟，她說了總分，我好奇她怎麼會這麼清楚，她才覺得奇怪，她就是姜安武的導師怎麼會不知道……謎團解開了，果然眞相只有一個。

「老師，不是我不肯，我之前也提議過，他教我寫字，我就幫他複習一科，哪科還隨他選，可是他就只願意鑽研蓋世武功，我有什麼辦法。」

國文老師一臉不解：「蓋世武功？」

「搞不好他就想成爲武學大師，將來拍電影、當替身，成爲功夫皇帝之類的啊。」我隨口胡謅的本事了得。

「可是高二的升學調查，他確實塡了航太工程學系啊。」國文老師搓著下巴。

有些女生人中的寒毛挺明顯，挺男子氣概的，但國文老師她是下巴，所以我老早就想建議她處理處理，卻又不知道如何向她表明，只好裝作我其實一點都不感興趣，一點都不想摸摸看……

她沒得到我的附和或答腔，決定動用老師這個身分的權力，直接指使我：「總之妳關心關心他，他最近眼圈黑得很，我問他是不是看書看的，他也不肯說，之前有個老師告訴我，在很晚的夜裡看見他在路上遊蕩，他的情況挺讓我擔心的。」

我一邊忍著想用手刀敲昏她，再痛快摸她下巴的念頭，一邊無可奈何地應承下來。

讓我們客觀一點看待這件事，如果一個青少年半夜不想回家，你大剌剌地跑去問他原因，他會願意說、樂意說，還請你喝咖啡再跟你說嗎？

不太可能吧！

我只好重拾跟蹤姜安武的行爲，這是非常要不得的，可能導致我自己重蹈上次猥瑣男的下場，大家不要學。

小星本來興致勃勃想跟我來，結果她爸爸（管他是哪一個）一通電話，說吃好料去，她就平平安安回家了，也沒攜上我，我決定下次吃好料也不帶上她。

跟蹤姜安武非常簡單，多虧他那高大的身材在路上很是扎眼，我還有時間中途買個蔥油餅再追上他。

他其實也沒做什麼，就是漫無目的地瞎晃，我猜他的表情搞不好很像無家可歸的小孩，應該是張迷離、不知所措的臉蛋，我不免開始猜測他的家庭是不是有什麼問題。

也許他爸爸喝醉了會揍他媽媽和他，他媽媽受不了離家出走了，於是他只能在外遊蕩；也許他是有錢人家的孩子，父母採鷹爸鷹媽的教育方式，逼得他待不下去，只好出外討生活……

想了一圈，我覺得自己挺無聊的，就默默跟著他。

他去大賣場裡一路試吃，在家電區看重播的電視節目。

他在宵夜時間去麵攤吃了最簡單的陽春麵，連滷蛋也沒加。

他過了凌晨十二點後到便利商店買了一瓶價格最便宜的水，店員好像是他朋友，偷偷送了他兩顆茶葉蛋和幾個過期的飯糰。

最後，他走進一座公園，在椅子上坐下，把東西都收進書包裡，再把書包揣在手臂中，眼睛一閉……他要睡覺了。

我再重複一次，他、睡、了。

我現在知道老師擔心的點在哪裡了。

「姜安武，你起來。」

我站在他面前，他睜開眼，表情挺訝異的。

我搶在他之前問：「這麼晚了你爲什麼不回家？」

他挪了挪屁股，讓出一個位子給我，好像我是到他家作客，還問我坐不坐。

我板著臉：「不要，你快回答我。」

姜安武瞅我，眼神挺有戲地說：「因爲我沒有爸媽，爺爺奶奶都重病，外公外婆其他親戚都不樂意收留我，所以我沒有家。」

我傻了，有沒有那麼悲劇？

他接著又說：「如果我這麼說的話，妳要怎麼辦？下次還是想好什麼可以問，什麼不要問比較好。」說完笑了笑。

我可笑不出來，只能拿白眼瞪他，而且是死死地瞪，因爲我不知道該做何反應，我那麼認眞想關心他，他卻給我打哈哈。

他突然無聲長嘆，伸手一指：「我家就在前面那個轉角轉過去的第三間。」

我咄咄逼人地問：「那爲什麼不回去？」

他聳聳肩：「沒有爲什麼。」

我眞眞切切有被惹惱的感覺。

死死按著兩邊太陽穴，我殷殷勸戒：「總之你現在就回去，你不回去的話，我就沒辦法跟國文老師交代，所以你不回去我也不能回去，我明天就要比賽了，你說怎麼辦？」

他看了我一陣，卻說：「走吧，我先送妳回家。」

這、不、是、重、點！

我深吸口氣，按捺著說：「我可以打電話請家人來接我，如果我回家，你也要回家。」

說到底，還是不能讓他睡在公園的椅子上，這年頭怪叔叔特別多，如果他半夜給人強了，我心上過意不去。

他沒理我，反問：「妳這麼晚沒回家，妳爸媽都不管？」

我不耐：「我說我在做課後輔導，他們都能接受，因爲我打小到大沒說過謊。」

「那麼我們兩個的情況不一樣，我回不回家都無所謂，反正家裡沒人。」他說這番話時，表情變了，變得……空洞。

我沒想過他會有這樣的表情，一直以來他都不是這種形象的啊。

我皺眉道：「我不管是你爸媽都不在家，還是什麼特殊情況，就算家裡沒有人也要回去，那是你家不是嗎？你知道這幾天有颱風嗎？明明有遮風避雨的地方，爲什麼不回去？你知道有多少人沒有家嗎，你——」

他提高音量截斷我的叨叨絮絮：「我看得出來妳有個溫暖的家庭，有家人願意並隨時給妳充足的愛，但那並不表示世界都是這樣運作，不是每個家庭都一樣。」

我哼了聲：「我看你是把我當成傻瓜吧！我當然知道不是每個家庭都一樣，但那是你家，而那之所以稱作一個家，是因爲裡面有你和你的家人，如果真如你所說的，家裡一個人也沒有，現在卻連你也不回去，那就真的只是一間房子而已。」

他木然道：「妳不要只是一個勁兒地認爲自己是對的，想把妳的想法硬是加諸在我身上，說實在，我覺得很煩。」

我看他那張臉就有氣，騰騰的怒氣！

這種感覺好像被人打了一巴掌，也像明明說好打籃球，對方卻拿出棒球來，對話不在一個頻率上，怎麼樣也無法讓對方明白自己的意思，這種感覺特別讓人沮喪無力，特別讓人煩躁。

「如果你覺得我很煩，估計也不會跟我把話說清楚，是吧？」我問。

「宋晶，妳現在是在關心我嗎？」他定定地望著我反問，雙眼炯炯有神，不等我回答又說：「如果是，不要關心我，也不要管我睡哪裡，吃飽了沒或想怎麼做，那些都不關妳的事，妳千萬不要關心我。」

我現在是眞眞正正地火了，火大到什麼都不想管了。

畢竟話都說到這份上，我還不走也挺拿自己熱臉貼人家冷屁股的，那樣不好，搞不好會留下偏頭痛的病根。我默默轉身，走了幾步，胸口那股氣就是吞不下，於是又走回去，居高臨下地藐視他。

「如果你眞的執意要做個無家可歸的孩子睡在公園，那你就睡吧！我詛咒你半夜被蚊子叮死！」

說完，我轉身就跑。

Chapter 4

游泳比賽當天，我幸運地沒有發燒，於是理所當然連續第三年制霸第一。

可我心頭老有種不踏實，這種感覺就好像考試前一天發現自己讀不完了，剪頭髮老覺得設計師沒聽懂自己的意思，買東西付帳時一直在想錢有沒有帶夠，結果還眞的帶不夠……

後來我才想到小星告訴我，她的首部漫畫在什麼無名什麼東東上頭連載，要我去看，估計差不多是該要逼問我讀後感想的時候了，結果我連一篇也沒看，難怪心神不寧。

崔小星簡單來說是個不要臉的人才。

如果對方是個會讓她在創作上妄想爆發的人物，她就會做出跟蹤行爲。

基於不明原因，姜安武是小星近期心中的漫畫男主角投射對象，而在調查投射對象這事上頭，她向來不遺餘力，我當初怎麼就沒想到直接問她就好，還搞跟蹤……

只是，當我問小星清不清楚姜安武的家庭狀況，她卻回答當然不知道，怎麼可能眞的跑去跟蹤，那是犯法的事，我心裡想著：那我又是什麼？知法犯法？

小星曉得我這麼問背後肯定是藏了理由，就要我把理由一字不漏、知無不說地全盤托出，忙得我一邊被逼著看她的漫畫，一邊還得交代那晚發生的事，都成一心多用的高手了。

「原來是個有故事的孩子。」小星做筆記做得挺勤勞，話卻說得很敷衍。

我對她疑似侵犯個人隱私的行爲感到不齒，話鋒一轉又問：「妳這漫畫當眞不改改？名字、學校、班級加上個性、經歷什麼的，不是一眼就被人認出主角是誰了嗎？」

「妳不懂，八卦是大家的最愛，君不見我每次更新一篇連載，多少人會來看，估計都是我們學校的，估計他們也早知道主角是誰，所以他們才如此孜孜不倦地追看連載啊。」

小星不愧是小星，是毫無同理心界的一枚鐵錚錚領導表率。

我嘖嘖兩聲，糾正她的錯誤：「八卦那是構築在繪聲繪影的口耳相傳上，儘管誇大，裡頭包含現實成分，妳這根本是杜撰，哪來現實依據？」

小星嘖得比我更大聲：「現實依據不過就是爲了塑造主角形象而已，能當飯吃嗎？」

我一臉嫌惡：「妳知不知道他喜歡的是大胸部卻長得像小甜甜一樣的女孩，他是變態。」

而且還是個心思彆扭的傢伙。

「童顏巨乳啊，嗜好挺一般般的啊。」小星做筆記的手可沒停下。

我終於願意承認她就是一股腦地想怎麼做就怎麼做，聽不進我的話了。

我花了二十分鐘才利用學校懲屈死人的網路速度，把小星僅僅七頁的連載漫畫看完。

「我們學校哪來的韓國轉學生？爲什麼韓國轉學生沒看上我，偏偏煞到姜安武，妳給我解釋解釋。」我憤憤不平。

小星白了我一眼：「藝術創作是需要想像力和原創性的妳懂不懂？」

「那我是什麼？」

小星順勢道：「壞心女配角。」

我就順勢巴了她的後腦一掌，結束這次對話。

我和小星走出電腦教室，她還嘰嘰呱呱在鋪陳接下來的劇情發展，是個結合愛情、懸疑、科學和獵奇的故事，挺有層次的，只是不知道誰會想看，我就不想。

我正用她給的鑰匙鎖門時，被巡視的教官逮個正著。

「妳們兩個午休時間不待在教室，偷偷跑來玩電腦。」

小星這人的嘴臉，有時候無恥得連我都想痛揍她一頓，明明她才是電腦課的小老師，明明是她給我的鑰匙，明明是她拖我來電腦教室，她竟然在光天化日之下把一切嫁禍給我。

她說：「報告教官，宋晶她只是想查一些升學資訊，才會利用午休時間來的，我勸過她了，可是她太急著想知道，所以……請教官不要處罰我們。」

我原本想玉石俱焚，她卻早一步拽著我的手，往死裡拽的那種，痛得我不敢出聲，怕她真把我手給扭斷，實在不值得。

後來在小星唱作俱佳的表演下，加上午休結束的鐘聲響起，教官總算放過我們。

我正想痛痛快快地跟她翻臉時，她突然說：「說到姜同學，他昨天有來找妳。不知道要幹麼，難道他不曉得妳每次比賽向來是卑鄙地請上整天公假嗎？還有你們最近午休老聚在一起，是在幹些什麼見不得人的勾當……」

我字醜這件事，小星是不知道的，而我向來畏懼她追問的功力，只好搶先一步開溜，但她那下流的步數，將來總是得找機會治治的。

從電腦教室回我們班，會經過姜安武他們班。

那是個學校還沒有冷氣的年代，每次午睡起來很難不滿身大汗，女生至多就是用清水拍拍手臂脖子，男生就好了，整顆頭湊到水龍頭下淋也不會怎樣。

我看到姜安武的時候，他就正在洗頭。

陽光灑在他那顆長長了的五分頭上，加上水珠，整個一閃一閃亮晶晶，華麗的很好看，是朵澆了水的向日葵來著——只是這朵向日葵背後的陰影太大。

我不禁多看了一會兒，直到他直起身看過來，我們對看了幾秒鐘，我心有點慌，多半是想起那晚的事，猶豫該不該開口問他。

他朝我走來，停在兩步距離之外，垂下腦袋，竟甩起頭來。

「你是狗啊！」我被甩得一臉濕，可火大了，出手推他。

他被推得往後退幾步，順勢挺起身，閃爍著水珠的臉上有著特大的笑容，看起來樂得很，跟個惡作劇成功的孩子一樣。

我突然就問：「姜安武，你昨天有回家嗎？」

他的表情立刻轉為黯淡：「我說過這件事和妳無關。」

「但是你——」

我話才起頭，上課的鐘聲響起，他指了指上方，表示談話結束。我只能氣惱地瞪著他走回教室的背影，不知道該怎麼說他，還忘了問他昨天找我有什麼事。

那天班上導師突然質疑起我的品性。

起因是我輕薄了姜安武的事被傳得風風雨雨，還有我出面為他解決麻煩的「義舉」，我突然剪去長髮的背後原因，以及昨天我和姜安武在他們班走廊上充滿想像空間的對話……

我眞心懷疑大家都聽到什麼刺激的了，竟値得他們上家族說嘴，還讓班導約談我。

班導有一把優越而毫無感情的嗓子，任何話讓他說起來都有狗眼看人低的味道，是個奇人。

他用一副「逮到妳」的語氣說：「宋晶，妳以前一直都是個品學兼優、氣質淳良的學生，全校同學都以妳爲榜樣，但最近的言行實在脫序了，是不是家裡出了什麼問題？」

我和他向來處得不好，主要是他成了我們高三班導師的第一天，劈頭就用那把太無情的嗓子說：「我知道班上有些特權人物，但在我的班級沒有特例，繳了學費就是學生，和家長捐多少錢無關。」

我那時冷冷睨他一眼，心想家長捐多少都不干我的事了，關你屁事啊！

後來樑子結下了，每次我得什麼獎，他冷嘲熱諷的次數比說「妳是我們班的榮耀」還多。

所以我跟他沒話說。

「如果妳不說話，我就請家長來了。」

我斜著眼睛看他，慢條斯理地開口：「簡單來說是誤會、陳浩南、下三濫和關懷同學所造成的一連串結果。」

「妳在說什麼？」

我挑眉，語氣涼涼：「老師，我就解釋一次，如果你聽不懂，那是理解能力的問題。」

「宋晶，我覺得妳現在不適合代表學校參加任何比賽。」說穿了他就是想找我麻煩。

「適不適合是選我參加比賽的老師所做下的判斷。」我實在喉嚨很癢，實在很想清口陳年老痰往他身上招呼他。

「哪來的老師？妳不是向來都自己報名參加比賽？就連教美術的林老師都能兼任妳的游泳比賽指導教練，難道不奇怪？」

他那擠眉弄眼、汲汲營營挖苦我的模樣還眞噁心，但我無話可說。

「總之，作文比賽我會去請哀老師另外找個人遞補，要不乾脆從缺，妳重新好好端正妳的品性吧！」他整個人有種藏不住勝利的快樂。

我發誓這要是古代，我就眞要當個仗勢欺人的紈絝子弟，我就要叫父母想辦法攆走這個老畜生！

「再說，妳的字很難看不是嗎？雖然所有老師都有意無意地替妳隱瞞，其實妳本來就沒有資格參加作文比賽。」班導眼神實在骯髒，說話實在齷齪，爲人整個邪惡。

我爸沒教，但我知道忍無可忍就無須再忍。

「老師，你是不是以前受過心理創傷？這樣打擊一個學生的自信心，還沾沾自喜，覺得被治癒了嗎？還是我的家庭背景眞的讓你這麼嫉妒？」

班導是個心不寬、體很胖的成年男子，當他抬手準備做揮巴掌前的助攻時，我還用一股有種你打的氣勢死死瞪他，我那時肯定氣壞了，否則我是很愛惜自己皮相的。

「老師！」阻止班導的是姜安武。

這人眞是神出鬼沒，到底從哪兒蹦出來的啊……我悄悄鬆了口氣，忍著沒摸向自己完好如初的小臉蛋，那會太不爭氣。

姜安武先瞪了我一眼，眉心擠得跟夾蒼蠅似的，臉色難看得很，好像我又給他添麻煩。

眞是的，我又沒請他過來。

他向我們班導說：「老師，我們班導有事要找宋晶，叫我來找她。」

他那個頭擱班導面前一站，還眞是一股活生生的壓迫感，眞是個適合當英雄的男孩啊，可是他這語氣未免太雲淡風輕，也不提提班導將要揍我的事實，最好敲鑼打鼓的大提特提。

可是他沒有，我對他大事化小的態度很不齒。

班導回：「我和宋晶正好說到這件事，你去跟哀老師說，宋晶不參加作文比賽了。」都說乳溝這種東西硬擠還是會有的，可是班導臉上硬是擠不出一點心虛，他淡定地收回手，彷彿自己是隱世高手，沒打死我是我的萬幸，我實在手癢，多想一掌拍死他。

「妳不參加了？」姜安武轉頭問我。

他難道看不出來我恨不得失手打死班導嗎？

「妳眞的不想參加？」他不懂，所以他又問了一次。

我先瞪他，再死死瞪向班導：「如果不想，我從一開始就不會要你幫我練字。」

姜安武點點頭：「既然宋晶已經這麼說了，如果老師你對此還有存疑，請直接和我們班導討論。」

姜安武得體地說完，特惹人生氣地喊了聲報告完畢，拉著我就走。

後來回想，那是我生平第一次覺得男生很帥。

出了辦公室，我恨恨道：「本來想說他敢打我，我就敢告他，把他趕出這和平美好的校園，也算功德一件。」

姜安武看了我好一會兒：「還是不要好了，妳如果被打臉，會有人心疼。」

我脫口問：「誰心疼？」

他沒有答腔，彷彿誰都可以。

念頭一閃，我故意盯著他：「該不會是你心疼？」

他一愣，臉不可遏止地紅了起來，語氣僵硬：「有妳說話這麼唐突的嗎？怎麼妳發神經老沒個依據，妳不是老把自己的名字掛在嘴邊？不是說全校都喜歡妳？當然是他們，跟我有什麼關係？」

看著他拚命解釋的樣子，不曉得他清不清楚自己正完美詮釋此地無銀三百兩這句話的精髓，我由衷地想捏捏他紅撲撲的小臉啊。

「那你呢？」我這時就特別希望他承認，讓我能好好揶揄他。

「神經。」他咕噥一聲，撇下我扭頭要走。

我急著叫他：「欸，姜安武，你別走啊，你怎麼老不回答我的問題。」

「誰叫妳的問題老是很有問題。」

「哪有什麼問題？不過就是問你心不心疼我被打而已。」我表情裝得很純。

「我有必要考慮這個問題嗎？應該說我又不是妳的誰。」他這話說完，就再不回頭地走了，而且我也被問住了，不知道怎麼回答。

唉，雖然他時常這樣扔下我，但我發自內心不爽卻是第一次。

「眞是，我何必在乎他說什麼？神經。」我嘖了聲，又一次往他反方向走去。

可惡，又要繞路回教室了。

聽說後來國文老師和我們班班導大吵一架，還吵到校長面前要他評理，結果國文老師以壓倒性的熱血大獲全勝，我便順利參加作文比賽了。

比賽地點在市內另一所高中，由於國文老師搞錯時間，我們早到了，一直到下午之前都沒事，便找了間沒人的教室待著。

國文老師問我是否要趁機再練練字。

我很猶豫。根據我作爲各類比賽選手的豐富經驗來說，賽前練習就是消耗體力和專注力，就是找死，可是我自知自己的字還稱不上完美……不過，眞要練的話，我也困擾。

我在桌子底下偷偷搓著隱隱作痛的右手中指。大概是之前練字練得太勤快，加上握筆方式不正確，新長出的繭痛得我只好調整握住筆桿的位置，這下更好了，連指縫都裂開滲血了，有時候我都佩服自己的努力程度，而且我連一句都沒跟姜安武抱怨過。

姜安武這時卻說：「別練了，妳只要記得用字把格子塡滿就行，別拿妳那小蟲子般的醜字出來，一筆一畫好好地、慢慢地寫。」

他說話時看也沒看我一眼，所以我也沒看他，輕哼了聲：「本來就沒要練。」

吃午飯的時候，我和姜安武坐得挺遠，也沒怎麼說話。

最近我倆之間有點彆扭，說的話也都挺公事公辦的。

飯後老師說想喝飲料，扔下我們自己去買了，我去了一趟廁所回來，見姜安武趴在桌上睡了。

我想他不可能在那麼短的時間內睡著，故意踩出重重的腳步聲，告訴他我回來了，也不知道是真睡還是裝睡，他依舊維持姿勢不變。

我想了一下，掐著嗓子小聲問：「真的睡了？姜安武，你不是真的睡著吧？如果睡了，我就不吵你了。」

確定他沒醒來，我馬上在他旁邊的位子坐下，玩起手機遊戲。

好吧，事實上我是假裝玩手機遊戲，方便就近觀察他。

姜安武緊閉雙眼，睫毛沒有特別長，鼻梁不是特別高，嘴唇的形狀也不是特別有明星光環，可是看久了會讓人覺得很舒服，很想一直看下去。

也許是天氣太熱，他的鼻梁掛了一顆汗珠，倒不使人看著跟著熱，反而很清涼，像冰過的可口可樂瓶身上結出的小水珠。

我實在忍不住，用指尖沾了沾，他的眼皮顫動，我嚇得跟做虧心事一樣縮手，無比認真地看著手機，屏氣凝神好一陣，左方傳來他灼灼的視線，把我給焦灼的，怎麼不說句話呢……

忽然，他想到更新的招數折磨我，他用原本就擱在我手腕附近的手指輕輕劃著我的制服袖子，一下一下，隔著布料，觸動了我的手臂，癢癢的，一路癢進心底，心臟它莫名激動起來，發病一樣地亂撞我胸腔，差點就要窒息了。

這人睡傻了是吧？

「幹麼？」爲了健康著想，我眼角餘光快速掃過他又拉開，這種距離就是近到讓人想看又不敢看。

他沒說話，依舊拿指尖刮我的袖子，眼睛從盤起的臂膀中盯著我瞧，好像在說：「是妳自己要過來的。」

我突然很想把那根指頭折斷，相信我，如果把我逼到極限，我真的會。

好在他終於願意說話：「妳臉好紅。」

……還不如別說。

姊姊我不樂意了：「你到底想幹麼？」

「拿去。」姜安武從口袋裡摸出一片OK繃給我。

原來他有發現啊……

我收下OK繃，露齒一笑，自覺笑得挺有國際大明星的風範，朝他伸出右手：「我單手怎麼好使？你替我包。」

姜安武一臉不情願，倒是包得挺仔細、挺好的，除了手的溫度熱得嚇人，燙得我縮了下手，天氣怎麼這麼熱啊？

他頓了頓，不慍不火地瞅我。

我們的目光彷彿被一條細細的絲線牽起，這麼說或許有點噁心，但就像他或我其中一人的眼睛跟蜘蛛人一樣會吐絲，透過那條絲，彼此之間有了什麼相連。

我實在熬不住，先撇開了眼睛，他的目光又在我臉上梭巡一陣，才繼續把OK繃黏好。

我迫不及待想把手收回來，他卻捏著我的指頭，把OK繃的縫隙壓扁，壓扁後又不馬上放開，就是繞著我的指頭輕輕摩娑，真是折騰得很。

「手指好……」他慢吞吞地拉拉我的指頭，發表感想：「短。」

我那顆小心臟準確歸位，嘖了聲，「你才短。」

「妳又知道了？」他斜眼瞧我。

我意識到他指的是什麼，給他個不齒的白眼。

姜安武哈哈笑了，笑得無法無天，笑得惹人生厭，還笑得很好聽。

我沒聽見，我沒聽見。

國文老師回來了，要我們快點準備，比賽時間就要到了，我的胃像是被人打了一拳似地沉下。

「別緊張，反正不會寫得比妳以前的字糟，重要的是讓人看得懂妳在寫什麼內容。」姜安武說，簡直都看穿我了。

我突然發話：「姜安武，我喜歡花，而且是不落俗套的花束。」

「說清楚點。」他挺無奈的。

我樂不可支：「等我站上司令台領獎，你就來獻花。」

他似笑非笑，拍拍我的後腦勺：「妳腦子有洞啊？那時我跟妳一樣站在台上。」

我始終記得他那時的表情，那樣無垢，彷彿一切都很好……只要不去觸碰他那塊不想被挖掘的陰影，都好。

但事實總不是如此的。

當我在比賽的教室坐定後，姜安武還沒來得及去到自己的比賽教室，就在走廊上接了一通電話，我當時還想著這廝一副窮酸樣竟然有手機。

下一秒，他的表情變得比刀鋒還銳利，和國文老師說了幾句，急急地往反方向去了。

「姜安武！」我從座位上站起來大叫他的名字，引起所有人的注意。

國文老師在教室外緊張地對我比劃手勢，要我坐下，我從她的眼神看出她要我別擔心，但是我沒辦法，姜安武離開時的表情我記得特別清楚。

我差點就衝出去，如果國文老師沒有雙手合十懇求我別去的話。

後來，我還是坐下來參加比賽，只是寫了什麼連我自己也看不懂。

Chapter 5

直到比賽結束，姜安武都沒有回來。

回程的車上，國文老師用極平常的語氣和我說起姜安武的家務事。

她說姜安武從小就是外公外婆帶大的。

說他暑假的時候外婆才因意外去世了，他的外公因爲中風長期臥床，本來都是靠外婆照顧，後來親戚決定讓他外公住進了安養院。最近他外公的狀況不太好，所以他才會帶著手機片刻不離身，深怕漏接安養院來的通知，剛剛就是他外公的情況緊急，他才棄賽。

國文老師又說大人都是爲小孩著想，只是姜安武大概是突然獨自一人生活太寂寞了，才會不想回家……

我雙手抱胸，聽不下去了：「老師，我雖然只是個學生，只是你們大人眼中的孩子，但我還是曉得對錯的，這算哪門子的爲小孩著想？如果大人眞心爲小孩著想，就不該讓他一個人大半夜還在外頭晃盪，沒回家也沒人聞問，就不該讓他獨自一人生活。」

老師握著方向盤，視線掃過我：「宋晶啊，原來妳很喜歡姜安武啊！也是，當初我爲了說服他參加這次比賽，都不知道花了多大工夫，那時我都快迷上他了……」

呃，老師，我不知道妳有沒有發現妳最後那句話有發展師生戀的嫌疑，我猶豫著該不該提醒她別走歪。

我斜睨她一眼，嗤了聲：「怎麼可能，老師，我可是宋晶，我是大、家、的宋晶。喜歡我的人當然很多，但我不能屬於某個人的。」

國文老師滿臉驚訝：「原來妳沒談過戀愛啊。」

我眞眞正正傻了一秒，接著一串話連珠炮般脫口而出：「談過戀愛就很偉大嗎？了不起嗎？再說談戀愛的標準是什麼？妳說得出來嗎？」

她翻白眼：「唉，你們這些年輕人怎麼一點都不青春熱血啊？想當年我和學長——」

我抬手制止她：「停，我對老師妳的青春無敵霹靂小美好沒興趣，講重點。」

她表情挺遺憾的：「……好吧，這麼解釋妳可能比較能接受，假設不知不覺在意起對方，那種感覺怎樣也停不下來，某天的某個瞬間突然意識到，原來我喜歡那個人，那時候的感覺——」

我截斷她的話，純粹是爲了發表感想：「很蠢。」

她出乎意料地笑了笑：「差不多，但更接近不甘心。不甘心爲什麼會這樣喜歡上一個人，可是就是停止不了。」

我嘆了口氣，連掩飾鄙夷的語氣都懶，直白道：「老師，身爲學生糾正老師是有點以下犯上，可我還是必須告訴妳，妳說的不過就是單戀而已……不，我說錯了，是暗戀。如果以此爲基準的話，我也是不會喜歡上任何人的。」

「這種話妳也說得出口，妳怎麼這麼不要臉啊？」沒想到國文老師比我更直白。

我一愣，吶吶道：「我是第一次被人這麼說。」

「我也是第一次這樣說別人。」

隔天姜安武沒來上課，我早猜著了，所以已經打聽到他外公住在哪間醫院，一放學我就去探病。

我想探病不能穿得太隨便，還特地回家換了衣服，另外買兩盒高級水果，再給他帶上晚餐飯盒。到醫院的時候，我先找護理站問房號，護士替我查清楚後，還提醒我會客時間快要過了，要我注意一下。

嘖，挑衣服挑太久了。

我在病房門口拉了拉裙襬，撥了撥頭髮，還掏出鏡子照一照。

「很好，宋晶，方圓五公里以內沒人比得上妳漂亮，除非林志玲也在這間醫院，那妳就必須跟她拚死肉搏——」

「妳在這裡做什麼？」

我的目光越過小鏡子，落在開啓的房門之後，姜安武面無表情地望著我。我飛快收起小鏡子，稍微側身，我的四十五度角最漂亮。

我用眼尾瞄他，再瞄了瞄病房裡，用眼神示意。

「妳怎麼會在這裡？」他又問了一次。

這人是眼睛還是理解力有問題？我這不是夠擺明了嗎？

我伸手把水果禮盒提到他面前：「我是來探病的。」

他接過禮盒後，當著我面把門關上。

我嚇了一跳，忍不住喊：「姜安武你幹麼啊！」

才喊完，他空著兩手又開門出來，我眼明手快就想從旁擠進去，他卻硬生生擋住我，把我逼出來。

嘖，不是大而無當嗎？想不到還挺會利用身材優勢的。

我瞪他：「你這樣不讓我進去什麼意思？我來探病。」

他關上門，阻隔我關心的探看：「妳不能進去。」

「爲什麼？」我眨了眨眼，表情大概很蠢。

他淡淡地說：「我外公有失智症，隨時隨地都把人當他以前的部下在罵。」

我能體諒：「喔，難怪裡面那麼熱鬧，你外公以前做什麼的？這麼大官威。」

「軍人。」他回答得特別簡慢，依舊沒請我進去的意思。

我不死心：「這樣吧，我其實挺有長輩緣的，很多老人家看到我都是滿口稱讚，而且我都來了，不如還是進去打聲招呼吧？」

「不方便。」他一口回絕。

我給堵得心浮氣躁，卻只能微笑：「……OK，既然你都這樣說了，我就不打擾了。」

他定定看著我，看我什麼時候走，我覺得寂寞。

「那這個給你，你餓的話可以吃，另外這是我的手機號碼，如果你有什麼需要都可以跟我說。」我把飯盒交給他，還有張寫著手機號碼的紙條，又仔細補了一句：「任何事都可以。」

「知道了，妳走吧。」他那雙眼尾微微下垂的眼睛看了眼電梯的方向，催促人的意思挺明顯的，挺不耐煩的。

這什麼態度……我腦子抽風了才站在這裡被他用看螻蟻的眼神對待。

「那我走了。」我轉身，踏著輕快的腳步，才不讓他看出我的羞惱。

早知道就不要特別挑一件好看的便服穿來給他看了。

我在醫院大門遇上國文老師。

她手上大包小包，看到我就說：「宋晶，妳身體不舒服啊。」

我不想被她看出我是被姜安武趕走的，抬起下巴說：「習慣性偏頭痛而已，我正準備要走了，家裡的司機送我過來的，不好讓他等太久。」

她點點頭，說她趕著走，就去搭電梯了。

我本來真的要走了，念頭一轉，想起了什麼，又追過去。

她搭的電梯早就已經關上門，另外幾部電梯都還沒到，我衝向逃生梯，死瞪著那一階階樓梯。

「六樓，只要爬六樓，宋晶妳可以的。」深吸口氣，我用跑百米的速度往上衝。

等我汗流浹背、灰頭土臉地推開六樓逃生門，正好看見國文老師從病房裡走出來，姜安武和她說了幾句話，她側耳聆聽，畫面竟有著微妙的小美好。

接著姜安武回房，她拿著熱水壺去裝熱水，我則躲在轉角的牆後……冷笑。

「不是說外公隨時隨地都在罵人，不讓進去的嗎？老師就可以？她難道比我還有長輩緣嗎？我攻陷長輩的手段可是一流的，我在長輩圈中可是無往不利，號稱大家的孫女，你知不知道！」

自顧自地說到最後，我那個氣呀，連路人見了都要退讓三分。再待下去我的形象將有毀於一旦的風險，我非走不可，推開逃生門後才想到幹麼又走樓梯下去，我痛罵自己傻了，撫平裙子和頭髮後，正想轉身走向電梯。

「宋晶，妳還沒走啊？」國文老師正好擋在我面前。

你看，人生就是這樣，不想見到的人總等在下一個轉角處，這該多坑人啊。

「我好像有東西掉了，所以原路回來找。」

「好像？」

「隱形眼鏡什麼的。」我隨口胡謅。

「妳不是沒近視嗎？」

我遠視行不行？我這時候特別想這樣回她，平時看在她是個老師的份上，我才尊敬她。只是，現在只要再聽她說一句話，不，一個字，我都會受不了，於是我匆匆告別，想也沒想，又往逃生梯走。

……自從認識姜安武以後，我老在繞遠路。

「是喜歡吧。」

「妳說什麼？」我不敢置信還兼不齒地盯著小星，我覺得她說話沒頭沒腦。

「是喜歡沒錯啊，妳分明嫉妒國文老師可以進去姜安武外公的病房，妳卻不行，這不是喜歡他是什麼？」

聽聽，這話是不是很沒道理？

「崔小星，我當妳是朋友才跟妳說，妳怎麼可以不好好聽別人說話？我不是說了，他用外公會亂罵人當作藉口，拒絕讓我進去，之後卻被我發現他讓老師進去！」這話我說得是咬牙切齒，用力到牙根都發疼了。

小星笑了下，特別不屑：「什麼被妳發現？妳分明是跟蹤老師才知道的。」

「我是想證明自己猜得對不對才追上去……我那是去應證，什麼跟蹤，難聽死了。」我擰了她的嘴邊肉一把。

小星呼痛，身子一扭，從我手中搶走自己的肉，眞有彈性。

「要不然妳說妳這是怎麼了？妳不就是想待在姜安武身邊，想多點時間跟他相處，想進一步了解他，才特意回家換了一身漂漂亮亮的衣服去？結果沒勾引到他反被打槍，惱羞成怒了嘛妳。」

……我爲什麼覺得她這番見解挺深入精闢的？

「啊──不跟妳說了，我要回家，腦子壞了才跟妳在這裡浪費時間。」我背起書包走人，不理她了。

「晶晶。」小星叫住我。

我慢條斯理地半回過頭，心裡還火著。

「妳今天還去找姜安武的話，別換衣服了，還有帶幾本課本去，就說快模擬考了，幫他複習。」

我瞪大眼睛：「……妳眞的覺得這樣有用嗎？」

小星像是逮到什麼似的，笑得可曖昧、可煽情了。

……我眞想用如來神掌拍死自己。

「不行的話，妳就給他眨幾下眼，撒個嬌，如果這些都沒用，妳就硬賴著不走，應該也是有機會的。」小星說得頭頭是道。

我扭頭，抿著嘴，不發一語，心裡卻想，硬賴著他眞的有用嗎？

不對！我這是怎麼了？我是宋晶啊！宋晶呀！振作一點！我賴著他能幹麼？從來都是別人想賴著我呀！

結果我還眞的穿著制服，背著書包去找他，我宋晶就是不能接受拒絕。

姜安武那叫絕情，直接下巴一撇，就讓我走。

我到底是哪裡惹到他了？値得他這樣不待見我？難道是我那天在車上說過的那些話，國文老師全都告訴他了？

嘖，這招太下三濫，太惹惱我了。

「也不給我個機會說話，你就要趕我走，我算什麼？我可是——」同一句話重複太多次都沒氣勢了，反正我就坐在家屬休息區，就不信他能總是趕我走。

我多少也覺得自己有點丟臉，但反正都是要複習功課，醫院這地方倒安靜，待在這裡也沒什麼不好。

半個小時後，我正在和最棘手的函數廝殺，姜安武突然衝向護理站。

護理站明明在我面前，但是他的聲音又急促又低沉，我聽都聽不清楚，而且也不過是幾秒鐘的事，護士和他一起跑回病房，我不放心，也跟著跑過去。似乎在我到達病房之前，陸陸續續已有醫生護士魚貫而入，所以當我站在病房門口時，房內已經是再多一個人都嫌擠的狀態，連姜安武也被趕了出來。

「姜安武。」我輕輕叫了他一聲。

他盯著門板沒有回答，我也不敢再出聲，只能陪他一起罰站。

沒多久，病床被推出來，我只來得及匆匆瞥了一眼，上頭躺著一個膚色黃得發紫，好像連呼吸都沒有的老人。

姜安武一言不發追了上去，我猶豫了兩秒，也跟過去。

那一晚，他的外公動了場手術，他不能進去，只得呆坐在外面的椅子上等。

我看著他，生平第一次理解了什麼叫做煎熬。

在販賣機買了一瓶水後，我才在他旁邊坐下，默默把水遞給他，他機械式地接過，握在兩隻手心中，體溫升高了瓶身溫度，結出一滴滴水珠。

「我外公可能會死。」他用自言自語的語氣開口。

結果聽了這句話的我，反而手抖得跟快中風一樣，我目不轉睛地看著他。

他低著頭繼續說：「妳來了之後，我睡了一下，大概十分鐘吧，睜開眼睛，他就沒有呼吸了。十分鐘前他還在罵我拿筷子的姿勢不對，外公和外婆從小就很在乎我的儀態和姿勢端不端正，他罵我的時候我就應該要察覺不對勁，他得了失智症後，從來沒把我當孫子罵，只會威脅叫我操場跑幾圈，伏地挺身做幾下。」

寶特瓶上的水珠一滴一滴落下，在他的兩腳之間形成一個小水窪，我無法確定那個水窪之中的成分，是否帶點鹹。

他慢慢地抬起頭看我，眼眉間都是令人心疼的迷惘，但是他沒有哭。

上。

「如果外公死了，我該怎麼辦……」他用那樣的表情問我，最後把頭沉沉地靠在我肩膀上。

這個男孩他有一百九十二公分高，而我有一百七十，但是現在他只是個小孩，我也是，站在生死關頭，我們還無法像個成熟獨立的大人一樣去面對。

我抓住他兩臂，深呼吸，而後狠心推開他，伸手探向他的眼睛。

「姜安武，你在說什麼？小孩子隨便揣測長輩的生死是很沒有禮貌的事，你給我振作起來，快，張大你的瞇瞇眼，把眉毛抬高，別像個小姑娘。」

他揮開我試圖撐開他眼皮的手，表情稍稍恢復平時的模樣，但是並沒有放開我又握向他的手。

我們就這樣一直握著彼此，直到他外公平安出了手術房。

離開醫院時，姜安武送我出來。

明明才幾分鐘的路程，我非要他送我，反正他不能進去加護病房，老坐在那裡，我怕他會腿部肌肉萎縮，就堅持非讓他送我。

我假裝沒發現我們依舊手牽著手，他好像也沒發現。

「姜安武，你明天會來學校吧。」

「看情況。」他揉揉眼睛，很疲倦的樣子。

這孩子大概幾天沒好好睡了，不回家沒關係，睡不飽就不行啊……不，果然還是得讓他回家才行，我收回沒回家沒關係的想法。

我捏緊他的手，大聲數落：「我問過護士了，加護病房一天只有兩個時段可以會客，你整天待在那裡只會給護理人員造成不必要的麻煩和心理壓力，你還不如回家睡覺，不如來學校，快考試了你知不知道？老師告訴我你塡了航太工程學系，你以爲那很容易考嗎？你英文好不好啊？航太工程對英文的要求很高的，你要是英文不好要怎麼考啊？眞該有人教教你社會可是沒那麼好混的！」

能夠從加護病房的會客時間一路罵到課業，我覺得我也夠進擊的了。

「妳教我。」結果他三個字就把我打趴。

至少他不是說他不考了，我總覺得要是他外公走了，指不定他就不去考大學了。

「那你得來學校才行。」我放柔了語氣。

「嗯，妳都一直求我了。」他笑著這麼說的時候，大概是太睏，單眼皮還擠出雙眼皮來。

我這時候就覺得每個人對於「可愛」的定義不同，有些人覺得在雨中發抖的小貓瑟縮得可愛，有人覺得平地摔倒的女生可愛，我偏偏覺得姜安武睡不飽的樣子特別可憐討人愛……唉，我多少也覺得自己有點噁心。

趁我再度想拍死自己之前，我按著太陽穴，有氣無力地說：「總之，明天等你來學校以後，再討論從哪裡開始複習。」

「宋晶。」

我本來正要開車門，聽到他的聲音，立刻回頭。

姜安武，這好像是你第一次對著我叫我的名字——我本來想這麼說，又覺得說了以後，他可能不會把叫住我的原因說出來，所以我忍著，用最甜美的表情等待他開口。

「謝謝妳。」他看著我的神情有些走神，眼神挺慵懶的，大概是眞的想睡了。

我好像反而被勾引了，心頭徐徐發燙，吶吶地吩咐：「明天一定要來上課。」

他點點頭，目送我上車離去。

✦

中午，學校圖書館內的座位大抵都是保留給一些眞的會讀書、眞的能讀好書的斯文敗類……畢竟敗類不是人人都能當的。

我是個上進孩子，複習的進度早早超過模擬考範圍，所以中午到圖書館就是圖個有冷氣的午睡，老師也從不趕我，那慈愛眼神訴說著「這孩子肯定昨晚熬夜苦讀了」，小學妹見了還給我披件薄外套，男同學見了想靠近偷親芳澤，還被女同學集體尖銳的目光給遏止，我不在這裡睡午覺實在太對不起國家和人民，我就是全校捧在手心裡的一塊寶。

姜安武開始發憤圖強後，我們中午都會去圖書館報到。

他外公術後恢復情況良好，過了一個星期就轉回安養院去，之後他認眞念書的程度都超過我了。

那是距離作文比賽後約末半個月的某一天，老師一早就告訴我比賽得了第二名，還說隔天升旗讓我上台去領獎。

由於我自認這場比賽發揮得不夠好，於是義正嚴詞地拒絕上台，主要原因是姜安武半途棄賽，我怕傷到他自尊，我體貼。

午休我照例去圖書館等他來複習，結果他一直沒出現，我等到忍不住打起瞌睡，最後乾脆趴下來，睡到一半迷迷糊糊有些冷，正奇怪怎麼沒人給我蓋外套呢？朦朧的視線瞥見對面坐了一個人，我提振精神想瞧個仔細，那個人卻走掉，我就又閉上眼睛睡了。

鐘響前五分鐘，體內那個他媽的準時的生理時鐘會叫醒我，我就是他媽的不願也他媽的醒了，而且還是他媽的特清醒，清醒到無法懷疑桌上那一排小花是否是真實存在的。

我抬頭張望，也沒人回個眼神給我示意，誰知道這是哪個愛慕者送的？

捻了朵白色的小花在指尖轉動，我忽然就想起了那件事，數了數，總共八朵，一朵一朵排得整齊，跟生平第一次列隊看齊的小學新生一樣，新鮮閃亮，閃得我的眼睛也跟著發亮。

有沒有那麼害羞啊，要送還得等人睡了才送……

我沒把炫耀張揚在臉上，只在收起花前，拿了手機拍下作證也做紀念。

那天放學，我還在教把我的腳當佛腳抱的小星數學，遠遠瞧見姜安武走過走廊正要下樓梯，馬上提起游泳專用的肺活量，朝他喊：

「姜安武，我收到你的花了。」

他停下腳步側著臉，平凡的小臉木訥尷尬，視線也沒瞥過來，微微點個頭，又要走。

「喂──我、說、我、收、到、你、的、花、了。」我倚靠在窗框上一個字一個字大聲說，多少人回頭探看我淺笑盈盈，就有多少青春蕩漾溢出怦然的小思緒。

我真是個罪惡的女人，怎麼說都是個漂亮的孩子，夠吸引眾人目光啊。

似乎是被我這麼一鬧，姜安武也一併成了焦點，不得不給點反應，他微微張了張嘴，又不想大叫，只得黑著張臉走過來。

「妳非得嚷給所有人聽？我家外牆剛好長著不少，妳用不著跟我客氣！」咬牙切齒地說完，這次他眞的走了。

臨走前姜安武還剜了我一眼，大有我再喊，他肯定擰下我的腦袋當球踢的味道，酷勁十足，有做不成大俠的大俠風範。

我倒是爲他彆扭的態度樂了好久。

Chapter 6

考前的日子總是又快又慢。

進入冬季，在迎來最後一次重要的指標性模擬考之前，姜安武已經在我的調教下有了長足的進步，不過那是指複習過的範圍內。我爲他安排好按部就班的複習進度，可惜進度稍微落後，我覺得特別不甘心。

我不想他之前的考試明明已經提高了平均分數，卻要敗在這次全範圍的模擬考上，所以我叫上小星，相互作僞證，結伴上姜安武家熬夜苦讀去。

摁了門鈴，姜安武開門看到我和小星站在門口，那表情眞是絕望，一定是因爲擔心小星會吃他太多的關係。

爲了不讓他操煩那些小事，我大方地說：「今晚給你們訂披薩，我出錢。」

「妳們來幹麼？」他不耐煩。

好吧，我承認我沒跟他提過要來他家熬夜苦讀是我唐突。

爲了讓他消消氣，我難得開玩笑：「沒跟你介紹過，她是崔小星，一閃一閃亮晶晶，滿天都是小星星的那個小星，和我湊一雙，我們完美詮釋了〈小星星〉這首歌。」

小星可機靈了，立刻在旁幫唱〈小星星〉。

姜安武抿著唇，作勢要關門，我眼尖，硬是一腳卡在門縫，痛得我。

他連忙把門打開：「妳腦子眞的有洞啊？」

我蹲下來抱著腳，本來想裝痛，但眞的痛得我想罵人。

「妳少裝。」他那語氣多氣人。

「誰跟你裝？我腳踝都腫了。」我哀怨地掃他一眼。

姜安武嘆了口氣，終於開門讓我們進去，一進客廳就看到滿桌的課本。

小星不負識時務這個盛名，馬上盛讚：「妳看看妳看看，小夥子多認眞啊。」

我撇嘴：「也不知道把課本鋪給誰看，要眞讀了才有用，讀懂了才有用。」

重要的是要有我在他才讀得懂啊，不都是我教他的嘛，這種考前一天的大日子，幹麼不找我，還要我自己找上門來。

他挑眉：「妳到底來幹麼？」

我咬著唇，斜睨著他，最後嘖了聲：「你別看我這樣，從小到大，我要什麼，想成爲怎樣的人，都是靠腳踏實地的努力，說穿了我就是個很難休息的勞動典範。」

姜安武一臉寫著：這孩子沒頭沒腦的都說些什麼呢？

我又嘖了一聲，還更大聲：「總之沒幫你複習完，我心裡不舒服。」

小星適時幫腔：「沒錯沒錯，宋晶的字典裡不是沒有輸這個字，可是這個字只用在一句話上，叫做『我討厭輸的感覺』。」

然後我們倆迅速找了位子各自坐下，拿出課本、筆記本、講義、自修和歷屆考題，討論得熱熱烈烈。

我看準小星早就想入侵姜安武這個創作投射人物的家中，看看他的房間長怎樣，所以我倆合作無間。

姜安武在一旁站了幾分鐘都沒動，好一會兒才聽見他說：「只有白開水。」

我和小星同時抬頭：「簡直好得夠慘絕人寰了。」

他用看神經病的眼神看我們，就給我們倒水去了。

熬夜向來不是我的強項，我最重視的就是睡眠。所以我從來不熬夜苦讀，也不會少睡了哪幾個小時，一天就得睡滿完完整整八小時，幸好我是沾枕即眠的人，從來沒有失眠的困擾。

我想小星應該也沒這方面的問題，看那顆球窩在椅子上睡得多爽快多豪氣，簡直都當這裡是自己家了。

今天是到姜安武家熬夜讀書的第二天了，凌晨十二點剛過，說實在話，要是平常我早睡了，昨天勉強撐到三點，今天最晚大概也就是撐到兩點吧，在那之前能把英文教完嗎……唉，頭眞的有點痛了。

「想睡妳也睡吧。」姜安武頭也沒抬地對我說。

我那個無比認眞的好學生正在努力解題中，還分神關照我。

「等你把最後這幾個句型搞懂後，我再睡。」我忍著呵欠，拿了外套給小星蓋上，實在是她抖得跟地震一樣，我會怕。

姜安武突然扯住我的手腕，我望向他，一臉莫名其妙，只知道如果他看著我不說話，世界好像就會停止轉動了——他的眼睛有時候好像能緊綁住人。

還好他只是把我拉得靠近他些，另一手貼上我的臉頰，又移到額頭，把我瀏海都撥亂了。

估計是因爲太出乎意料之外，我錯過驚訝反應的第一時間，過了一會兒才慢吞吞地問：

「你……這麼做有什麼好理由嗎？」

「沒事。」他說完，放開我的手，退回自己位子上。

我眉毛一挑，嘴角浮現隱隱的笑，笑得小驕傲：「欸，你從哪裡知道我睡不飽容易發燒的毛病？」

他看著我的表情很想勒死我，我就開心。

前兩個月這廝還在半夜的時候和我吵了一架，要不是他外公那件事，恐怕比賽結束後，我們就該天長地久有時盡，此恨綿綿無絕期，老死不相往來了。

眞是有長進的孩子。

姜安武想起什麼似地開口：「對了。」

「嗯？」我用眼尾看他，這種驕傲到欠揍的表情，我可上手了。

他假裝沒看見：「問過妳爸媽爲什麼這麼整妳沒有？」

「整我什麼？」

「名字，宋晶，誦經，好端端的，搞得跟參加喪禮一樣。」

我舉高手作勢要狠狠揍他：「我這名字只有你才會想到喪禮，我這是氣質飄渺。」

他頓了頓：「人品確實也挺飄渺的。」

我白了他一眼：「……聽說原本打算取名宋嬌的，表嬌俏可人。」

他表情一片空白，老半天才回：「嗯，還是飄渺點好。」

姊姊我好脾氣，不跟他計較。

✦

青春期最有趣的一件事就是連你也不知道自己在想什麼。

我自覺對姜安武也不到那種程度的喜歡，只是追著他跑了一陣子，和他一起並肩練習了一陣子，知道他的一些隱私，陪他經歷過一次生死交關……雖然不是發生在我或他身上。後來莫名在意的不得了。

而我會那麼介懷，主要還是因爲是他先改變態度……雖然不是很明顯，也很難用言語表達，不過我現在就有個現成的例子。

昨晚頭痛果然是徵兆，今天眞的就發燒了，其實早上回家換制服的時候就有感覺，一度還被家人阻止來上學，可我就是挺著顆燒燙燙的腦袋也要來。

我怕姜安武臨時有什麼不懂的地方，想找人問找不著。

小星一早看到我就唯恐天下不亂地挖苦我：「大家生病都會高興賺到病假，在家好好休息，就妳爬也要爬來，肯定是有非見到不可的人吧。」

我懶得理她，勉強考完兩節課，終於去保健室報到，幸好，我即使心裡有事也能輕易睡著。

當我醒來時，手正握著某人的手，那個某人姿勢端正地坐著打瞌睡，眞是一枚奇葩。

青春期另一件有趣的事是除了不知道自己在想什麼，也猜不準別人在想什麼。

例如他什麼時候來的？爲何我倆手牽著手？爲何他會來找我……是不是他看上我了？

見他一直不醒，我心裡滿是疑問又沒人可問，特別不痛快，於是突然使勁用雙手捏緊他的手，跟洩憤一樣。

憑什麼我一個魅力的化身躺在這裡睡覺，他也能跟著睡著？

姜安武縮了一下，慢悠悠地睜開眼：「不燒了？」

我摸摸額頭：「還燒著，現在幾點？」

「午休。」

「你考試考得怎樣？」

「每題都回答了。」

我嗯了聲，瞄了眼我和他的手：「你孤單寂寞覺得冷啊？還牽著我……」

他木著臉：「看清楚，是妳抓著我。」

我嚷道：「我睡著了怎麼抓你？我心電感應不成？」

他就說：「誰知道妳做了什麼沒品的夢，一直胡言亂語，不讓妳抓妳吵得更厲害。」

我刨他一眼，跟扔垃圾一樣甩開他的手，翻過身去。

他還有臉笑，而且還笑出聲。

我就不爽快，翻坐起來，瞪著他咄咄逼人地問：「姜安武，你的理想型和我完全相反對吧，你能提出那麼具體的理想型，就代表你不會選擇理想型以外的女生當對象對吧？那你幹麼關心我病了沒？」

相對於我，他可淡定了：「這是基於道義，妳是因爲我才熬夜導致發燒的。」

我「哈」了好大一聲，撇嘴道：「說得那麼合情合理，反正我不是你的類型，你也不是我的類型，看看你那身高，估計你得找個有巨人症的女孩，接起吻來對方才不會太辛——」

我話還沒說完，他猛地朝我靠過來，一手抓著床頭欄杆，一手放在我大腿邊，臉貼得幾乎碰到我，最幾乎的部分就是嘴唇。

爲了維持氣勢，我沒有後退，只是輕輕地、盡量不挪動嘴唇地把最後一個字說完：「苦。」

「這樣妳覺得辛苦嗎？」他說話的熱氣噴了我滿臉。

氣息這種東西是看不見的，可是越看不見，越感覺得清楚，這是我們第二次這麼靠近，我眞心以爲他接下來會吻我。

你看，這叫我如何不當一回事？

破壞一切的是國文老師。

她們也不敲就闖進來，看到我們兩個就笑得一臉捉姦在床的曖昧，姜安武立刻彈開。

這位很不老師的老師，竟拍拍他的肩說：「小夥子，你這年紀在有床、有窗還有屋頂的地方做這種事，很不應該啊。」

他的臉立刻跟晚霞一樣紅得驚人，扭捏地揮開老師的手。

不知道爲什麼，我有一種奇怪的感覺，而這感覺要解釋由來也不是不行的，舉個最明顯的例子，姜安武已經很久沒有在我面前臉紅了。

你說哪個男生面對自己有興趣的女生會臉不紅氣不喘？就算是有也不會是姜安武，他多矯情啊，是跟女生說話都會不好意思到羞意上臉的小夥子啊。

所以他對老師說的話會臉紅，對我做那種事卻一點反應也沒有，是不是很奇怪？他的臉會那麼紅究竟是不好意思多一些，還是不想被老師看到的成分多一些？

我嘖了聲，再度覺得國文老師一百五十公分的身材挺礙眼的，比小星那顆球還礙眼。

「姜同學，你先回去，我和宋晶有話要說。」

噢，對，我都忘了早上小星跟我說過國文老師在找我，不知道是不是沒安什麼好心眼。臨走前，姜安武的眼神掃過我，好像有話要對我說……該不會是要我別亂跟老師嚼舌根？唉，我好像燒得更嚴重了，我搞不懂他在想什麼。

姜安武離開後，老師在他剛才坐過的椅子上坐下。

「宋晶啊，我聽說……不，我看到……嗯……那個，或者說我在想妳是不是……」

「老師妳有話直說。」我還眞不想和她多聊，就直白挑明了。

她低下眼，摸摸床沿，漫不經心似地開口：「我之前不小心看到妳的升學調查表，妳眞的要出國念大學？」

我還眞沒想到她會跟我討論這件事，畢竟連班導都沒想找我聊了。

「沒錯。」我慢悠悠地回：「老師，看在妳是第一年教書還帶班級，我猜妳應該也是個把GTO什麼的奉爲圭臬的好老師，但妳和我談這個幹麼？不會是忘了我不是你們班的學生吧？」

國文老師略過我的話，更唐突地問：「那姜同學怎麼辦？」

我怎麼覺得她就是來找我攤牌的？接下來她該不會要告訴我，她已經偷偷喜歡這個學生很久了，不會就要抓著他一起上演《魔女的條件》吧？

我覺得那樣不好，故意說：「我覺得自己可以適應遠距離戀愛，手寫信什麼的，很浪漫啊。」

老師卻說：「可是我認識的姜同學不是能接受那樣的人啊。」

她這話還眞是暗示我是個不顧他人感受、非常自私的人？拜託，我要是不顧這些，就不會還想著要阻止他們進化成那種不倫的關係。

我按下將要惱羞成怒的情緒，反問：「老師是不是太過替姜安武著想了？」

她可眞誠了：「嗯，他對我而言是個特別重要的學生。」

眞的是《魔女的條件》的大粉絲啊……

不對，也可能是其他方面的意思，你看鬼塚英吉不是也嘴砲得可以，卻很寶貝每個學生嗎？

不過，即使如此，我心裡還是不舒坦。

「不管怎樣，妳都是個老師，老師的職責是在學生做錯事之前或之後才出言提醒，我和他什麼事都沒做錯，也不會做錯，那老師妳就沒有插嘴的餘地，什麼也不需要跟他說，請妳不要插手我們的事。」

關於丟臉，我有一個親身經歷的血淋淋實例。

那是我小學五年級的事，當時我就已經是個全方位的美少女，只是彼時我尚未有自己是大家的這種想法，那時我還在追求自己的幸福，所以我喜歡上同班的一個男生。

起因是發生在某次打掃時間，我和那個男生的外掃區域相同，我總是拿了掃把就飛快往該區衝，實在是早做完早休息，而我這輩子最痛恨打掃。

那天他從我後方趕過我，回頭對我說了一句：「宋晶，妳的側臉眞的很漂亮。」我長得怎樣，自己是清楚的，別人對我有什麼感覺我也明白，可是在那之前從來沒有一個男生敢當著我的面稱讚我，結果我就因爲這句話喜歡上他了。

喜歡的心情其實就像把超過分量的糖漿擠壓在一個小小的罐子裡，然後還硬要把蓋子蓋上，但那時候我的做法是把蓋子打開，任由它溢出來，所以我決定要跟他坦白，當然那已經是五年級快過完的時候。

也不知道算不算個契機，剛好有個假日我要去圖書館，現在常去覺得沒什麼，當時年紀太小，去那種地方自覺特別有氣質，於是我寫了張小紙條塞在對方的手提袋裡，讓他在同一天的同一時間也去……只是我忘了署名。

後來那個男孩看完紙條，便轉交給老師，一副生命受到可怕威脅的小模樣，我看了特別想揍他之餘，眞是丟臉丟到我想轉學的程度，即使沒有人知道那是我寫的。

不，老師應該知道，她只是體貼的沒來跟我說，當時那位老師啊，我一輩子都會記得妳的恩情。

回過頭來說，眼前這位國文老師倒是讓我嘗到了丟臉的滋味。

她說：「我不是那種老古板老師，只是現在不是你們彼此動搖的時候。我不是說在這個節骨眼上不好，而是妳應該考慮他最近經歷的事，他可能無法再承受分離。當然如果姜同學沒那個意思，那就是我多想了而已。」

乍聽之下，這番話沒有嚴厲的指責，但當我聽到那句「如果姜同學沒那個意思……」，那一瞬間，過去那個丟臉的回憶清楚地回來了，還害我當晚做惡夢。

結果我就一直想著這件事。

姜安武也許是喜歡我的，但也可能只是我誤會了……

這樣的念頭在我心上反覆了好一段時間，說實話挺折磨的，我在路上看到他都得掐著自己脖子才不會衝過去當面質問他，實在把我的嘴給癢死了，然而即便這麼折磨，我也還是配合著家裡操辦好出國留學事宜，我就想，其實我好像也沒那麼在乎。

後來我決定反過來思考，不管姜安武究竟對我有沒有意思，更該想明白的是我對他是什麼意思。突然間，我發現那應該是一種更接近互相依賴的感覺，在很短的時間裡，我依賴過他，他依賴過我，才會萌生了想一直在一起的念頭。

簡單說，那與愛情無關，是一種依存症，我在書上看過。

我和姜安武最後一次碰面，是我硬要陪他去探望住在安養院的外公。

他本來怎樣都不讓我跟，推辭了老半天，他才坦承外公身上有疥瘡，傳染力很高，怕我會被傳染。

我問他之前在醫院是不是也是這樣，才死活不肯讓我進到病房，他回廢話……同學，你當時說的是你外公很會罵人啊。

總之，這次我總算跟進去了，他外公真的是派頭特大，從頭罵到尾，讓我敬佩的是姜安武全程都能搭上話，也不知道是不是那雙瞇瞇眼的緣故，他的表情很平靜，一咪咪不耐和心煩都沒有，是不是個很優秀的孫子？

連看護都說他假日時常來當志工——這下不只是優秀的孫子，人品都高潔起來了。在我們離開時，看護曖昧地笑著要姜安武下次還帶我來，說我倆很般配，我本來是沒那個心思的，突然也忍不住緊張，都怪世人老愛亂配對，腐女也是。

可是我也實在很想知道他到底喜不喜歡我，否則帶著這糾結的心思出國，我怕我晚上會睡不著，那可是美容大忌。

出了安養院，我停下腳步。

「姜安武，我下禮拜要出國了。」我用和國家元首說話的鄭重語氣宣布。

「喔。」他看起來一點也不意外，應該是已經從哪裡聽說了，而且也沒有其他下文。

我挺不是滋味的：「所以你有沒有話要跟我說？」

不管喜歡或不喜歡都無所謂，我只是想了解他那些小動作代表什麼意思，我只是需要他說明白，否則我會鬱結到吐血。

他二話不說搖頭給我看，看得我也很想抓著他的肩膀猛搖他。

總之腦子裡有條筋還是血管什麼的突突地跳，但我沒有發作，我就是用力地再問他一次：「姜安武，我說我就要走了，我會在國外待上四年，搞不好我就在那裡工作，結婚生子，還落地生根……總之，如果你有話想跟我說，例如你發現自己突然覺得我美得冒泡、或是人格特質驚爲天人之類的，你就不要浪費機會。」

這次他沉默了好久，才輕輕「啊」了一聲：「我想到了。」

「是什麼你儘管說。」我點點頭，還眞有些期待。

「爲了妳的人際關係著想，出國前妳還是去治治自戀這毛病吧。」

如果是九年後的我會大方承認——但我那時真的是太年輕，我就沒想到幽默地回他一句口頭禪「我可是宋晶」，我選擇轉身就走。

不，以我當時的心情根本是想和他老死不相往來了。

所以後來我還眞沒跟他聯絡過。

那是二〇〇五年的事。

Chapter 7

說什麼一雙好鞋能帶你到怎樣的好地方，那些都是廣告標語，路是靠自己走出來的——因此，我只是單純喜歡美麗的鞋子。

尤其是高跟鞋，自從大一穿上人生第一雙後，我再也離不開它們。

這個月月初，當我刷卡買下第五雙鞋時，我媽來了一通電話，大意是要剪我信用卡，且未來半年內都不會再幫我繳卡費，因爲那五雙鞋差不多就值我半年的生活費。

這是二〇〇七年二月的波士頓，新聞不斷連播提醒將有大雪襲擊，市長發出警訊要市民注意自身安全以及停電，於是我告訴我媽，她女兒很可能會凍死或餓死，我媽沒理會就掛了，我忘了我家其實是鷹爸鷹媽的教育方式，我大概眞的會死，跟我的鞋子一起。還好我甘願。

可是在大雪天裡，穿著Jimmy Choo的高跟鞋出現在公寓附近的超市，我就得頂著別人把我當神經病的眼神購物。

幸虧多準備一副墨鏡，我從容不迫地戴上，拿起一個籃子，不慌不忙走向陳列架。我的原則就是不推推車，推車不夠時尚，而且我現在也沒有買得起一推車的財力。

「妳要買什麼？」

後頸處一股氣息噴得我冒起雞皮疙瘩，實在是這麼冷的天，對著別人的脖子說話很不禮貌。

我回頭瞪了車賢秀一眼：「你給我看著我的臉好好說話。」

他張大一雙本來就很大的眼睛，無辜地對我眨一眨，但我知道藏在那雙眼睛裡的是怎樣的爲所欲爲。

第一次見到車賢秀，是在我那棟公寓的屋頂。

陳舊的沙發上，睡著一個女孩，和一個替她披外套的帥氣男孩，場面溫情之餘，莫名有股亡命鴛鴦的氣息，我就想到電影《我倆沒有明天》的Bonnie和Clyde，後來我才知道那女孩是他的女朋友，準確點說，現在是個EX了。

我猜肯定是因爲他個性一貫作威作福，人品太過鴨霸，才會導致分手。

而我和車賢秀的關係其實很容易解釋，他是房東的兒子，房東是我爸媽的好朋友，在我到波士頓讀大學之前，我和他完全不認識。

「珍，這些都給妳。」車賢秀摸索口袋，掏出一疊折價券給我。

作爲一個韓裔美國人，他的英文說得比韓文還好，中文程度則和韓文差不多，由於我入境不隨俗，沒取個英文名字，所以大部分同學用發音比較容易的姓來稱呼我比較多，只有他堅持叫我的名，多虧那字正腔圓的美式口音，他永遠把「晶」發音成「珍」。

說實在我感覺不到他的誠意，便時常用中文叫他笨蛋，這就是公平。

我白了他一眼：「我要這些幹麼？」

「是妳自己說就算同情妳也不准給妳錢，說那樣很傷妳自尊，我才弄來這些折價券，聽說如果懂得好好使用，三百多塊的東西也都只要一兩塊錢就可以搞定。」

我一聽，拿下墨鏡瞪大眼睛仔細瞧：「就憑這些紙？這上面不是都寫能折多少錢而已？」

車賢秀笑得一臉惡劣，像是得意著我終於上鉤，可是帥哥就是帥哥，不會因爲他顯示多少的劣根性而減少帥氣程度，這點已經在他身上蓋章驗證。

我老覺得這傢伙很不韓國人，在我印象中，那是個國民全都卯起來單眼皮的國家，憑什麼他是雙眼皮？比起來，記憶中的某個人還比較像韓國國民。

想起了多餘的事，我對自己嘖了聲，說：「快買一買回去，雪好像又更大了，我不想高跟鞋卡在積雪裡。」

他皺著眉頭瞧了瞧我的腳，立刻數落我：「妳爲什麼連這種天氣都穿高跟鞋？不能穿雪靴嗎？」

我滿是嫌棄：「雪靴是什麼鬼東西？那東西醜死了，穿上去不僅腿變短，也絲毫沒有氣勢，那跟我的時尚不搭。」

他不敢苟同：「總可以穿雙靴子吧？妳這種雪地時尚讓人見了很恐慌。」

我用看白痴的眼神看他：「我的靴子都是眞皮的，你說走在雪裡行嗎？」

他沉默了一會兒，才接話：「回去還是去買雙靴子吧，買雙便宜、PVC材質的，重點是可以在這種天氣中行走的。」

……

這人到底知不知道我得用上折價劵的原因？

我懶得解釋，挑了幾樣必備品丟進籃子，車賢秀竟就伸手往籃子一撈，把那些東西全給擺回架上。

「你又有什麼高見？我補充我的冰箱你也要管？」

「妳的冰箱用不著太高級的紅酒或白酒，有種東西叫啤酒，價格比較親民。」

我噘著嘴：「啤酒的味道太寒酸了。」

車賢秀白我一眼：「再說妳現在該買的是應付暴雪的備用品，電池有沒有？手電筒有沒有？重點是糧食。」他拿走我的籃子，邊走邊擅自從貨架抓東西扔進去。

我見他把籃子堆得像平地隆起的一座山，立馬飆著高跟鞋追過去，隨手抄起手電筒一看，馬上體會到這人很可能會敗光我微薄的生活費。

「手電筒算什麼？」把手電筒放回架上，我跑到別的架子拿起蠟燭，「現在是重視環保議題的世代，節能、減碳、隨手關燈、救救北極熊這些字眼每天都會在生活中看到啊，所以蠟燭才是王道，既可以取暖，又有氣氛，懂了嗎？」

車賢秀只是伸手將黏在我臉頰旁邊的一根頭髮挑掉。

「我喜歡妳長髮的樣子。」他低頭衝著我笑，笑得頗無賴。

我沒有當一回事，除了認爲我長髮確實很美，我短髮更是美到爆炸以外，我曉得他接近我不是眞心的，他只是不想前女友已經開始和別人約會，自己卻沒有。

亦舒說過：我好好的一個人，幹麼要做別人的插曲——我才不讓人這樣糟蹋。

回到公寓，雪水浸濕了鞋和褲管，我只想快點換上寬鬆乾燥的褲子，趁還沒停電前從網路上下載幾部精采的電影，沒想到小星來了電話。

這學期她申請上了紐約大學，所以有時會來我這裡過周末，今天星期五，大概是要來才會打電話，而我現在特別需要和她聊聊。

接起電話，還沒說上幾句，車賢秀在樓梯口叫住我，我皺著眉頭從扶手上方探出頭，他好像又在提手電筒的事，我揮揮手，不是表達聽見了，而是表達沒興趣。

都說要環保了！

不久前，小星說過：「現實的距離往往就是心的距離。」那時我沒聽懂，我還想這顆球莫名其妙說什麼，還敢一臉「我剛剛是不是說了很厲害的話」的無恥表情。

後來，我想她是想表示：時間有時候會把自以爲是的感情打回原形。

舉例來說，我四歲的時候有了一個妹妹。

在那之前我都是孤單寂寞自己玩的，爸媽去上班，把我託給保母，保母總是在講電話，那種忙碌的勁勢太過逼人，實在不是個適合撒嬌的對象，還好我也不是只會撒嬌的角色。

總之，多了個肉呼呼的妹妹，就算保母老講電話或是跟老蔣說電話都沒關係了，我多開心吶，我從小疼她，她也都跟在我屁股後頭顛顛地跑。

那時怎麼可能料到她升上國中後，突然不跟我說話了，突然連看我的眼神都充滿厭煩，也沒跟我解釋一下這心路歷程是如何轉變的，我和她瞬間成了一個屋簷下最熟悉的陌生人，所以蕭亞軒那首歌的心情我是很能理解的……

大約過了兩年，我才知道宋密那顆青春期的少女心，因爲有個太優秀的姊姊而被狠狠打擊——說白話些，好像是她暗戀的某個學長，公開表示喜歡她的姊姊。

我有什麼辦法？我可是宋晶。

雖然妹妹那個學長也和我是同一所國中，可是彼時我早就畢業了，根本不認識他，只能說強大的魅力是可以傳頌好幾屆的，我優秀。

跟宋宓提過這件事，卻沒能贏回她的善意，雖然不到翻臉的地步，但我們已經很久沒好好說上一句話了。

現在想想，我和姜安武也差不多是這樣。

時間不是在我們之間留下非對方不可的堅毅，而是把當時的曖昧不清淡化成誤會一場，誤會解開後就是失聯。

好吧，一開始是我賭氣不和他聯絡，只是後來想聯絡也困難了。

「這就是距離的可怕，妳覺得你們很熟、很親，其實連對方的血型都不知道。」在通話一小時後，小星這麼說。

……好吧，我眞的不知道。

忽然，我的火氣高漲到一發不可收拾，滔滔江水將要滿溢的地步。

我在客廳走來走去，二月的波士頓莫名地讓我腦門上火：「呼，這股沉甸甸又凶猛爆發的感覺是什麼？啊，妳說爲什麼我覺得越來越生氣？我現在好想出去跑個二十公里，或者我應該打電話給他——」

「晶晶。」小星突然用特慈愛的語氣叫了我的名字，我就理所當然地抖了一身雞母皮，問她打斷我的話幹麼。

她說：「妳和那姜同學都猴年馬月的事了，妳不說，我早忘了有這個人，妳現在提我才想問妳幹麼？」

小星的人品或許不值得一提，但作爲朋友，傾聽這種大事，她還是願意做的。

於是我馬上傾吐我的糾結：「我啊，我糾結了快兩年就想不通，怎麼我不是遇到不肯把話說白的，就是遇到心懷不軌的，像我這種女人不該男人緣這麼差啊。」

小星語氣轉冷：「妳知道嗎？我原本只是想打電話跟妳說這禮拜大雪，不過去了，卻聽妳叨絮了一個多小時，這種奢侈的抱怨，妳對那些男人說去。」

她最後扔下一句，運動時間到了，就掛了我電話。

看來我果然還是高估了她作爲朋友的義氣。

那天晚上，波士頓大停電。

在風雪把門窗搖得跟想破門而入的連環殺人魔一樣時，只有廉價啤酒陪我。

「珍，開門，如果妳不開，我就自己用鑰匙開了。」

——還有無賴的房東兒子。

我裹著被單唰地拉開門，手上端著一根蒼白的蠟燭，狠狠瞪著車賢秀，務求達到最陰森的效果。

「你來幹麼？」我沒好氣，只有渾身酒氣。

「回來的時候不是說了要拿手電筒過來給妳？」他亮出手電筒。

「用不著，把鑰匙給我就好。」我說。

車賢秀用手電筒朝我眼睛一閃一閃地照著，趁我被照得即將翻臉前，他閃身擠進我家，發現屋子裡處處點滿蠟燭，他吹了一記響亮的口哨：「還眞有置身雪山落難的情調。」

沒辦法，停電哪來暖氣可用？

披上披肩，我訕訕地說：「不知道是誰只顧叫我儲備糧食，就沒想過我會失溫凍死。」

還沒想到怎麼把車賢秀趕出去，他先撿起我喝了一半的啤酒罐搖一搖，明明光線不足，我倒是把他臉上的揶揄看得清清楚楚。

「這是爲了保持溫暖。」

「好像我說了什麼。」他笑了笑，眼看就要喝我的啤酒。

我臉色一沉：「你敢喝，信不信我就敢把你的頭髮拔光？」

沒想到我低估了頭髮對他的重要性，他目中無人地喝光我的啤酒，爲了表示我是個言而有信的人，我就追著他滿屋子跑，眞是累得我。

後來我和車賢秀喝起啤酒來，這就是停電的大雪天裡，一男一女少數能做的事情之一。

撇開他那副老大的態度，倒也不是個討人厭的傢伙，只是他一天裡有九成的時間都挺老大的。

微光中，他在一堆啤酒罐裡尋找沒開過的：「妳是不是有潔癖？從沒見妳和別人共飲一個杯子裡的飲料或是共享一個盤子內的食物。」

我搶走他找到的那罐，罵道：「共飲這種事是可以隨隨便便做的嗎？你怎麼知道你喝了某人的飲料不是玷汙了對方的青春回憶？」

他又找到一罐：「所以我玷汙了妳的清純回憶？還是妳在家鄉有對象？」

我一扭頭：「沒有，只有讓我火大的對象！說什麼要我去治治自戀的對象！也不想想他算什麼呀？長得一副要飛上天一樣的身高，他有一百九十二公分，一百九十二！難道是巨人症？長那麼高幹麼？連接吻都很麻煩呀，他女朋友到底得穿多高的高跟鞋才能和他平起平坐？」

車賢秀喝了一口啤酒，涼涼地問：「妳是不是很喜歡那個男的，甚至爲了他穿高跟鞋？」

我嘴撇得都快撇到鼻孔了：「誰爲他穿高跟鞋？這一年八個月又一天的時間裡我從沒想起過他！」

車賢秀回：「這不是記得很清楚嘛。」

我因爲他這句話，連吞了兩罐啤酒也不肯跟他說話……說起來，我當晚的記憶就到這裡。

所以下面的情節都是他事後描述的，而我本人則抱持質疑的態度。

情節一：

我猛灌了半罐啤酒後，站上客廳的桌子，居高臨下，毫無由來地藐視車賢秀：

「我跟你說，我眞的沒聯絡他，不信？不信我打電話讓他證明！」

後來我就站在桌子上打了十分鐘的電話。

情節二：

我喝掉最後一罐啤酒，兩腿開開的蹲坐在沙發上（誰知道我爲什麼要那麼做，所以我強烈懷疑其眞實性），對車賢秀笑得很流氓：

「所以說做男人不能這樣的，喜歡就說喜歡，不喜歡就說不喜歡嘛！他是女人啊？搞什麼曖昧？想寫詩啊？徐志摩？呼、吼、呼、吼——越說越氣，我要打電話罵他才行！」

後來我邊搥自己的胸口邊打電話。

情節三：

我邊喊氣得快要爆炸，邊敲附近鄰居家的門討酒喝，哪個鄰居不聽話，我就拿高跟鞋敲他腦門。

車賢秀把我拖回去，我因爲沒有收穫硬是不肯進家門，對著打不通的手機罵：

「爲什麼？爲什麼不接？是國文老師你就會接是吧！是老師你就讓她進病房是吧！現在畢業了，你們高高興興在演《魔女的條件》是吧！你們是瀧澤秀明和松嶋菜菜子嗎？那我是什麼？」

後來我邊敲車賢秀的腦門，邊又在自己家門口打了十五分鐘的電話。

情節四：

我笑得很邪惡，拿出最後珍藏，打算在某個重要日子才開來喝的八二年的葡萄酒……據說我是用開香檳慶祝的方式打開它的（車賢秀那個王八蛋居然不阻止我這種浪費的舉動），歡天喜地得很。

我對他保證：「放心，我不是那種瘋女人，我很瀟脫很酷的，不會做蠢事。」

然後我豪邁灌了一大口，再把啤酒遞給他，接著往外衝。

「敢不接我電話，關機是吧！我現在就要搭機回台灣，我要拆散那對自以為是偶像劇主角的狗男女！我現在就回去——」

聽說我嚎叫的聲音，讓整棟樓的人都由衷覺得萬分可怕。

✦

一夜風雪後，窗外的天空晴朗，想必外頭不論是信箱、汽車、路樹還是小貓小狗小鳥身上都覆蓋上一層厚厚的可愛白雪。

我將目光從前一天還毛絨絨、今天已經光禿禿的絨毛抱枕撇開，在晨光中優雅地戴上墨鏡，把車賢秀那雙似笑非笑，再笑我就要揍人的眼睛阻隔起來——大抵那些酒醉鬧事的明星隔天上新聞頭條都是這個打扮，墨鏡是基本配備。

他慢條斯理地說：「說到底，妳一直單方面喜歡他吧。」

我不齒地攤手：「我？我喜歡他？我的老天，我是宋晶，我才不喜歡別人，都是別人喜歡我。」

車賢秀看了我好一會兒，看得我渾身發毛，才淡淡地說：「妳說謊，否則妳不會到現在還提這件事……」

「不要說了。」我沒看他，只是抬起一隻手阻止他往下說，儘管時間再怎麼推進，我依舊有顆奧斯卡女主角的心，所以我用悲壯且警告的語氣說：「就算你真心那麼覺得，不，就算我眞的是那樣也不要說。我，宋晶是不回顧過往的，昨天那只是酒後失控，很多人都會這樣，這下你知道我是一個會發酒瘋的女人了，以後不要再對我抱有不切實際的幻想。」

後來我又想了一下，覺得不妥，補充威脅：「但你要是把這件事情說出去，我眞的會拔光你的頭髮，而且是親手，一根一根拔。」

車賢秀伸了伸懶腰，以輕鬆的語氣告訴我：「反正誰不是帶著對某個人的遺憾，再愛上另一個人的，所以只要妳能把他往記憶的深處裡藏好，我不在意。」

認識他快兩年多了，我第一次沒搞懂他的意思。

他憑什麼說的好像我們兩個已經在一起了？

我摘下墨鏡，眼底滿是懷疑：「車賢秀，你是不是眞的喜歡我？」

他緩緩放下抬起的手，無端散發出一種自信自在的魅力，在我的沙發上顯得特別出類拔萃，特別好看……應該是我沙發挑得好的緣故。

他慢悠悠地笑著：「妳不是早就知道了？」

我眼睜睜看著他上半身越過桌子越靠越近，最終親了我。

雖然只是短暫的一瞬間，但如果我想躲是可以的——可是我沒有，那是我的初吻。

而車賢秀日後成了我的初戀，最憋屈的初戀。

Chapter 8

在馬來西亞的雙子星塔前找到姜安武時，我慶幸自己穿上了最高的一雙高跟鞋，這小夥子怎麼還是這麼高！

現在是大三的長假，我和一行十來個同學規劃了馬來西亞、新加坡之旅。由於我那個抵死不願意再和我交心的妹妹，適逢升高三前的最後暑假，我那對鷹式父母覺得在面對大考來臨的壓力之前，應該讓她先喘口氣，原本打算讓她到美國找我，又顧慮她獨自一個人搭機到那麼遠的地方會不會不安全。

當初我留洋時，他們都沒擔心過什麼，我懷疑自己是垃圾桶裡撿來的。不過，我心裡終究是有我妹的存在，沒辦法，到底都是血濃於水的家人。

於是我推薦了一個絕對優質的陪同人選——姜安武，無誤。

因爲波士頓的大雪莫名地登上了國際新聞版面，基於人道關心立場，姜安武第一次撥了我的手機號碼，幸虧我沒換號，才能搭上線，後來我們莫名地開始用電子信件保持聯絡。

我問他願不願意陪我妹來美國，還大方允諾機票錢我出，美國他來玩就可以。

他倒是有骨氣，說與其我出，他寧可不來，而考慮過現實情況後，他拒絕了我的邀請。

我那時不知道怎麼想的，突然很想見他，想看看他變成怎樣，那種感覺就好像參加同學會前的期待。於是我將原本和朋友說好的馬來西亞出遊行程提前，讓姜安武只需要從台灣出發到馬來西亞與我們會合，比到美國的機票便宜不少，當地消費指數也和台灣差不多。

在我打死不放棄的遊說下，姜安武好不容易才答應。

我踩著高跟鞋喀喀喀地走到姜安武面前，覺得自己氣勢如虹，在他鞋尖前站定，我一撩頭髮，從容不迫地拿下墨鏡，還沒開口，他把一個拉桿還附了個行李袋的行李箱扔給我。

我右邊眼角抽了抽，猶豫要不要把行李箱從他腳板上拖過，他指著一邊說：「妳妹妹有點中暑，行李給妳拿，車在哪兒？」

宋宓坐在陰影下休息，臉色蒼白的很。

我立刻換上體貼姊姊的臉孔，和姜安武一起走過去，才關心了一句，想伸手探探她的體溫，她竟給躲開，整個人往姜安武後頭站，估計是他體型高大，陰影龐大。

我只好說：「我搭計程車來的，總之先去飯店吧。」

到了飯店，由於人數怎樣都喬不攏，姜安武獨自住一間房，我怕他單獨負擔住宿費太高，偷偷代墊了一半，卻告訴他是所有人一起平分，他拿了房卡就理所當然住進去了，也沒謝一聲，這品德教育著實退步。

隔天要開始走行程時，宋宓還是不舒服，我本來想留下來陪她，沒想到她寧可裝睡也不願搭理親姊姊，我那個氣，決定丟下她不管了，結果一路上內疚地猛打電話問安的也是我，所幸她在掛我電話前特別解釋，實在是累了要休息，要我別再打去吵她，我才放下一顆做姊姊的心。

倒是姜安武後來都沒跟我說話，這才叫鬧心。

剛開始車賢秀用盤查的眼神在姜安武身上停留了一會兒後，問我他是什麼身分，我實在不想跟他討論姜安武，就隨口帶過，不過車賢秀爲了表示歡迎，帶著他那掛兄弟會的朋友主動向姜安武示好，偏偏某人硬是擺張「請你當我不存在」的冷淡表情，碰了幾次硬釘子後，雙方就不合則散了。

眼看那情況在眼前多次上演，我眞心覺得姓姜的這傢伙變得陌生的很，車賢秀發現我在看，還給我一記不以爲然的聳肩。

難道就不能替我省心些？我可還有其他事情要操煩——我不知道是哪個白目邀請車賢秀的前女友一起來旅行的？難道不知道有現任在的場合還把前任也帶來是非常雜碎的行爲嗎？

我就不懂這種EX的關係也値得保持聯絡？所謂前男女朋友，就是該打死不再碰面，如果路上不小心巧遇，連眼神都不應該對上才叫職業道德。

連續參觀了幾個景點，到了國家英雄紀念碑時，車賢秀依照前面景點的參訪慣例被叫過去和前女友拍照，我維持現任的風度，笑得叫一個雍容華貴，裝作不在意地走開。

率先走進長了金色洋蔥頭的圓形長廊，噴水池的藍終於讓人有點消暑的感覺，心頭的暑氣倒是挺難消，走出長廊，看見那充滿力量的軍人雕像，我胸口迴盪起激昂的《江山萬里心》曲調……別問我爲什麼，我也不知道。

我在心裡哼了一小段副歌，偏就想不起主旋律，在苦惱地正想拔自己頭髮之際，有人哼了同樣一首歌。

我湧起眾裡尋他千百度的興奮，就想看看哪個人和我這麼心有靈犀，而姜安武此時從我身邊走過，給了答案。

「更有那桂林山水，恰似人間仙境——」

我一愣，沒想過他那把嗓子可以把那高亢的女聲重新詮釋得如此出色，忍不住就爆笑出來，會在這種地方唱《江山萬里心》的也只有我們倆了。

姜安武回頭看我，一臉莫名其妙。

我笑了半天，差點直不起腰，他也特有耐心的看著我，我漸漸停下，突然注意到我和他之間的距離代表了一段時間的洪荒，站在那一頭的他，是我兩年前曾經見過的。

他轉身又往前走了，這一次我追上去。

在圓形長廊的一端，一位鬍子大叔紮著稻草般蓬亂的馬尾，非常藝術家的模樣，坐在小小的折疊椅上作畫，身邊擺了不少作品。

姜安武蹲下來一張一張仔細端詳，我就在他背後走來走去，不是我不會看畫，是我現在對他比較感興趣。

「宋晶。」他叫我一聲。

嗨，久違的我的名字，你還記得啊。

「是。」我立刻湊過去蹲下，又覺得自己的語氣太恭維太掉價，馬上站起身，戴上墨鏡，雙手抱胸後才又說：「怎樣？」

他橫我一眼：「妳高跟鞋很吵，要踏步去別的地方。」

我在他頭頂上方作勢要痛揍他。

「妳男朋友是哪個？」他突然問。

我心跳莫名漏了一拍，莫名不踏實，明明早先就在電子信件裡和他說過了，當面卻很難開口。

「哪個？」他轉頭看我。

我想他都那麼直接了，我怎麼可以扭捏？我這人從不扭捏的。

「剛才跟你說話那個。」我小小聲說了，但沒有看他。

姜安武頓了頓，抬頭望了眼車賢秀。我本來以為他會批評幾句，可是他沒有，我覺得挺不是滋味的。

「妳覺得哪張好看？」他又看了看畫，出聲問我。

我立刻撇嘴一笑，還不是要依賴我的品味。

「那邊那張最高法院的。」我目光掃了一圈後決定。

他卻拿了一張星空的：「好，就這張。」

……要不是他長得比我高不好過肩摔，我絕對不會客氣。

鬍子大叔在一旁等待，姜安武指了指，鬍子大叔先用馬來語說了價錢，姜安武搖頭表示聽不懂，鬍子大叔又用英文說了一次，三十馬幣，換算成台幣大約三百塊。

在藝術面前殺價是無恥的事，可是眼看姜安武就要掏錢，再看看那張比A4還小的畫，我忍不住和鬍子大叔殺起價，還好鬍子大叔有良知，減了五塊。

「說好了，二十五塊。」我對姜安武說，挺驕傲的。

他卻白了我一眼，又拿了剛才我說好看的那張塞到我手上：「妳也買。」

我抗議不平：「這樣我殺價還有什麼意義？」

他刨我一眼：「我讓妳殺價了？」

鬍子大叔聽不懂中文，就只是在一旁等著收錢，有股那種常在觀光景點廁所前可見的收費老人的優秀氣質。

「你這不知感恩的東西。」我只好邊罵邊付錢。

鬍子大叔收了錢，露出笑容，一臉遇見知音的滿足，還好不是市儈，我就釋懷了。

接過鬍子大叔用薄薄塑膠袋裝好的畫，我覺得他約莫是眾多夢想奴隸中的一個，連包裝都如此輕率，大抵賺不了幾個錢，他卻願意縮著風濕痛的膝蓋，屈就窩在那把頂多屁股一半大小的折疊椅上畫畫……好吧，風濕痛是我瞎猜的，可我覺得感動嘛。

對鬍子大叔比了個讚，我趕上已經走在前頭的姜安武。

「你學過凌波微步還是輕功水上飄，走路跟飛一樣。」

經我抱怨，他稍微慢下腳步：「給我。」

我把畫遞給他，就想看他後悔的表情，怎麼想都是我挑得比較好。

「拿去，我們交換。」他一把拿走我的，再把他買的給我。

我逮到這千載難逢的機會，馬上挖苦他：「為什麼？是不是覺得我挑得比較好？早就要你相信我的眼光，逞什麼強。」

姜安武沒說什麼，似笑非笑睨我一眼，好像本來就打算這麼做。

……是嗎？是這樣嗎？

我沒來得及問，車賢秀追上我們，遞了台相機給姜安武，讓他幫我們合照一張，他配合地拍了，拍完就走出圓形長廊。

果然是腿長了不起，我望塵莫及。

宋宓從小的氣質就不像我們家的人。

基本上宋家的風氣就是私下猶如天鵝划水、不爲人知的勤勉踏實，表現在外則是堂堂正正的風靡萬千。

這些特質在宋宓身上始終不見蹤影，她是個內向安靜的人，比起外出，她更喜歡獨自待在房間裡，拿著小小的素描本塗塗畫畫。

與我是不是她親姊姊無關，宋宓的畫是眞材實料有內容的，而且也寫了一手纖細女性化的好字，我挺以她爲榮，我覺得這個妹妹值得投資，將來我最多成爲出名的律師，她卻可能成爲當代藝術家。

這位未來的大藝術家，在我經歷整天的景點參觀回房後，正在進行繪畫創作。

我把一袋零食飲料擱她面前：「身體沒事了？」

宋宓不耐煩地瞄了我一眼，我就當作她已經可以活蹦亂跳，便開始逕自整理帶回來的東西。

「那是什麼？」她忽然問。

我正好拿著姜安武硬塞給我的那張星空的畫：「這個？」

宋宓用「妳能不能別說廢話」的眼神瞅我，我覺得她在人情世故這方面需要再教育，卻還是跟她解釋了一回，也許我將來不考律師也能當老師。

宋宓已經拿起那張畫仔細端詳，眞是個熱愛藝術的孩子。

我把戰利品擺滿桌就去浴室沖涼，大約半小時後出來，她還捧著那張畫，我暗自琢磨難道鬍子大叔將來可能成名，剛才不該看輕他？

宋宓依依不捨地把目光從那畫上移開，抬頭望向我，到底是親妹妹，只消一眼，我就明白她眼中唐突的要求，她想要那張畫。

可是……我不想給。如果是我親自挑的那張，或許我就大方地給了，誰叫這張是姜安武硬塞給我的，我是怕將來他哪天想跟我切八段、老死不相往來的時候，會不要臉的跟我討回去……所以才不能給她。

於是我裝作不懂她的意思。

鞋子不算，我認爲女人最重要的東西就是香水，其次是口紅。

有一個人和我有同感，她叫Coco Chanel。曾經有個女孩問她：「應該把香水噴在哪裡？」她這麼回答：「在妳想要被親吻的地方。」

要不是她早我一百多年出生，這句話就會是我的名言，對此我常感惋惜。

至於口紅呢，妳說它那麼多顏色都跟彩虹一樣繽紛漂亮了，尤其是還會散發香氣的那種，我每次見到每次就是會忍不住湊過去試色。

稍微修改我的好朋友Coco的話：「一個女人如果不用口紅，那她沒有未來。」

我這會兒就在爲我的未來盤算。

在吉隆坡的最後一晚，說好要去亞羅夜市吃燒烤，可是宋宓有反覆中暑的跡象，出不了門，作爲一個輕微妹控的姊姊，我決定放棄燒烤，改叫客房服務，還好車賢秀夠機靈，說要留下來陪我，所以我們決定到飯店餐廳用餐。

我挑了最適合餐廳風格的口紅顏色，仔細抹上。

「妳以爲自己是大明星嗎？那麼紅的顏色妳敢用，我就不跟妳同桌吃飯。」

我從鏡子裡看著宋宓，她靠著枕頭躺在床上，大腿上還擱著不離身的素描簿，牛仔褲和T恤都寬大的不合理，但我沒有說她憑什麼插手我的時尚，我只是乖乖換了一個顏色。

她因爲畫的事而跟我賭氣，爲了讓她樂意和我吃飯，我已經哄了兩個小時。

我正打算問她要不要換件衣服時，門鈴響了，我起身，透過貓眼，確認來人，優雅地開了門。

車賢秀看到我眼睛一亮的表情，使我不自覺地把下巴抬得高了些，驕傲了些。

「不是約七點半？現在才六點四十分啊。」我連語氣都輕輕的，符合我一身打扮。

他先在我臉頰親了一下，接著說：「時間到了妳們先去，我和傑克他們去一個地方，晚點再去找妳。」

傑克，這是一個多麼老梗的名字，鐵達尼號的男主角是這個名字，魔豆的男孩也是，正好約了車賢秀前女友一起來的那個白目也是。

我深呼吸，笑得很血腥殘忍：「去吧。」

車賢秀勾起半邊嘴角，笑容一貫充滿惡劣的自信，他知道我在生氣，他也知道我曉得他要和誰出去，可是他不會對我解釋，我常覺得他就喜歡這種被愛比愛別人多的感覺。

他說：「我會在上主餐前回來。」

「不回來也沒關係。」我別開臉，看向遠方。

「我會回來。」車賢秀戳了戳我高高盤起的漂亮髮髻。

我清楚明白這才不是承諾，只是順口說說，所以我就伸手戳著他的額頭，把他推開。

「走，快滾。」

他手環上我那尺寸沒變過半分的腰，又要親過來，我向來對這種「好狗狗表現得好就有零食吃」的鼓勵舉動深惡痛絕。

「你要是敢親我，我就把你過肩摔。」

車賢秀從來不是會聽別人說話的人，不過大概是真的怕我給他一個過肩摔，所以只是伸手抱一抱我，在我摸上他的手臂時，乖乖彈開，做出投降的動作，笑嘻嘻地走了。

我拍拍被碰過的地方，一臉不屑。

「宋晶。」

讓人叫了聲，我回頭，懷疑地瞪著從隔壁房探出頭的姜安武：「你偷聽？」

他一臉「妳腦子有洞，要不要補起來」的表情：「妳妹妹問我要不要和妳們一起去吃晚餐。」

「也是，以你的英文程度就算聽到了，應該也聽不懂。」我喃喃自語。

「妳到底說什麼?吃是不吃?」

我眉毛一抬：「當然吃，走，你也一起。」

最多可以坐四個人的方形餐桌，空了一個令人火大的位子。

雖然本來也預計就三個人，如今只是其中一個給替換了——我看著替換後的對象，姜安武靜靜地吃著。

他的外貌，無論我絞盡腦汁怎麼想，依然只有「純樸」這兩個字可形容，沒想到連拿著刀叉的手也是，又寬又厚，挺適合腳踏實地的勞力工作。

稍早他選了那張星空的畫，我就一直在想，他從以前就愛翻天文學的書，大學也選了航太系，該不會是想當太空人吧？

我爲了轉換心情就問：「姜安武，你考上第一志願了是吧？」

「嗯。」他切牛排的方式挺符合務實的氣質，就是那種只想著塡飽肚子的氣勢。

「航太有趣嗎？」

他的眼睛有一瞬間明亮的跟車頭燈一樣，我以爲自己挑到他喜歡的話題，多少可以爲這沉悶的餐桌添點輕鬆感，結果他也就點點頭而已，我差點一個衝動從他後腦巴下去。

我又看看宋宓，她也是個用心吃飯的孩子，這樣不行，再這樣下去我都懷疑自己在這裡幹麼了。

於是我抬起手，得叫點酒精飲料。

「我？我才不在意那個爛東西是和誰一起了。」這是我喝下三杯紅酒後說出來的話。

宋宓還不能喝酒，大抵是覺得看姊姊喝悶酒挺丟臉，吃完飯就先回房了。

記得她三歲兩個月大的時候，我媽讓她單獨一人去巷口的便利商店跑腿買瓶醬油，爲了遏止我偷偷跟去，還趁我上學不在家時進行，後來她就再也沒去過了。

你說她漂漂亮亮的出門，回來卻像到糞坑滾了一圈，還哭得驚天動地，誰還敢讓她再去？也許是怕鄰居通報社會局，從此父母的鷹式教育就只擱我身上施行了。

嗯，我很少哭的。

不過我精明也是從小開始的，所以當天我就跑去教訓徘徊在巷口的那隻流浪狗，除了牠不會有別的了——我猜宋宓是忘了這段往事，否則怎麼可能如此不待見我這個關心愛護她的姊姊。

這麼一想，我又多喝了幾杯，喝多了的下場就是……保守地說，當我試圖爬上餐桌前，已經被服務生請出餐廳了。

「回去吧。」姜安武和我一起呆站在餐廳門口。

我扶著餐廳外的菜單看板，先嘔了聲，忍住反胃，低聲唱：「都怪我太不爭氣，我恨我愛你，Oh——我愛你，只因爲你是你……」

姜安武在服務生出來趕人之前將我帶走，彼時我正要衝高音，一展歌喉，他硬生生粉碎了我成爲跨國歌手的希望。

我在電梯門口鬧著不回去，他反問我不回去要去哪裡。

我瞇起眼，用流氓的語氣回：「喂，你一定不相信對不對？我眞的不在意車賢秀現在和誰在一起，在做什麼，或是在吃我期待已久的燒烤，我這個人非常拿得起放得下的，我的眼界要多寬有多寬……我們有笑容，我們曾心動，不再是無動於衷——」

姜安武咕噥了聲「瘋子」還是「瘋女人」之類的，抓了我的手臂，又拉著我走。

我給他拽得想吐，只好使上練家子的手勁甩開他，罵道：「你老打斷我精彩的演出，是不是嫉妒我？」

他剜我一眼：「是，我還嫉妒有很多人等著笑話妳。」

不帶他這樣損人的。

但我不管，繼續唱，還邊唱邊搖擺起舞：「無條件為你不顧明天的安穩，為你變堅強相信你的眼神——」

他那叫無言，最後咬牙切齒說：「打電話給他。」

我反問：「誰？」

他用妳少給我裝傻的眼神瞪我：「妳男朋友，問他在哪裡。」

我好像被人用針刺在最脆弱的那條神經上，立刻跳起來：「打給他幹麼？我為什麼要打給他？為什麼不是他打給我？」

「因為妳比較想他，所以妳打。」他淡定地說。

我討厭他逼迫我承認的目光，伸出兩根指頭朝他眼睛戳，他險險躲過，又抓了我的手，我就使出另一手，他再抓，我其實可以把腳都用上，必要時連髮夾都是我的武器，但腳步不穩，可惜我沒練過醉拳，只能任他擺佈。

我對著他的臉噴口水：「我才不想他，我這是生氣，他明明說好要留下來陪我，要是不行就不該承諾，這樣把別人的心情隨意擺佈，讓人忽上忽下的，他怎麼這麼自私……」

我跟所有喝醉的人一樣，連最基本的站直也辦不到，姜安武只能手忙腳亂地扶著我，可能怕我摔著了這顆要做大事的腦袋。

「選了這種自私的人也是妳自己，怪誰？」

有他說話這麼刻薄的嗎？

「我這是火大！我為什麼要看自己的男朋友和他的前女友搭肩拍照？為什麼要讓他們手牽著手去逛夜市？我是邱比特嗎？我是花錢出來替我男朋友挽回前女友的心嗎？不是啊，我是想要快樂的回憶——我要快樂，我要能睡得安穩……」

姜安武這次沒阻止我唱歌，大抵是因爲已經把我拖出飯店站在大街上，反正愛鬧、要鬧出糗的是我，我竟也坑坑巴巴地把整首歌給唱完了。

回過神的時候，他扯著我的手，漫無目的地走，終年常夏的馬來西亞，夜晚也是熱氣蒸騰，我踉踉蹌蹌地跟著他，發現他的後頸已經是一片汗濕，在路燈之下偶爾閃爍，亮晶晶的。

揉揉眼睛，我突然覺得他後頸那塊小小的凸骨和車賢秀像極了。

我猛地衝上去，死勁拍他的背。

他回頭狠狠地橫我一眼：「宋晶！妳這個瘋子！」

我破口大罵：「誰讓你像他！誰讓你像他了！」罵到最後覺得反胃，竟還有臉蹲下來休息，還差點因爲高跟鞋而扭了腳。

當我正在醞釀反胃的感覺，姜安武的聲音隔了幾秒鐘才從上方落下。

「喂，妳哭了？」他也蹲下來。

我怕我一臉想吐的表情會壞了形象，只好用手遮著臉。

「別哭了，妳向來說不過別人就拳打腳踢的……眞的難過我再讓妳打就是了。」

我那顆被酒精麻痺的腦子半天才聽出他的安慰，我覺得好笑，他向來是一枚拒絕我所向無敵的奇葩，在他面前我常是囂張不起來的。

「我只是想吐。」爲了回報他的關心，我抬起頭眞誠地說。

他立刻翻臉：「電話給我，我打電話讓他來接妳。」

「不要，我現在不想看到他。」身為一個醉了的人，我講話倒是口齒清晰。
他看了我片刻，才嘆氣：「那妳想怎樣？」
我亮出一根指頭：「首先買一手的啤酒。」
他嘴角哆嗦了下：「有一就有二是吧？」
我比出兩根指頭，笑得特明亮：「宋宓不能喝，所以去你房間喝。」
「免談。」他一把將我拉起就走。
我站定腳步，不走就是不走。
他回頭一副「妳又想怎樣」的無奈狀，即使這樣，他也沒放開我。
我忽然感到遺憾，遺憾這個人不對，或者……遺憾那個人才不對。
「還有三啊。」我輕聲道。
「什麼？」他一臉茫然。
「我走不動了，背我。」

……

回程的路上禁不住我吵鬧，姜安武給我買了一罐啤酒，我理所當然更醉了。
「明明是他說不在意的……」我呢喃，腿在他的腰側囂張亂踢。
他得背我，沒手阻止，只好嘴上威脅：「再亂動就把妳扔在路邊。」
「明明是他說不在意……」酒精讓我只能重複這句話。
「不在意什麼？」他問。

「明明是他說不……」我越說越小聲，靠在他汗濕的頸窩，眼睛快要閉起來。

姜安武這時就把我甩了一下，其中的報復性，即使我醉得一塌糊塗也能清楚感受到。

「不准睡，睡了會變得更重。」

與其說我沒聽懂他的話，不如說我沒在聽，我更專注在自言自語：「哈哈，上次是在他面前喝醉，這次是你耶……」

他默了一會兒：「以後都別喝了。」

我口齒不清地回：「那學會喝幹麼？」

他約莫是被我給堵住了，乖乖住口，一直到過了幾個路口，我半睡半醒之際，才聽見他的低語，像是說給自己聽還差不多的那樣小聲。

「以後有我在再喝。」

隔著他的背傳來的聲音距離遙遠，我只當作夢，一個將來讓我想到會笑的夢。

Chapter 9

隔天醒來，我被自己爆炸性崩壞的外表給震懾到。

我居然穿著昨晚的洋裝就這麼睡了，髮型前一晚叫做髮髻，今天是鳥窩是菜頭，沒卸的妝更是……展現出一張五花八門的嘴臉。

手機鈴聲響起，我忍不住多看了幾眼鏡子裡那個精彩紛呈的自己，想著等一下要去泡個舒服的澡，由衷認為這將是個愜意的早晨。

「我在妳門口，替我開門。」車賢秀的聲音立體到用不著耳朵貼著手機也能聽到。

會愜意才有鬼！

我用跑百米跨欄的氣勢跳過椅子，衝到門前把已經鎖上的門再扣上U型扣，還抓住門把往反方向拉。

「不行！不能開！」我邊喊邊看了眼穿衣鏡中的女人，三個字可以詮釋，瘋婆子。

「妳緊張什麼？有什麼人在妳房裡嗎？」他對著門板問。

我則對著門板翻白眼：「除了我妹還會有誰？」

「我剛剛在餐廳才看到妳妹。」這下他語氣可懷疑了。

「那就只有我，還會有誰？」我只是沒確認宋宓在不在，他憑什麼用猜疑的口氣對我說話？到底誰比較有問題，誰比較該被抓去揄牆？

「快開門。」他敲門的方式絕對不是禮貌的。

「煩死了，現在不是時候，你走開！」我還有形象要顧，我這個樣子嚇不走姜安武，不代表車賢秀也是，不代表外頭可能經過的路人也是。

有一種男人是禁不住女人對他大呼小叫的，車賢秀就是，所以他搶先我一步掛了電話。

我瞪了手機和安靜下來的門板一眼，才不管他的脾氣，終於能洗澡去。

✦

第三天下午，在海邊的度假飯店。

我穿著一件橘紅色挖背的連身泳裝，外頭罩上一件硬挺的白色西裝外套，冷眼旁觀水池中被眾星拱月的某人的前女友。

你說一個女人胸前掛兩顆籃球幹麼？比較優秀嗎？從遺傳學的觀點來看，生殖力比較強嗎？這樣說來胸前沒掛球的只能去打NBA嘍？

我從泳池畔走過，車賢秀眼尾掃過我，就去當眾星拱月裡的其中一顆星，看來是因爲我早上不給他開門，他決定跟我吵。

哼，要吵就吵。

在吧檯前坐下，我對酒保說：「琴酒。」

說完我瞄到姜安武和宋宓走過來，背脊一涼，連忙改口：「抱歉，檸檬水就好。」

酒醉失態這種事，這趟旅行裡不需要再來一次了。

他倆在我左右各自坐下，都沒穿泳衣，眞不知道怎麼好意思到泳池來……對了，好像是我叫他們出來的。

「妳要喝點什麼？」我先用我這張太優秀的臉蛋擠出最討好的笑容問宋宓。

她木著臉看我的杯子一眼：「跟妳一樣。」

嗯，跟我想的一樣。宋宓表面上是不待見我這姊姊，但每次吃什麼喝什麼都會以我爲準，我就靠這樣來影響自己妹妹也覺得開心，這就是我的骨氣。

「你呢？」我轉頭問姜安武，語氣立刻怠慢得多，大抵是想彌補心頭小小的不平衡。

他沒理我，直接跟酒保點了可樂。

我撇嘴問：「不喝一點？反正我們今天都待在飯店裡。」

他隻手撐著腦袋，偏頭看我：「看到妳，我就覺得酒精這東西除了害人匪淺以外，沒其他幫助。」

我白了他一眼，替宋宓點了一樣的檸檬水，又問過兩個人想吃什麼，一併點了。

實在是心情不好容易餓。

我用力咬斷薯條，墨鏡後的眼睛死死瞪著帶了兩顆籃球又不去籃球場打籃球的女人：「你們知道波士頓冬天很常下大雪吧。」

宋宓正在喝檸檬水，姜安武淡定地瞥了我一眼，兩個都沒出聲。

我用力嚼著薯條：「那麼冷，所以大衣是必備的，你們知道大衣也是有很多種類吧，軍外套、高級皮草、西裝外套、針織衫、經典風衣、深V或是毛呢斗篷……其中A-line剪裁是經典中的經典，你們知道嗎？我穿上A-line的大衣那眞是不可思議地好看，A-line就是以我爲靈感做出來的呀！你們說說看爲什麼馬來西亞沒有冬天？你們知道這樣他們損失有多大？我的雪地時尙有多精彩出眾，你們知道嗎？」

好吧，我就是不能接受被眾星拱月的不是自己，我嫉妒。

姜安武拿了我的杯子嗅嗅，狐疑道：「沒酒精妳都能醉？」

我拔下墨鏡，搶回杯子一口喝光：「你才有問題。」

他的目光掠過我看向後方，我忽然覺得後頸刺刺的，一定每個人都有過那種感覺，那種知道誰正在看著自己，而且是自己也在意的人的感覺——也有可能我只是從姜安武的眼神察覺到來者是誰。

車賢秀從我身後輕輕環抱我，對姜安武說：「這個位子可以讓給我嗎？」

因爲還是吵架狀態，我一點反應也沒有，見姜安武無動於衷，我心情更爽快。車賢秀以爲會說英文就無往不利，現在踢到鐵板了吧。

我終於能好好享受著條的滋味，還哼起Sixpence None The Richer的〈Kiss Me〉，特別悠哉。

車賢秀不以爲然地笑著，拍了拍姜安武的肩，接著去煩宋宓，她就沒姜安武那般態度堅定，漲紅了臉換到姜安武旁邊的位子，我由衷感到可惜。

總之車賢秀在我旁邊安坐下來，我當這人不存在。

「爲什麼換了泳衣卻不下水？」車賢秀問。

「你們有聽到誰在說話嗎？」我故意不說英文，還對姜安武和宋宓擠眉弄眼，極盡挖苦車賢秀，這種討打的表情我可上手了。

「珍，我在跟妳說話。」車賢秀的左手食指在我的盤子旁邊敲了敲，聲音清脆，和理智線斷掉的聲音差不多。

我問：「珍是誰？這裡有叫珍的人嗎？」當然還是用中文。

只是我話才剛說完，臉就被人轉了個方向，某個無恥的人，無恥地吻了我，還無恥地吻了很久。

車賢秀沒閉眼，我也沒有，我在他眼裡看見得意，我既想搧他巴掌，又對他當著眾人，尤其是他前女友的面前這麼做而得意……女人能有多矛盾，我就有多矛盾。

後來是翻倒的可樂使我們分開。

可樂沿著桌面滴在我的大腿上，姜安武用一點也不抱歉的表情對我說抱歉，眞不知道他是怎麼拿杯子的。

「珍。」

車賢秀的聲音又拉走我的注意力。

「晚上到海邊等我。」他先對我耳語，才退開對我們仨說：「等一下要去搭香蕉船，別吃太飽，會吐出來。」

說完，他又回泳池玩水上排球去了。

「妳要去？」姜安武用衛生紙擦拭桌面，慢悠悠地問。

我擦擦嘴掩飾稍微嬌俏的笑，聲音都變得做作：「來都來了，不去不是太可惜？你們也一起去吧。」

然後我就去岸邊替男朋友鼓掌加油了。

身為一個女人，有時候我也挺噁心自己的。

香蕉船是個災難。

起因是車賢秀和負責拖香蕉船的船長開了一個玩笑，大意是說每次搭香蕉船都要我們舉起雙手做出歡呼的動作，然後就把我們摔出去，最後還跟船長說今天要翻五次。

當時心情正好的我，向姜安武和宋宓翻譯了這個玩笑，但我忘了解釋清楚，船長要大家做歡呼的動作，是準備在大家都把手舉起來的時候來個大轉彎，讓香蕉船翻船，並在翻船的瞬間，把所有人甩到接近岸邊的海裡作為刺激的結尾，所以宋宓大概只聽得一知半解，等船長開船拖著坐在香蕉船上的我們乘風破浪了好一陣，在接近陸地的某處停下來，要我們比出歡呼動作的時候，她並沒有照做。

所以香蕉船一翻，她整個人也跟著被壓在船底，浮不出水面。

當時我被甩到非常接近陸地的海域，便逕自從水底站起，快走上沙灘，才聽到後面吵吵鬧鬧，好像有人在大喊「快放手」、「放手啊」之類的話，等我注意到在翻覆的香蕉船下掙扎的是宋宓，已經是姜安武把人從船下拖上來後了。

約莫是他最先發現情況不對，才能夠趕在其他人之前救起宋宓。

姜安武帶著宋宓一上岸，我連跑帶撲迎上去。

宋宓意識清楚，顯然沒有生命危險，就是臉色蒼白得可以，大概在那個危急瞬間看見了傳說中的人生走馬燈，我都還沒來得及說什麼，她立刻抱住我。

當下我那個長姊若母的心大爆發，決定接下來她要什麼我都給她。

就連後來回到房間後，發現泳衣上頭都是她亮晶晶的鼻涕，也不能動搖我的決定。

宋宓累得昏睡了一陣才有辦法敘述發生了什麼事。

因爲沒玩過香蕉船，她以爲那個玩笑的意思是船長會故意惡作劇，眞的要連續翻船五次，所以不僅沒放手，反而緊緊抓著扶把，接著船就翻了過去，她被沉重的船壓在水面下，口鼻進水，慌得不知道該要放手，也聽不見別人的警告，只想到自己不會游泳，怕得不得了。

在浮誇這件事上，宋宓不比我，所以她描述時的表情是眞心的，眞心皮皮挫。

我見了就想要像當年教訓那隻流浪狗般教訓車賢秀，可是沒確認宋密是否懂得香蕉船的玩法就讓她上場，我也有錯……唉，我知道該如何補償她。

從行李堆裡拿出那張僅用黑色紙板裱背的畫，我回到她床邊。

「很想要對吧。」我把畫遞到她面前。

宋宓眼睛一亮，伸手抓了另一邊，可是我沒放開，她又用力抽，我還是沒放。

她納悶地看我，我乾笑：「這畫很重要，搞不好將來那位大叔就成了世界級的畫家，妳要好好收著呀，不要擺在什麼顯眼的位置觀賞，千萬不可以弄髒，要把它當蒙娜麗莎等級的名畫收藏著，明白嗎？」

宋宓應該是覺得我很煩，又想快點到手，很敷衍地連點了好幾下腦袋。

我慢慢收手，視線微微瞥向旁邊，裝作不在意地補充：「還有將來如果我想看，妳要二話不說借給我。」

她也沒個應承，上下打量我後轉問：「妳穿這麼漂亮要去哪裡？」

我一聽立刻瞪大眼睛，得意地反問：「我很漂亮對吧，但妳看口紅這個顏色好嗎？」

她推開我靠近的上半身：「口紅的事不要問我，我是問妳要去哪裡。」

我站直腰，雙手抱胸，輕輕帶過：「哦，等下有點事……我要出去，晚餐要不要幫妳叫客房服務？」

宋宓張嘴，突然吸了口氣，彷彿把原本要說的話吞回去，才又開口：「不用，妳去吧。我自己會想辦法打發。」

我本來不放心，畢竟妹妹下午才溺水，姊姊晚上就和男友私會這種事傳出去不太好聽，不夠友愛，可是又怕她發自內心嫌我管太多，只好在她催促的眼神中準備出門。

「對了，今天是姜安武……幫了妳，要記得跟人家說聲謝謝。」我下意識地避開「救」這個字，總覺得那樣太嚴重，好像宋宓就得以身相許。

宋宓點點頭，就是兩頰紅得有些詭異，不知道是不是發燒了。

我多看了她幾眼，她馬上拉下臉，我只好拿著包包走出去，在門外站了幾秒鐘，想想還是不妥，我又開了門，露出一張臉對宋宓說：「回去以後，找個時間，我跟妳一起去把畫裱框吧？」

她回我的是一臉荒唐。

我想著是否一見到車賢秀就給他來記迴旋踢什麼的，走進大廳，一位門房打扮的服務員伸手點了點我的肩。

「妳是珍嗎？」

「你認錯……」我正想告訴他搞錯了，念頭一轉，苦笑：「也許吧！」

「這是給妳的。」他將一朵玫瑰交給我，並告訴我該往哪兒走。

擁有珍這個名字的女人，今晚在這間飯店的肯定不只一個，誰管那個珍是不是我，反正玫瑰花本來就該給我這樣的人，所以一路沿著小徑走去，有多少人給我玫瑰我就收下多少。走過最後一段通往沙灘的小路，即將踩上沙灘前，我脫下高跟鞋用拎的，就算要浪漫，也不能壞了我的鞋。

我遠遠看著，沙灘上那擺成愛心的燭光實在老梗得很，可是一旦知道那是自己男朋友準備的，怎麼樣都覺得浪漫呀！

我慢慢走下去，站在愛心前，現場沒有人，只有蠟燭，我就想起那個大雪的夜晚……要是沒那天的蠟燭，我和車賢秀會開始約會嗎？

我蹲下來看著愛心中間用蠟燭拼出的字，挺老梗的一句「Jane, I Love You」，連名字都搞錯，我爲什麼會這麼開心啊？我甚至可以原諒這幾天他老是棄我於不顧的過分。

「哎呀，這就是愛嗎？」我連聲音都變得噁心，唉。

一雙手從背後輕輕摟住我，我回頭看見理所當然的那人，微微一笑，往後坐進他胸懷中。

「妳妹妹沒事嗎？」車賢秀問。

「嗯，不過都是你害的。」我就說到這裡，不打算說清楚，現在不是破壞氣氛的時候，我明天還可以找到機會迴旋踢他。

他只說：「我原本以爲妳會昏倒，妳那時臉色多糟，比妳妹還難看。」

我扭頭看著他：「這就是你沒第一個趕去救我妹的原因？你在看我？你知不知道如果你去了，我會對你刮目相看？」

「沒辦法，妳太漂亮，值得我隨時關注。」他聳聳肩，親了親我的額頭，「而且我得準備在妳昏倒的時候英雄救美，畢竟一次只能救一個，我知道自己該救哪個。」

……很唐突的，我想起姜安武今天的表現，完完全全就是英雄救美。

不知道宋宓是怎麼想的，她被救上來時意識是清醒的，肯定清楚該找誰報恩，那種生死關頭被年輕男人英勇救出怎麼可能不攪亂一顆少女心？

「妳在想什麼？」

車賢秀問，我才發現自己沉默了幾分鐘，隨口答：「海風有點冷，你外套給我。」

「我這不就在當妳的外套。」

唉，你說這話有多甜？哪個女人聽了不心花朵朵亂亂開？

「你安排這些花了多久時間？」我聞了聞整束的玫瑰，戀愛中的女人有權利做作。

「我只負責打瞌睡，傑克他們做的。」

車賢秀是那種不喜歡被看出努力的人，即使他曾經拉開外套擋住海風不讓蠟燭熄滅，他也不會承認，他喜歡讓別人以爲他做任何事都游刃有餘，這點我和他一樣。

我從他的兩手中稍稍轉過身：「你那個EX也有參與嗎？」

「妳很在意她？」

「我是在想如果有，我就當這幾天全是你故意爲了惹我生氣，才和她走得那麼近；如果有，我就相信她即使不是眞心祝福我們，也不會動你一根寒毛。」

車賢秀淡淡回：「她沒有參與，但我確實是故意惹妳生氣。」說完，那頑劣的笑容又浮現在他臉上，如今我看來卻覺得非常孩子氣，可愛到不行。

我對他笑，笑容裡都是滿足：「我不喜歡這樣，但我原諒你。」

他捧著我的臉吻了我，那是個綿長到讓我稍微分心的吻。

我就想，這約莫是男女交往階段裡登峰造極的高潮了。

回到房裡，本來還以爲宋宓已經睡了，沒想到她直挺挺地坐在床上瞪著我，挺有女鬼的氣質，不愧是我妹，將來可以考慮往演藝圈發展，只要她繼續維持這段長到不肯見底的叛逆期的話。

心情好，我不小心聲音嬌滴滴了些：「晚餐吃什麼？還餓不餓？來叫客房服務吧。」吃過羅曼蒂克後總要吃點眞實存在的食物。

「妳講話一定要掐著嗓子？難道不能好好說，年紀一大把了還裝可愛。」

她的口氣很衝，我被攻擊得莫名其妙，到底我又哪裡惹得她大動肝火？

不明所以，我就默默翻菜單，她倒是不死心，死死地盯著我，不知道是想從我身上看出個什麼，明星氣質嗎？不對，驚爲天人以較有可能。

我放下菜單，走到鏡子前：「都說戀愛中的女人特別漂亮，好像內心的快樂會自然而然容光煥發，我本來膚質就好，現在看起來更是完美無瑕，明天起就朝演藝圈發展吧。」

「妳是笨蛋？還是小時候不小心摔壞了腦子？」宋宓那語氣、音調還有表情，都是發自內心的冷若冰霜。

這明明是常夏的國度，她怎麼完全沒被陽光給感染？她是從極地來的？

「妳到底怎麼了？」身爲姊姊，我樂意維持該有的威嚴，且不怕跟她吵，所以也加重語氣。

「妳到底爲什麼要去找那個男的？」

「妳跑去偷看？」

「他根本就是個驕傲自大的白痴，他明明和別的女生眉來眼去，結果他一招手，妳又過去了，如果他很糟糕，那妳比他還更糟，糟透了！」

我確實聽完了宋宓慷慨激昂的話以後，才給了她一巴掌，我很冷靜，很冷靜地發火，所以打完她，一句話也沒說，轉身進浴室卸妝洗澡，洗完出來，整個房間黑漆漆的，我就直接上床。

結果，那天晚上從那個巴掌開始，我聽她躲在被子裡哭了整晚。

自從那一巴掌，我和宋宓正式進入冰河時期。

隔天離開渡假飯店到麻六甲，高溫讓每個人都在找涼水，每間開了冷氣的特色小店都塞滿了人，就我和她身邊沒人。

想一想還眞奇怪，明明待我們身邊比較涼啊……

總之，即便我和宋密沒和好，後頭的行程還是得繼續走完，離開了馬來西亞後，走陸路過海關，進入新加坡。

大抵是和我鬧脾氣，宋宓黏姜安武黏得緊，否則她也沒其他熟人了；而我和車賢秀自從那晚後，氣氛始終很好，要不是宋宓和我吵架，恐怕我還是得三不五時顧著她，如今有了疙瘩，我就大大方方放她自由讓她飛了，所以我心裡竟是有點小慶幸的。

唉，我談起戀愛其實挺不顧節操的。

Chapter 10

旅程倒數第三天，去了新加坡環球影城。

去過的都知道，新加坡環球影城是數一數二的小，走完一圈不用十分鐘，可是即使這麼小，因爲時間有限，人潮洶湧，地陪在大門口便開始向我們講解哪些是必看，哪些是必玩。

在入園不到半個小時後，我被車賢秀放了鴿子，還是打電話不回那種，是讓我火大到想粗魯拔光他全身寒毛那種，瞧我氣得！

事情是發生在我們看水世界的爆破表演秀時，中途他說要去廁所，就再沒回來，眞不知道他是去上廁所，還是去異世界當魔王了。

由於我向來不等人的，所以一見姜安武和宋宓也看完表演要離開，就大步上前，問他們是不是要去吃飯。

宋宓看也不看我一眼，一副愛理不理的樣子，姜安武倒是回了：「吃。」

「那就去美食街吧。」我逕自決定，逕自往前，才不管宋宓在後面抱怨爲什麼要跟我一起吃。

她這社會經驗不足的孩子不知道被放鴿子的人和輩分是姊姊的人比較大，兩者合在一起就是無條件最大。

進到有冷氣的地方後，我那從肚臍眼騰騰燒上來的火降溫不少，變得有氣無力。

用餐時間美食街裡滿滿是人，好不容易才找到位子坐下。

宋宓看看周圍問：「姜大哥，你想吃什麼？」

那聲姜大哥喊得我後頸發毛，這丫頭多久沒喊我姊姊了，如今竟然對著一個外人叫大哥？

我橫了她一眼：「點沙嗲吧，不然福建蝦麵也可以。」

宋宓依舊當我是耳邊風：「昨天地陪帶我們去吃的印度煎餅很好吃，要不要看看這裡有沒有？」

「也可以，你們去買吧，我占位子。」我戴上墨鏡，打直腰桿，擺出女明星派頭，就不信還有人來跟我搶位子。

宋宓眼看就要發作，姜安武不疾不徐地把包包什麼的都往我身上扔。

「東西給妳看著，這裡人多，別放下來，小心被人扒了。」

我墨鏡都歪了一邊：「誰扒？你這包看上去有幾十年歷史，都可以進故宮了！」

「那才值錢。」他瞇著眼睛笑，雖然平常不笑的時候眼也已經夠瞇了。

我其實挺喜歡他笑起來的瞇瞇眼，挺有路邊麵攤老闆的溫厚人情味。

宋宓義正詞嚴地指責我：「是妳自己懶得動要留在位子上，本來就應該看好大家的隨身財物。」

我先看了她，再看向姜安武，後者似乎能明白我就是隨口說說的，爲何前者不行？

我一哼，對他們揮手，趕他們走。

還好姜安武識相，我要的東西他都備上了，我才稍稍舒心。

茶足飯飽，頂著新加坡萬里無雲到令人痛恨的天空，我出錢請他們一人一個芒果冰，再往遠的要命的王國衝刺，趕著看史瑞克4D電影的下午場次。

進去後，所有人都站著在看魔鏡囉嗦，本以爲就這樣了，還好官方也明白要觀眾聽一面鏡子說話太不夠誠意，所以鏡子它的功用只是事前導覽。

開放進場時，大批人潮往前擠，眼見宋宓要被跟追逐偶像的瘋狂粉絲一樣的路人給包圍，我機警地抓了她一把，她回頭瞪我一眼，甩開我就往前走，顯然那一巴掌的仇未來十年內她都會記著了。

「宋宓！」怕進場後找不到人，我急著想追上去。

「我去找。」姜安武從我旁邊擦身而過，明明是個大個子，行走在人群中竟不會特別彆扭，來去自如得很，氣勢頗有宋宓是他罩的之姿。

我盯著那高大的背影，這兩天宋宓和他形影不離，該不會都牽手言歡了吧……

突然覺得自己挺惹人嫌的，挺像夫妻吵架後回娘家打擾的小姑，自己不開心還要拖累其他人。

於是我就自己找了個位子坐下——正中間，視野最好的位子。

你說到遊樂園來要如何不開心，就算不開心又能持續多久？

史瑞克4D電影我原也看得興味十足，畢竟椅子會動的遊樂設施，向來戳中我的點。

不過，怎麼說呢，由於4D是個太逼眞的玩意兒，途中驢子打了個噴嚏，還有水往觀眾臉上噴，我想那時大家都是恨不得逃離座位用清水洗把臉的……總之有一幕是一堆蜘蛛亂竄，腳邊居然也有什麼東西跑過的觸感，儘管明白那是做效果，觀眾還是一致尖叫，我當然不能落後，沒想這一嚇，把我的鞋都給嚇跑了一隻，這會兒我可困擾了。所以亮燈後我也不打算起來，囧著張臉硬待在位子上。

這時，我看見姜安武從頗前排的位子走過來。

有時候我覺得姜安武像一隻巨大的烏龜，移動速度緩慢穩定，不會特別誇耀自己的存在，但他就是在。

所以即便宋宓走在他之前，我都先看到他。

「妳幹麼？不走？」他經過我那排時，停了下來。

「哦，你們先出去，等人少點我再出去。」我一派自然，還對他們笑得春風化雨，將來都可以去當老師了，只是這老師座位底下正努力隱藏自己的赤腳。

姜安武沒輒地搖頭：「我們在出口等妳。」

「知道了。」我回。

等到人都擠在出口時，我正要彎腰去找鞋，姜安武這大老粗不知道爲何要折回來，害我趕緊重新坐正，兩手交握放在大腿上，直視前方，氣質特別優雅出眾，就是縮著條腿有點走樣，還有點糗。

他也不拐彎抹角，直白地問：「妳的鞋呢？」

我吞了口口水，在想他怎麼知道，有那麼明顯？該不會所有經過我的人都看穿了？

約莫猜出我不想承認，姜安武又問了一次：「宋晶，妳的鞋呢？」

我原本還強撐著的臉，下一秒崩潰，不情願地咬唇回他不知道。

姜安武蹲下來替我找鞋：「這裡又不是別人家，沒人讓妳進門脫鞋啊。」

我用沒穿鞋的那隻腳踹了他腰側一記，他嘖我一聲，我見了就爽快。

我忍不住問：「很明顯啊？你看到了？」

姜安武頓了頓：「……有味道。」

你說我到底該不該掐死他？

姜安武不知道哪來的靈光一閃，竟然問：「妳男朋友呢？」

難道他看不出我不想提到那個渾蛋嗎？

我答：「去當魔王了。」

他抬頭掃過我：「妳這種難搞的性子到底是跟令尊還是令堂學的？」

「只有跟你才會這樣，大概是你人品的差池影響了我。」

他沒搭理我，拿出手機朝椅子底下照，我還以爲自己看走眼了，他那手機還能運作嗎？

我抽走他螢幕破掉的手機，第一次知道原來螢幕破掉後面還有一層。

姜安武伸手就奪回去：「之前車禍摔的，反正還可以用。」

「車禍？沒事嗎？」我按住他的肩，眉頭皺了皺，實在是他之前在信裡完全沒提過啊。

他看了我的手一眼，輕笑：「有啊，手機差點壞了。」

我白了他一眼：「我是問你。」

他答：「左手小指斷得乾乾淨淨。」

「這種事你也好拿出來顯擺？」我用力拍他的背一掌。

他刨我一眼，起身走了，有沒有人這麼沒風度？

我盯著他不放，原來他是到前排走道替我撿鞋去，撿完還蹲在我腳邊替我穿上。是哪個渾蛋說這孩子沒風度？這孩子太有風度了，還風度翩翩咧。

他說：「沒見過有人連到遊樂園也穿高跟鞋的。」

我回：「就連爬山我也照穿。」

他站起身，睨了睨我：「那就去找個願意幫妳撿鞋子的人吧。」

那眼神好像在說：「我這麼好一個妳不挑，挑了個撿角的。」實在糾葛到讓我難以直視，所以我就小小咕噥了聲「走了」，默默往出口去。

總歸是這樣的，有些事過了就別去追究。

✦

新加坡地狹人稠，飯店房間的大小大概是隨便伸手都能碰到牆那麼點大，不知道是還氣著，或是整天逛遊樂園太累，宋宓洗完澡就睡了。

我無聊地轉著電視頻道，突然餓得很，想起飯店樓下有二十四小時的美食街，越想食慾越氾濫，連默背卡洛里都沒用，我想這就是非吃不可的意思，不吃我睡不著。

剛走出房門，就見姜安武也打開房門，只不過他是要回房。

我盯著他問：「你剛去哪兒？」

「買東西吃。」他淡淡地回我，手握在門把上。

我抓住他：「我也餓，你陪我去買，不然你看，搞不好又像以前那樣，有人跟蹤我什麼的。」

他冏：「妳有沒有謙虛的時候？」

我下巴高得很欠扁：「我這只是說了事實而已，你不愛聽無所謂，但不能否認。」

姜安武白了我一眼：「要去就快點。」

我馬上笑開。

「你等我一下，我換雙鞋子。」我關門前還探出頭對他說：「要等我唷。」

爲了怕吵醒宋宓，我拎著高跟鞋出來才穿上。

「妳連吃宵夜都要穿高跟鞋？」姜安武簡直拿我當神經病看。

這樣我的氣勢才不會輸給你，我挺驕傲地想。

「怎樣？覺得不自在？」我往他身邊一站，不用把頭抬得很高，就能鄙視他的感覺超好的，「想來你是第一次被人狗眼看人低吧？」

「那是妳的錯覺，大部分的人第一次看到我都感覺我有兩米七那麼高，實際上我到現在也只有一米九二而已。」

這廝的幽默感太高深莫測，導致我沒能第一時間察覺，我只能替他可惜。

我在美食街裡來回走了三趟才決定吃一種叫做肉脞麵的乾麵。

雖然時候不早了，顯然大家出來玩都把肥胖和生死一起置於度外，全成了大口把脂肪吃進肚內的豪爽性格，所以排隊人潮有得等待。

姜安武安靜佇立在我身側，幾乎跟不存在一樣。

多年後有支飲水機廣告，把飲水機擬人化，當別人聊天什麼的，他就在一邊傻笑，大意是儘管不說一句話，但他隨時都在你身邊，害我每次看到都覺得那是替姜安武拍的形象廣告。

我抿著笑，用餘光瞄他，他的唇角微微收緊，他知道我在看他，而且覺得不自在。

我喊了他一聲，他慢條斯理地掃我一眼，我注視著小吃攤裡熱騰騰的白煙，慢悠悠地說：「姜安武，我真的很高興你來了。」

他愣了愣，一時失去優秀的反應能力，畢竟他向來總是能見縫插針酸我幾句的，大抵是我這話說得太真誠的緣故。

我繼續說：「雖然沒有一開始就告訴你，但我是真心的，要是沒有你夾在中間當墊背，我大概不知道拿宋宓怎麼辦，還有你明明有很多機會可以罵我挑男人的眼光很差，男朋友分明是個下三濫的東西，你卻一個字也不提。」

他默了片刻，才嗯了聲，然後在我的目光下紅了耳根。

儘管景物依舊，人事全非，有些人還是不會變，至少他沒有變，我感到安慰……我的麵終於好了。

「所以，問過妳男朋友為什麼放妳鴿子沒？」他問。

拿了麵，我還打算買飲料，語氣強硬起來：「這種事為什麼要我去問？這種事本來就應該是他主動來跟我解釋，又不是我放他鴿子。」

還沒決定點飲料還是甜點，手機響了，我用眼神示意姜安武先找位子，才接起那個整天不見人影的王八蛋的電話。

車賢秀也沒問我在哪裡，很乾脆地要我去他房間，我想這王八蛋終於要解釋了，那我就聽聽你有什麼話好說，所以掛上電話後，我不買飲料了，還回店家請老闆幫我把麵打包帶走。

姜安武挑眉：「妳不是抵死也要在這兒吃？」

我剛才鬧他非在這裡吃不可，畢竟回房的話，我怕把宋宓薰醒，還得再買一份給她。

我乾笑：「回去有電視可以看。」

然後我還讓老闆再包了一碗，並在姜安武了然於心的眼神中，心虛地付了錢……

唉，身為女朋友，我這不就是怕男朋友餓著而已嘛，他犯得著用那種不齒的眼光瞧我嗎？

回去的時候，姜安武走得很快，似乎恨不得瞬間移動回房。

我穿高跟鞋，挺費力才追上他，語重心長道：「你現在大概認為車賢秀是個很糟糕的人，那是因為你和我比較熟，所以站在我的角度看他，如果你認識他就會知道他也不是那麼差。」

姜安武忽然停住，還好我走他旁邊，否則我這衝勁撞上去，可不是我扁鼻子的問題，是我們倆都會華麗麗地前滾翻後狗吃屎。

姜安武猛地轉身，把我往一旁的牆逼過去。

我一時間只能邊問他要幹麼邊往後退，直到我背抵在牆上，他沒有碰到我一丁點，只是把雙手撐在我腦袋兩邊的牆上，我想他接下來是不是該邊揉我頭髮邊吻我，激動懇切地說當年是我不懂事沒留住妳……結果他只是目不轉睛地瞅我，讓我連眼角餘光都盛滿了他。

雖然不是時常，但我同意車賢秀的話，同意他說我把姜安武藏在回憶之中，如果不是，我不會偶爾想起那年最後他是不是少跟我說了什麼，是不是後悔那麼輕描淡寫地帶過一切。雖然沒有車賢秀，我應該還是能面對姜安武，但是因爲有車賢秀，我可以更坦蕩地面對他，面對我就是會想起那些過去，而車賢秀大概是我心中的一道安全防衛，讓我不至於太過鑽牛角尖。

因爲「還有」車賢秀在。

所以我只能用輕鬆的語氣問：「姜安武，你現在有喜歡的人嗎？」

「有。」他說，目光始終看著我。

當年除了不敵遠距離，我多少也懷疑他和國文老師是不是眞有那麼點曖昧，可是他現在這樣看著我，讓我肯定之前完全是自己多想了。

停，宋晶，那不是現在的妳該在意的。

「那你就不該做這種事。」我尷尬地咳了幾聲，最後決定讓本能決定該怎麼做——落荒而逃。

旅行最後的高潮是金沙娛樂城的雷射燈光水舞秀。

等待水舞秀開始前，我的旅行夥伴們都在金沙娛樂城裡把握最後花錢的機會，眞的是人人都懶得把錢換回美金啊……

我也不想把錢換回美金，但我避開了所有人，獨自到觀景台的啤酒屋去喝要錢的啤酒，我需要把情況弄清楚，和攪亂我心情的人待在一起絲毫沒有幫助，我這就是圖個安靜。

「唉，好想去旅行……」我喃喃低語，再配一口啤酒，十足借酒澆愁的氣勢。

主要是因爲沒有人在旁邊吐槽我說我已經在旅行了。

我又自言自語：「好想到沒人認識我的地方去旅行……」說完，還很戲劇性地望向遠方，慢悠悠地再喝一口，心裡還埋怨爲什麼手上拿著的不是紅酒，那樣畫面比較好看。

明明距離水舞秀只剩十分鐘，觀景台上的人還不是很多，我懷疑地陪搞錯時間。

「珍，原來妳在這裡。」

車賢秀和其他人一起朝我走來，有些人看我拿了啤酒，也跟著去買。

「我猜這是第一杯。」他說。

我聳聳肩，沒興致說話，就不說。

車賢秀拿走我的杯子，我沒異議，他知道我喝醉後是什麼德性，但我還是忍不住多喝了兩口，剩下的都讓他解決了，他酒量好。

渲染力強的節奏音樂突然竄出，預告水舞秀即將開始。

「就這裡吧，看得清楚。」

一句若無其事的話，瞬間讓我全身毛細孔都張開，特別專注地感受站在左邊的人。是宋宓和姜安武。

我光想都覺得緊張，但是好像除了我以外沒人發現，大家都在討論即將上演的秀，我有一種藏在黑暗中的安全感，難怪電影裡的殺人魔都躲在暗處。

在經過黯淡水面和音樂的醞釀後，水舞秀終於開始。

姜安武的左邊是宋宓，我的右邊是車賢秀，而我和姜安武站在彼此身邊，距離不過三十公分卻假裝不知道這件事，隨著人群的歡呼而歡呼。

其實我明白只要轉個頭，就會看到他，他一定也清楚，因爲……他悄悄握住我的手。

我忽然鼻頭很酸，眼眶有點濕。

我已經準備好有人問起就說是水舞太漂亮，我太感動，偏偏沒有，大家都不關心我。

其實現實是這樣的，所有人都忙著爲能看到水舞而感嘆，忙著顧及自己滿腔的感動，只會短暫地和身旁最親近的人分享幾句，可是我最在意的人連我的手也沒握，我曾在意的人則是什麼也沒對我說。

整場大約十五分鐘的水舞秀，姜安武握著我的手，就在車賢秀只要低頭就能發現的距離……但至少我沒回握，只有在他即將鬆手時痙攣似地收合了一下。

然後水舞秀結束了，旅程也是。

也許是心虛，也許是時間和時尚一樣都是不堪回顧的，回到美國後我減少了和姜安武的通信頻率，儘管依舊每天開信箱，他也依舊來信，我卻沒有去看。

嚴格說起來我用不著心虛，我沒有對不起車賢秀，可我就是對他特別好，好的恨不得大家都知道我有不能說的祕密似的。

車賢秀覺得我很奇怪，加上是大學最後一年，有實習和一些拉哩拉雜的事情要處理，日子就在時有的爭吵和反覆解釋中充實度過，當我打開那封信已經時隔半年——那封寫了姜安武外公去世消息的信。

那陣子我和車賢秀的關係很親密，當身處在幸福中得知別人的不幸，會讓人覺得抱歉，以及濃濃的內疚，我很後悔沒有及早開啓信件，讓這封信成爲他寄給我的最後一封。

他是不是氣我不回信？是不是以爲我認爲這種事與我無關？是不是覺得我很冷血？是不是很失望，所以才不再寄信給我？

由於回覆這封信時已經晚了半年，我斟酌用詞，不敢用太重的安慰，怕喚起他可能已經平復的傷痛，那封信我花了一個禮拜才寫完，明明內容不超過三百個字。

然後又花了一個禮拜的時間才得到他的回信。

信上只有短短的謝謝我關心。

我看了卻感到不安，也許這不安是出自於愧疚，可是我提心吊膽了一個禮拜，得到的卻是無關痛癢的客套，我特別失落……好像我就要失去這個人。

我和車賢秀提了想回台灣看看，當然也把理由給說明了，他反問我姜安武只是一個朋友，犯得著嗎？

我懂他背後是在暗示：我和姜安武不像普通朋友。

普通朋友會慰問，但不至於到陪伴，尤其是相隔千萬里的距離。

我有種被迫在朋友和男友之間做選擇的感覺。

結果，我還是選擇留下。

Chapter 11

車賢秀的EX也是個道地的韓裔美籍，長相也非常具備道地的韓風。

我一直認爲經過那趟打落牙齒和血吞的憋屈旅行之後，這位EX可以永遠從我和車賢秀的生活中消失……只能說前女友是現任心中永遠的恨，她就是不肯好好的去。

那是某個車賢秀留宿在我家的夜晚，當時我和他早睡了，手機鈴聲響起時我那個氣呀！我這人有個習慣，睡覺時四周有一丁點聲音就會翻臉，可是睡覺時能和誰翻臉？於是我培養出破壞噪音來源的特殊能力。車賢秀和我正好相反，睡死的時候任何聲音都吵不醒他，我羨慕之餘，時常捏死他的鼻子，以表達我對此不滿。

但是那晚的電話他沒有漏接，根本是五秒內就接起，後來我才知道那鈴聲是特別專屬於某人的——特別專屬於那個EX的。

他接了電話，沒來得及跟我解釋，或許根本沒發現我也醒了，他套了件外套就光速地出了門。

你說哪個睡在男朋友懷中的女生，不會因爲少了個懷抱而驚醒的？

結果我坐在床上雙手抱胸等到凌晨五點他才回來，我也沒跟他鬧，橫了他一眼，讓他即刻回自己家，不然就想像我像捏死隻螞蟻一樣，把他從我家地板摔到樓下咖啡廳的畫面吧。

雖然他順從地走了，我卻睡不著，說穿了還是應該把他摔得鼻青臉腫才舒坦。

後來我躲了他三天才願意聽解釋。

主要是他穿著那件我們第一次約會時他穿過的皮夾克，讓我稍微回憶起當時熱戀的興奮雀躍，唉，心情這種東西不只難捉摸，還不好控制。

車賢秀在我面前的位子坐下，招來服務生點了杯焦糖瑪奇朵，我三天的迴避沒讓他冒出鬍渣還是臉頰消瘦，依舊神采飛揚，所以小說都是騙人的。

我假裝他不存在，他也悠閒地往後坐進椅子深處，抓起上個人留下的報紙慢條斯理地翻閱。說好聽點，他不是會驚慌失措的人，直白些就是愛裝模作樣，我大概也有同樣的性子，才會和他在一起。

吶，就像舒淇唱過的，青春總是羊入虎口。

我想我就是入了車賢秀的虎口，脖子還掛在他嘴邊，他也不急著給我個痛快，我卻沒耐性地垂死掙扎。

大約十五分鐘後，我皮笑肉不笑：「幫我一個忙，踹自己屁股一下，從我面前滾開。」

車賢秀抬頭愉快地笑了：「現在，妳願意開始聽我說話了。」

爲了這個笑容，我發誓絕對不要原諒他，不管他的解釋是什麼。

車賢秀用喝完一杯焦糖瑪奇朵的時間說明，那天晚上那個EX心情不好，在夜店裡多喝了幾杯，被幾個王八蛋給纏住，可是他沒有交代她爲什麼心情不好，這點我挺在意的，所以接下來的描述是站我的立場來說的。

約莫是情況他媽的緊急，她卻發現能依賴的只有前男友，也不管前男友如今的感情狀況就打電話向他求救，前男友也急匆匆去英雄救美——如果他們兩個才是主角的話，這會兒都該重新在一起了。

我冷笑：「所以呢？以後她打電話來，不管多晚你都得跟個太監一樣隨傳隨到？」

「我們從小就是鄰居，彼此爸媽也熟識，這是責任的問題。」他倒是說得頭頭是道。

我現在是冷笑盈盈了：「所以對我就不需要負責任？」

他不以爲然地看我：「她可能畢不了業，所以最近比較難過，妳難過的時候也會想喝幾杯。」

心中的俠女魂在燃燒，我實在很想一掌拍碎桌子，但我忍著，想像拍碎他的腦袋會面對什麼刑罰。

「我是自己關在家裡喝，我不會穿著布料短少的衣服被隨便的男人上下其手，也不會在半夜兩點抓別人的男朋友過來幫忙。」

可能認爲我話說重了，車賢秀臉色也差了：「如果妳擔心，以後就跟來。」

既然他都開口了，我也沒想跟他客氣，往後他們一起出現的場合我一定也在，他陪EX，我陪他，只是他會把手放在我的椅背上，卻從頭到尾看著EX說話。

所以說有一種男人是這樣的，得不到的時候屁顛顛地追著妳後頭跑，得到後妳就跟一般女人沒兩樣，剛好車賢秀就是這樣的人，我頓悟得太晚。

幾次後，我深覺這是件徹底浪費生命的事，我得去教授介紹的律師事務所實習，還有報告要交，我直接打開天窗說亮話，問車賢秀是不是想和前女友復合，如果是，立刻分手，但對外得口徑一致說是我甩了他，否則就鬧他個雞犬不寧。

他告訴我根本沒必要想太多，EX不像其他前女友，他們是從小就認識的青梅竹馬，彼此之間自然多點關懷。

我當時並沒有完全被說服，偏偏課業和工作一忙起來，也顧慮不了太多，我就默默把他們私下相見的事當作是同病相憐的兩個人在互舔傷口，這種不健全的關係，也不可能有好的結果。

可能是那時候我自己也沒時間經營這段感情，就隨便找機會赦免車賢秀，卻從沒想過他是否需要機會，畢竟我是宋晶，任何人都會選擇我，而不是別人。

我這股自信只維持到某一天。

那天我好不容易有些時間打算要好好陪陪車賢秀，本來想約他上餐廳吃飯，他卻說在家裡吃吃就好，想去戲院看場電影，他也說租片子就好……不知道提議來個野蠻摔角比賽他會不會也說好。

爲了製造浪漫氣氛，我還準備了兩打白色蠟燭，當我預備點蠟燭時，他卻說又沒有停電幹麼點，還說一不小心可能會引發火災，我就用痛罵他的口氣回話，不點，爲什麼要點，然後把蠟燭扔進垃圾桶，打開電燈。

看的片子是一部會灑淚的文藝愛情片，往常我一定挑動作片，可是那天我想要浪漫，往常和男友一起看電影都是彼此抱在一起嘻嘻哈哈比較多，電影演完後對內容一點概念也沒有，那天明明他也是抱著我的，我卻因爲片子太無聊而發覺自己看得很仔細，我們連一句話都沒說上。

打斷這份無聊的是那專屬EX的手機鈴聲。

我立刻繃緊神經，他則故意讓手機響了一陣才接起來，我退到沙發的一端，假裝看著電影，特別仔細在聽他們的對話。

結束通話後，他沉默了一會兒才告訴我EX被捲入一起街頭鬥毆的紛爭，現在正在警局需要人去把她保釋出來。

我當下就覺得這是預謀的，那個EX肯定知道今晚車賢秀和我約好，今晚他屬於我，才特別小人搞破壞。

我對她這樣夙夜匪懈在動搖我們的關係感到憤怒之餘，都有點肅然起敬了。我很冷靜地提議，不如我開車送他去。

車賢秀不是個善於察言觀色的人，這時卻研究了我的表情和情緒片刻才點頭。

到了警局，我坐在車上等，等了老半天就痛恨自己沒有帶瓶酒出來舒緩舒緩此刻膠著無解的大腦。

大約一個小時後，終於兩條相依偎的身影走出警局大門。

我站在對街，面無表情注視著車賢秀把外套披在EX的肩上，我又想起《我倆沒有明天》那部電影，怎麼他們兩個特別有股亡命天涯的淒美浪漫？

我多想衝上去把他摟著她肩膀的手狠狠撥開，但我沒有，總覺得那一刻是屬於邦妮和克萊德的，我這個打醬油路過拍電影現場的路人不適合亂入，所以車一開就走了，才不管他們怎麼回去，最好天冷感冒得肺炎死掉算了。

有一種萬惡根源叫眼角餘光。

大抵小說電影都是這麼演的，女主一個眼角餘光，本來模糊的過眼場景，突然清晰到不行，在遙遠的人群中發現男朋友牽著某個女人的手，然後她的世界天崩地裂，她的故事波瀾壯闊地展開。

車賢秀以爲我不知道，其實在新加坡買宵夜的那晚，姜安武把我壓在牆上，是不想讓我發現車賢秀和他的EX在不遠處難分難捨地親吻彼此，可是我的眼角餘光視力和正眼看人一樣是2.0，可能還更高，所以我看得清清楚楚。

我一直沒有向誰說起這件事，因爲我是宋晶，就算我看男人的眼光在那時被宣判了糟糕至極，我也不會跟別人抱怨，比起臭罵那個男人，我更不想被人安慰，我的自尊心禁不起慰問，更禁不起拒絕。

我那時眞是太年輕，沒想過要當面給他們難堪，或是拿噴漆在他們身上噴「第三者」、「偷吃」和「不忠」等字眼，我只是選擇假裝沒發現。

那是我犯的第一個錯，之後就跟骨牌效應一樣，一路錯到現在。

我在反覆的錯誤中發現了一件事——這位EX眞的不像他的其他前女友，是他的其他前女友都像她。

我相信理想型這種東西一定代表著記憶中的某種形象，也許是小時候碰到的鄰居大姊姊，第一次春夢的對象，第一個喜歡的偶像或者諸如此類的綜合體。一個人也許不會眞的找到完美的理想型，但他肯定會在每個交往對象身上發現一點蛛絲馬跡。

這麼說來，那位青梅竹馬的EX就是車賢秀的理想型，所以不管他第一個交往的女孩是誰，常掛在嘴邊讚不絕口的女明星是誰，基本上都有EX的影子。

我根本和她完全不同。

問題是妳要到何時才肯承認自己只是一對早已確認彼此的愛侶，在一次激烈爭吵錯誤分開後的過渡期？更甚僅僅是對方用來使眞正在意的人回心轉意的一顆棄子。

明白這一點的那天，我把車賢秀冰箱裡所有的啤酒喝完，作爲他刺傷我自尊的報復。

那是畢業典禮發生的事。

自從邦妮和克萊德第二集在我眼前再次上映之後，我對他們倆病態的關係已經摸得透徹，也不想管了，我唯一的選擇就是離開這裡，接受教授介紹我去一間紐約的律師事務所工作——對方並非看在教授的面子，而是看中我優秀的成績，他們非常歡迎我一畢業就過去。

因此畢業典禮結束後，我是眞心想要快速趕回家打包行李，我只是眞心沒料到最壞的一幕就在我臥房裡上演——車賢秀和他的EX滾我的床。

那眞是血淋淋的背叛和屈辱，更吃人夠夠的是他的EX一見是我就從床上跳起來，你說她如果是心虛想逃，我還給指引方向讓條路，偏偏她那股煞氣是要衝過來跟我幹架的，我的反應神經多出類拔萃，一把抓住她搧過來的巴掌，還順勢把她給摺倒了。

接著一陣怒吼，車賢秀也跳下床氣沖沖地朝我撲來，我沒有受到威脅，但本能它有，於是乾脆兩個湊一雙地也把他放倒在地上，然後我就跟失手殺人的兇手一樣逃出家門。

其實最多也就是傷害罪而已，虧我還是學法律的，嘖。

關了手機，紅酒白酒都已經送到，果然心情不好的時候就該住進飯店，要什麼都一應俱全。

我以爲我只會在飯店度過一夜，但當我清醒過來，已經是兩天後的中午。

從沙發上起身，我隨便瞥了一眼，哦，這裡是我家，問題是我何時回家的？

我低頭看了眼莫名其妙握在手裡的手機，扔到一邊，忍著頭痛走進廚房倒了杯水，忽然覺得哪裡不對勁，我往大門看去，不得了，大門是敞開的，我最喜歡的那座單人沙發就擺在門前，我立馬衝出廚房，途中踩到一個尖銳的東西。

「Shit!」是我的高跟鞋。

撿起高跟鞋、瞄了眼不忍卒睹的客廳，我跛著腳奪門而出，還是用跑障礙賽的精神躍過沙發，跑去敲鄰居的門。

「菲爾、菲爾！」

約莫敲了一分鐘，門才拉開一條縫隙，一個個頭比我矮了些的男孩從門後露出寫滿警戒的半張臉，他什麼也不說就先上下打量我，我家都遭小偷了，他竟然還用門鏈鎖對待我，是不是太不體貼？

「這裡只有魯尼，沒有菲爾。」他翻出白眼糾正我。

我沒理會他：「我家好像遭小偷了！」

「是嗎?什麼東西被偷了?」他一點慌張的樣子也沒有，大概沒學過同情心這字眼。不想顯得太神經質、太不像冷靜的都市人，我掐著下巴盡量慢下語速說：「我還沒盤點，喔，他想偷我的沙發，大概太顯眼就放棄了，現在沙發還擺我家門口。」

他似乎信了我的話，關上門，拿掉門鏈鎖，再打開門走出來。

「妳家沒遭小偷，那張沙發是我和羅素放的。」他說。

我一愣，皺眉：「羅素?住我樓下的羅素?三樓的那個?你們憑什麼亂動我的家具?」

他嘆了口氣幾乎有我身高那麼長的氣：「妳昨天凌晨回來……醉醺醺地回來，就跟發生命案一樣一下子尖叫，一下子怒吼，一下子又大笑，還到處打擾其他人，那張椅子就是爲了讓妳出不了門才放的。」

「……可是我的客廳也亂七八糟，衣服都被翻出來。」我啃著指甲說。

他橫我一眼，特別沒好氣：「妳昨天換了一百套衣服，還要羅素用手機替妳拍照，說要傳給誰。」

「那高跟鞋……」

他用「兇手也是妳」的表情睨我。

我雙腿一軟往旁邊的牆靠去，吶吶地說：「菲爾地說，我好怕……」

我發誓說出這句話的時候，眞的不知道這是《醉後大丈夫2》的台詞。

他咳了幾聲，拍拍我的肩：「大家都知道發生什麼事，所以不怪妳……當然還是有人認爲妳搬走對大家都好，畢竟依妳現在的狀況要妳戒酒也挺沒良心的。」

現在的狀況是指……

我不抱希望地問：「大家都知道了？」

魯尼遺憾地點頭，並告訴我，在我那天「肇事逃逸」後，先是羅素聽到聲音上樓查看，發現車賢秀和他的EX衣著不整地倒在地上抽搐，以爲發生什麼可怕的事，替他們叫了救護車——當然因爲魯尼那張大嘴巴，整棟大樓都知道這等不堪的破事，聽說自那之後，無論是車賢秀還是他的EX都沒有再踏進這裡一步。

我只有在聽到救護車的橋段笑了幾聲，後來就頭痛得很。

「放心，以後他們要是再出現，所有人都會把他們趕出去。反劈腿聯盟。」魯尼交叉手指表示他是站在我這邊的，我的頭更痛了。

我靠著自己跟小鹿斑比一樣的雙腿搖搖晃晃地努力站直，順了順頭髮，想像這是我第一次站在法庭，必得拿出最精明的表情，不管前一天喝了多少威士忌。

「你誤會了，其實我和車賢秀早就分手了，我這幾天是在開慶祝party，你知道的，喝得有點多才會這樣。」我邊呵呵笑邊輕拍他的衣領。

他那眼神挺懷疑的，唉，這世上想看好戲的人和落井下石的人都住到這棟樓裡了。

我不再理他，走回自己家，當然是先把沙發推開才進去。

關上門前我又想到一件事，就探出頭對魯尼笑得既慈祥又敦親睦鄰：「忘了說，其實是我甩了他的，如果你看到其他人，記得這樣跟他們說，記得喔。」

交代完，我輕輕關上門。

環顧亂得跟遭竊一樣，實際上卻沒有小偷光顧的屋內，到底發生了什麼事我是一點頭緒也沒有。

我一件一件撿起地上的衣服，發現都是實習時穿的套裝，就連穿衣鏡裡的自己也是一身套裝，到底爲什麼？

我隨手將撿起的衣服扔在沙發上，跟著也坐下，屁股底下硬硬的東西是手機，這是我一個禮拜前才換的iPhone 3GS，簡稱智慧型手機，希望它眞的夠智慧，可以有點蛛絲馬跡。

……我一個晚上發了二十幾封短訊，打了差不多數量的電話給、給——

「姜安武？」我明明記得只把手機當麥克風唱歌呀！

我顫抖著手把短訊打開——

如果沒有這件事，我應該會留在美國成爲律師，至少在這裡待上一、兩年，擁有更漂亮的工作經驗後再回台灣。

你知道嗎？我今天應該打包完全部家當運到紐約去，我跟你說過我以後會在紐約工作嗎？該死，我眞的很想穿那套新買的Prada套裝上班，我穿Prada很好看的，你不信？我去換給你看。

我想這只解釋了我爲什麼會在大半夜換穿套裝，並不足夠說明剩下的九十九套又是怎麼一回事。

之後的短訊簡直是一場場小型災難，我明明記得……好吧，我微妙的記憶點仍記著我是把衣服穿得好好的才自拍的，這張釦子扣錯是怎麼回事？這張衣服下襬沒整理好，高跟鞋兩腳不同款又是怎麼回事？這張頭髮亂七八糟，裙襬卡在內褲裡，手上拿著紅酒瓶還擺出瑪麗蓮夢露招牌pose又是他媽的怎麼回事？

這些張照片湊合在一起，簡直把我逼上死路，一張張看完照片的過程則是我人生中最丟臉的時刻，這下我都想放手「宋晶」這名字讓它自在的飛，看能飛到哪個更適合的人身上。

依短訊和通話的數量來看，我應該是每傳一張照片就打電話問姜安武覺得如何，他也每通電話都接了……那時候應該是台灣時間前一天的下午三點？

我到底都跟他說了些什麼？

往好的方面想，我沒在短訊上提到車賢秀的事，這很好，我只提了「如果沒有這件事」，幹得好，宋晶。

就在我心上稍微放鬆時，手機突然響了。

這種正看著手機螢幕突然有電話進來的情況還眞是會嚇到人，至少我就嚇得跟快中風一樣臉歪嘴斜……誰叫偏偏是姜安武打來的。

我戰戰兢兢地想著該不該接，鈴聲就被我猶豫到了盡頭，我鬆了口氣。

畢竟姜安武現在是全世界最清楚我這兩天做了什麼蠢事的人，我覺得無顏面對他。

我到底為什麼不在喝醉的時候開場個人演唱會就好了？又到底為什麼會把口紅塞在胸罩裡？

當我把口紅從胸罩裡掏出來時，手機又響了。

逃避下去也不是辦法，我都能唬弄鄰居了，自然也能唬弄他。於是我深呼吸，接起手機，用剛睡醒的低沉嗓子Hello了聲。

姜安武沉默了幾秒才出聲：「妳還好嗎？」

我一聽到他的聲音，膝蓋發軟得毫無道理。

我壓低嗓音：「你、你、呃，你……」

可是我想不出要說什麼。

「宋晶，妳還好嗎？」他又問了一次。

「現在台灣是凌晨一點，你還沒睡？」這個問題眞是經典又顧左右而言他。

「我怕妳像白天那樣每隔十分鐘就打一通電話過來，所以先確定妳是不是沒事。」

「我……沒事。」我頓了頓，痛恨自己用有事的語氣說話，馬上又改口：「我昨天晚上只是在開party，現在有二十幾個人睡在我家地板和浴缸裡，要是有事的話也會有人幫我打電話叫警察還是救護車什麼的……」

姜安武嗯了聲，又說：「妳昨晚輪流唱了整夜的〈黑色毛衣〉和〈心雨〉。」

我吶吶：「周杰倫是我喜歡的歌手之一。」

「我相信。」他輕笑，「妳連〈夜曲〉的Rap都一字不漏背出來。」

「只要我想做，什麼都能辦得到，我是宋晶。」我眞的那麼做了？

「嗯，對了，我到美國的時候妳來機場接我。」

「你——什麼？你要來波士頓？可是我要去紐約……不，等等，你來幹麼？」不會是來看我有多潦倒可笑吧？

「觀光。」他用兩個字把我打趴。

我一身幹練社會人士的打扮，站在機場迎接走出海關的姜安武。

很不想這樣說，他看起來曬黑了點但氣色很好，而且不是像我這種靠化妝品強裝出來的好，我不知道該替他開心，還是替自己難過。

他在我面前站定，我踩著最高的高跟鞋，穿著最能展現身材的套裝，背跟打了石膏一樣直挺挺的，連我的心也是，我就不想讓他看穿身上任何一道傷口，無論有形無形。

他突然朝我張開雙手，我不確定那是「看，我好的不行，誰叫妳當初不選我」還是「我們來擁抱」的意思。

所以我就問了：「幹麼？」

他一臉疑惑：「打招呼。外國人打招呼不是都要抱一下，再左右各親一下頰？」

「那是歐洲，這裡不需要，笑一下、點個頭就好。」

他聳聳肩，收回雙手，還真的跟我笑一下、點個頭。

不知道是我想太多還是怎樣，總覺得姜安武一直在觀察我的表情，他是不是以爲我被甩了？是不是覺得我很可憐？還是我渾身散發出那種味道？

不行，這樣下去我恐慌症都要爆發了。

我撐起泰然自若的氣勢，一瞬間氣場就強大起來，我撩撩頭髮，慢條斯理地反問：「幹麼？以爲我會像個瘋婆子，大罵那個膽敢在我的房間我的床上劈腿的渾蛋？吶，我可是宋晶呀，談戀愛什麼的也不是第一次，誰來誰去不就是這樣，我可是很有風度的，我是可以瀟灑離開不帶走半片雲彩的。」

很好，我說這些話的時候嘴唇沒發抖，沒哭倒在他懷裡，我夠死要面子。

他淡定地瞅我，約莫三十秒後才說：「床上那件事我是第一次聽到。」

我就特別想搧自己巴掌。

然後他笑：「很高興看到妳衣著整齊、神智清醒。現在，我們走吧？」

好吧，我決定我要痛恨他的好氣色和好膚質了。

你說接風洗塵這件事缺少酒精多掃興？

所以我帶姜安武去了號稱有茱莉亞羅勃茲胸罩的酒吧，聽說在酒吧裡玩瘋的女人都會當場脫掉內衣捐給酒吧，誰知道爲什麼？我只是看在他們內衣掛滿牆面都到了天花板，所以也想來體會玩瘋的感覺。

姜安武沒表示什麼，看不出來是喜歡還是痛恨我給他安排的紐約第一個行程，但我問他想喝什麼的時候，他居然要我幫他點可樂，理由是我們當中總要有一個保持清醒……

既然他都這麼說，我也不客氣，最烈的酒立刻灌下去，都覺得自己這陣子猛喝的程度，將來若不是成爲品酒師就是肝硬化早死。

玩瘋的感覺我是沒有，但喝茫了我照樣可以脫內衣，姜安武就在我準備那麼做時把我拖出酒吧，我的喉嚨因爲他這舉動而失守，蹲在路邊水溝口嘔得稀哩嘩啦。

既然不是吐在他身上，他的功用就是幫我把頭髮撩起來，眞的很會做朋友。

「沒事了？」等我吐完，他問。

我抬頭，眼眶含淚地看他：「鞋子沾到了。」

他用力刨我一眼，才黑著張臉蹲下去。

站在酒吧門口的街上，已經吐過一次，我覺得自己清醒許多，所以我就看著他頭頂那白白的髮旋，伸指戳了戳。

正幫我清理鞋子的姜安武冷著聲音：「別弄。」

於是我不戳，我用旋的……

他抓住我的手，一臉嫌我煩的表情。

「我喝醉了。」我用這句話概括解釋所有的舉動。

他起身：「回去了。」

說完，他先走了，我也想跟上去，所以邁開步伐，只是明明想要直走，我卻一直往右偏，直到撞牆才停下，說眞的，那種失去控制的感覺跟坐雲霄飛車挺像的，夠刺激。

就在我跟條死魚一樣靠牆撲騰的時候，姜安武踱回我面前，問我是不是走不動了。

我認眞想了一下，眞誠地回答：「你說要喝就在你面前喝的，今天我是在你面前喝，所以你背我回去。」

姜安武也不廢話，背起我。

他那老被我形容爲大而無當的背，趴起來很舒服，差不多跟單人床一樣了。

擁有這麼舒服的背的男孩，我爲什麼會錯過？當我眞正需要陪伴的時候，他總是在，而我卻無法做到這一點。

把臉埋在他的背脊，我不知道是可憐自己還是可憐他，也可能是因爲路邊流浪漢哼著約翰藍儂的〈Imagine〉，眼眶突然漲得很，眼淚一下子爭先恐後擠出來。

姜安武沉穩的腳步大約停頓了二分之一秒又繼續走，我猜他知道我把他的衣服當手帕拿來擤鼻涕。

「姜安武。」等我好不容易能夠裝出若無其事的聲音才開口。

「嗯。」他的聲音從厚實的身體深處悶悶地傳進我耳裡，很立體音。

「那個時候沒有陪你……對不起。」

如果可以，我很想緊緊抱著他，但是現在已經晚了，我憑什麼挑開他早就結痂的傷口？就連說這種話，我都覺得自己自私，說出口也只是爲了減緩自己的內疚，我這到底算什麼？酒後感傷？

當我後悔得很想回到十個月前，痛罵自己若是不開姜安武的信就是畜生時，他低聲道：

「現在原諒妳了。」

Chapter 12

那天早上醒來，看見姜安武在我的廚房裡煎德國香腸和荷包蛋，還能游刃有餘地喝著咖啡，我讚歎找男朋友就要找這款hold得住廚房的。

如果我們是情侶，我就該悄悄溜進去從背後抱實了他，再用一把嗲得想抽死自己的做作嗓音撒撒嬌什麼的，但他只是我的朋友，眼下最値得依靠的帶把閨密，我不能嚇跑他。

所以我衝回房間把亂七八糟的頭髮梳成電影女主角那種剛醒的大旁分，還換了件oversize的白襯衫，爲了怕襯衫太挺沒有生活感，還先揉一揉，下半身是重點，重點就是展現我完美到破表的修長雙腿，所以不穿。再把牙給刷了，臉給抹了，眼屎摳了，對鏡子裡的自己瞇起眼睛，做出剛睡醒的朦朧表情，仔細看一看，嘴唇不夠有血色，我就上了點唇蜜，嗯，搞定。

「妳一大早在忙什麼？」

鏡子裡多了個人，姜安武一臉狐疑地盯著我手上的唇蜜。

我臉色一沉，把唇蜜扔進化妝台上的圓形盤子，剜了他一眼：「有你這樣進女人房間不先知會一聲的嗎？」

「是妳乒乒乓乓我才進來看看，況且妳沒關門。」姜安武又問：「今天不是禮拜天？妳還要上班？」

我抽了幾張衛生紙恨恨地擦掉唇蜜：「這是我家，關不關門我自己決定。」

擦完後我朝他走去，他退了幾步：「妳要幹麼？」

「吃、早、餐。不然呢？給你跳段鋼管舞？」

「那，穿件褲子吧。」

他的視線始終保持在我臉上，禮貌到我覺得自己這樣大費周章製造剛起床那種慵懶中帶性感、性感之餘還風情萬種的氣質特別丟人，爲什麼我沒有瞬間移動到聖母峰的超能力？用不著在尿急的時候瞬間移動到廁所，只要在丟人的時候去聖母峰就好，這要求不高啊！

後來我穿了一套最醜最居家的睡衣坐上餐桌，連頭髮都紮起來。我單腳翹在椅子上，用叉子猛戳荷包蛋，挺不是滋味的。

他平靜地道：「不要戳了，浪費食物。今天去哪？」

「你想去哪裡？」我用刀子切下半塊荷包蛋，半熟的蛋液流出來，天啊，我討厭沒熟的蛋。我把蛋從叉子上甩開，跟踩到狗屎後猛甩鞋子一樣。

他用叉子叉走我的蛋送進嘴裡：「爲什麼妳家沒有筷子？」

我愛理不理地回：「你刀叉不也使得很上手，那麼計較幹麼？」

他默默叉走剩下的蛋，喝完最後一口咖啡，我卻在研究是陽光灑進來的角度太好還是我挑的咖啡杯太美，抑或是我這張高格調的餐桌的緣故，竟把他烘托得煞有其事的好看——也不想想他只是姜安武而已。

好吧！其實是他在這裡，在我家這件事讓我覺得挺沒有眞實感的——我依舊在猜他爲何會跟男友查勤一樣突然出現。

唯一的可能是姜安武什麼都知道了。

其實他不知道才奇怪，喝醉之後我的口風能緊到哪兒去？我都能唱完整首〈夜曲〉了。

我悻悻然道：「姜安武，你老實說你不是來觀光的吧。」

「妳妹跟我說妳畢了業也不回台灣，不知道在搞什麼鬼，說妳從以前就常做些讓人操心的決定，我就想如果妳沒有要回台灣，我可以趁當兵前來紐約逛逛。」他回答得挺漫不經心的。

逛逛？難道紐約是淡水？

「你和我妹保持聯絡？」我瞪著他，很難解釋我心中這股複雜的感覺。

姜安武略過我的問題：「妳打算就此長住在美國？」

我撇嘴：「目前是。」

「因為有關心的對象在這裡？」他這時候看我的眼神特別敏銳。

我真的有種被他一刀斃命的錯覺，我就不齒他這種揭人瘡疤的方式。

「我喝醉時打給你說了什麼？不，不管說了什麼都無所謂，不准你再這樣試探我、套我口風。對，我現在還在失戀的療傷期，我可能偶爾覺得痛苦到想殺人放火，但誰失戀不是這樣？我現在挺享受這種感覺的，你別插手。」我語氣特別欺霜賽雪，目的就是要凍死他，讓他別再多嘴。

姜安武大概是冬天生的，不怕冷，從容吃完德國香腸後道：「想到了。」

我皺眉瞧向他，如果皺眉真的能夾死蚊子，就讓我夾死全世界的蚊子，還大家一個清淨的睡眠品質吧。

他說：「去中央公園吧。」

究竟誰才沒頭沒腦？要去就去……就去你的中央公園。

來到紐約最讓我感到輕鬆的是，這裡不會有任何場景有過我和車賢秀的回憶，所有回憶都是新的，閃閃發亮的，跟沐浴在晨光中的姜安武一樣。

可是放閃的時候總是會有人看不慣，特意來搞破壞。

菲爾……哦，我是說魯尼眞是個奇葩，我都搬到紐約了，這位自詡反劈腿聯盟盟主的傢伙還三不五時向我報告車賢秀和EX的近況，彷彿我很想知道……總有一天我會把他從魯尼打成魯蛋尼。

姜安武端著號稱紐約最夯的貝果在我旁邊坐下，我默默把手機收起來，只是速度之快顯得太心裡有鬼。

他就問了：「朋友？」

我面不改色：「小星你還記得吧？當年跟我一起去你家做考前總複習的那顆球，她上上年度申請到紐約留學。」

「她現在還在紐約？」

「她只待一年而已。」

「怎麼突然給妳發短訊？」

「問問我何時回去，要我帶點伴手禮。」

他用眼尾瞄我一眼，把我的貝果遞給我，我優雅接過還說了聲謝謝，其實我們都心知肚明是在敷衍彼此，就隨隨便便結束對話。

短訊的聲音又來，姜安武用「妳不接嗎」的眼神老神在在地覷我，彷彿我不接就是承認自己剛才都在鬼扯……就算是眞的我也不能承認，我硬著頭皮掏出手機，這一看，我不知道該鬆口氣還是該頭大，只能望著他，表情挺空洞的，可惜不是空靈，不夠完美。

他察覺不對勁：「幹麼？」

我開口：「宋宓要來了。」

宋宓今年高中畢業，也考取了台灣的大學。

雖然成績不理想，但當初堅持要在台灣上大學的是她，現在突然又說想來看看紐約的大學環境……眞的假的？

我就很小人的懷疑是姜安武讓她來的，因爲他從我這裡挖不出八卦，才派宋宓來。

可是我現在又覺得好像不是那麼回事。

在沒有圍牆的紐約大學裡，我盡職地扮演導遊，他們倆跟我的客人沒兩樣，並肩說說笑笑地走在我身後，我懷疑是因爲我帶著一股失戀者會散發出的臭味，才會被疏離。

中途宋宓想吃冰淇淋，姜安武就給她買去——我突然想到宋宓有個特質，就是雖然她不會主動開口，但別人都會主動幫忙她，不知是否是因爲這丫頭從小就比較笨拙的緣故。

難道笨拙比較惹人疼愛？我的缺點難道是太能幹？

我隨便找個地方彎下腰來調整高跟鞋，不該穿新鞋出來踏青，簡直是種折磨。等我再抬頭時，姜安武拿著兩支霜淇淋回來，我頭又低下去。

就算我沒說，也該機靈點替我買一支的嘛，難道失戀連吃冰的資格也沒有？

姜安武那雙破運動鞋出現在我狹窄的視線範圍內。

「妳幹麼？」

我突然就覺得他面目可憎，剛好有電話打進來，就朝他揮揮手要他走開，站到一邊去接電話。

電話接通後，小星劈頭就問：「妳在幹麼？」

怎麼人人都愛問這個鬼打牆的問題？我能不能回答他們我就在被鬼當牆打？

我慢吞吞地回：「抱怨上天不公，人也不公。」沒錯，我是宋晶，我不自艾自怨，我只抱怨。

「這種沒建設性的活動妳也敢拿出來說嘴？」小星特別不齒。

我哼了一聲作爲回應。

小星這人向來有話直說，直到說完會讓你特別想對她拳打腳踢，所以她就這麼對我說：「知道妳失戀水很深又火很熱，我這會兒就過去拯救妳脫離苦海。」

我由衷想等她來的時候痛毆她。

「……誰告訴妳的？」

「大約一個禮拜前，妳喝醉打電話過來自個兒說的，那時我還在做畢業製作，現在閒了，機票我也買好了，妳記得來機場接我就是。」

……原來我不只打給姜安武，該不會宋宓會來美國也是我自作孽？

罷了，可也犯不著所有人都跟搶搭末班車一樣趕著來安慰我，也沒想過我需不需要，要不是他們一個個都是我的親人朋友我就……

「電話講完了？」姜安武從我左邊冒出來，嚇得我差點把手機掉在地上。

「幹麼？」我沒好氣。

他把手上剩的那支霜淇淋遞到我面前，「怕沒買妳的妳會發脾氣。」

原來有一支是要給我的啊……

「快點，都要融化了。」他面無表情地催促。

我接過那支已經開始融得黏糊糊的霜淇淋，巧克力口味的，可惜我喜歡草莓，他老是猜不中我喜歡的口味，可是他不會忘記替我備上一份，這是有沒有心的問題，我想起和車賢秀交往的時候，吃什麼向來各自決定，不會有口味出錯的時候。

約莫是美國這個地方風俗民情不同，大部分女生不喜歡男生替她決定吃什麼，大部分男生也不喜歡女生說隨便由自己來決定，那樣的女生顯得無法獨立自主——可是我畢竟不是美國土生土長的，我想要被照顧。

車賢秀不是沒有照顧我，只是沒那麼細緻……唉，說好打死不想他的。

所以我問：「宋宓呢？」

「剛拿到冰淇淋就掉地上了，她去找攤販問問能不能再給她一球。」

「你不吃？」我邊說邊往前走，隨便走，我不是那種會停留在原地的女人，我瀟灑。

「妳妹來了之後，妳的氣色好多了，好像比較有精神了。」如果他這樣說話都不叫牛頭不對馬嘴，那還真不知道怎樣才是。

我回：「她是我妹，我在任何情況下都得打起精神照顧她。」

姜安武說：「我從以前就覺得妳這人品不可能討好別人，可是對妳妹倒是言聽計從得很。」

我語氣挺深遠的：「既然是自己的妹妹有什麼好計較？我看過青少年教育的書，叛逆期什麼的，總有一天會過去，美會留下的。」

他沒有答腔，過了幾秒鐘我才聽見他低低的笑聲，我的小心臟莫名抖了抖，這廝的笑聲就連相隔幾步距離都有杜比的效果，太震撼。

「姜安武，我去年問過你一次，你說你有喜歡的人了，現在呢？」問完，我卯起來吃霜淇淋，不是緊張，是它化得快。

他從容道：「有。」

那個人是我嗎？

我怕自己忍不住問出這個問題，趕緊換了個方式問：「所以有女朋友了？」

他只是聳聳肩笑了笑，看向我的背後遠處：「妳妹回來了。」

然後他從我旁邊擦身而過，我卻想也不想便抓住他的手……嗯，我真的沒想很多，所以不要問我爲什麼或想幹什麼。

也許只是心裡突然閃過一個念頭，也許……他喜歡的人是別人，也許是宋宓，我不知道，只是覺得如果要選，任誰也不會選現在的我，除非拍鬼片的導演。

「怎麼了？」他問。

我沒回頭，背對著他問：「你告訴我，是不是只有我一直覺得那時候我們分開得不明不白？是不是只有我覺得錯過機會？你有沒有眞心喜歡我過？那怕只有一秒鐘。」

整段話我都是用英文問的，不能不承認車賢秀帶給我的傷害超乎我想像的大，大到我必須隨時表現不在意才能稍微忘記自尊被輾碎這件事，說白一點，我現在即使穿上最漂亮的鞋子和衣服，化上最流行的妝，都會懷疑自己在別人眼中只有落魄。

也許我走在路上還會被別人踩到……如果會被人無視到那種地步，我就要躲到遙遠的南方小島上。

所以我眞正想對姜安武說的是——拜託不要說沒有。

也不知道他是聽懂了還是沒聽懂，他這麼回我：「所以妳現在知道應該珍惜我了。」

我感到沮喪，但沒有表現出來，從不表現出來。

眞希望能把門關上，當作沒這回事……如果有門的話。

小星來了。

一下子，我家變得熱鬧，明明總共才四個，卻像擠滿了人。

姜安武不愧是年紀輕輕就一個人住，料理等級簡直是達人了，將來阿基師退休，搞不好他可以去當個阿武師之類的。總之晚餐由他張羅是預料之中的事，預料之外的是宋宓竟能給他打下手，看來她也隨時能頂替夏于喬出演《型男大主廚》呀。

結果我和小星只能負責買酒，還好這點我倆特別有共識。

說起小星這顆球，她現在還特別不像球，特別苗條纖細，箇中原因她沒說分明，我也不是很了解，總之應該是爲了某某人才發願瘦下來的，這一瘦，皮膚上有無留下什麼痕跡我不知道，倒是給瘦出了個美女輪廓，實在是不可思議，都成傳說了。

超市裡，見她打發走一個搭訕的黑人，我靠過去問：「妳現在腰圍幾吋？」

小星推著推車邊走邊回：「22.5吧。」

我嘖了聲：「我明明沒有因爲失戀而暴飲暴食，憑什麼腰圍還多妳半吋？」

小星用「這人有毛病」的眼神瞧我：「晶晶，我老覺得妳有點魯鈍。多少人等著利用失戀這個藉口大吃大喝妳知道嗎？妳知道大阪章魚燒口味的披薩只能吃上面的青椒的苦嗎？妳知道去麥當勞只能看DM的痛嗎？」

這是什麼鬼才懂的心路歷程，姊姊我從來不需要減肥。

我才正要開口，她舉起手阻止，「切，接下來半個小時都別跟我說話。」

……

不給說話，我就看短訊，從傍晚開始魯蛋尼就一直傳短訊給我，問我這個周末要不要、有沒有空去波士頓，說有比見鬼還重要的事要說……我把婉轉的禮貌全扳成直的，直接跟他說再傳短訊就跟他切八段，結果他還傳——

車賢秀和女朋友剛剛回公寓了。

他奶奶的，這跟我有什麼關係？

「妳在看什麼？」小星那雙無恥的手在問話同時就把我的手機抽走，眞要說哪隻手無恥，搶我手機的那隻最無恥。

她看了一眼，就問：「跟蹤狂？」

我連給小星一個白眼都做不到，挺無奈的：「是啊，跟蹤我男友和他EX的跟蹤狂。哦，不，現在已經不是EX，是現任了。」

「妳還在問別人前男友的情況？妳不知道EX後面接的通常不該是boyfriend，而是

asshole?」

我奪回手機，有點理虧：「又不是我問的，是他自己要告訴我的。」

小星瞇起眼：「宋晶，妳該不會還念念不忘吧？對那個直譯中文後稱爲屎洞的傢伙？對那個前屁眼？」

我訕訕：「崔小星，妳很髒。」

說完，我快速挑了幾瓶酒結帳去了。

在此讓我解釋一下什麼叫做多年好友——就是會搶先妳一步說出事實，而且是妳不想承認的事實的那種人。

回到家，擺好餐盤，拿出酒杯，就定位……好吧，那張高格調的餐桌是不夠坐了，所以全擠到更高格調的客廳桌几去。

場面是談笑風生，風生水起，起死回生……我幹麼自己接龍？哦，也許是因爲他們聊得太開心的緣故。

我想起陳奕迅那首經典情歌《K歌之王》的MV，大家在包廂裡那麼快活，只有陳奕迅唱得用心良苦，唱傷心的歌，唱擁擠的房間裡一個人的心有多孤獨，就跟此刻的我一樣格格不入。

我的手機在口袋裡微微震動，是此刻唯一的陪伴，而除了我以外的三人都在哈哈大笑，到底是小星還是姜安武說了什麼有趣的事？

我連他們在聊什麼都不知道。

「我接一下電話。」我裝作惋惜的樣子站起來，小星還在說話，宋宓眼神亮晶晶的聽著，姜安武也難得喝了一杯，他們唯一做的事是一同用眼角餘光掃過我，不做任何表示。

我到廚房滑手機，魯蛋尼又來簡訊，又是一則和小星口中那位前屁眼有關的消息。

車賢秀和女朋友剛才離開公寓了，我偷聽到他們要去聖地亞哥度假。

我平靜地看完訊息，回到原本的座位坐下，盯著那盤姜安武不知從哪裡變出來的炒空心菜，眞的，我內心平靜的就像一片湖，澄澈、悠遠，靜謐……

「我忘了準備甜點。」我跳起來，這下他們終於願意正眼看我。

我抓了鑰匙又說：「我有沒有說過轉角那間餐廳的布朗尼很棒？」

「可以明天再吃。」姜安武顯然不是飯後必吃甜點派的，我忽略他的話。

「已經很晚了，別出去。」宋宓用關心的詞彙、叛逆期的語氣警告我。

小星倒是看了我好一陣子，用言情一點的說法就是看進我的心裡，可惜她不是男主角的命。

最後她說：「那就幫我買一個。」

我猜她可能以爲我需要個藉口出去透透氣，我想她也早就發現我無法眞心加入他們，沒錯，我現在需要喘口氣。

——在前往聖地亞哥的路上。

從紐約到聖地亞哥，從東岸到西岸，我應該搭飛機的，可是我出門時太趕了，導致我沒有拿皮包，我只能開車來一趟公路旅行，跟非洲大草原上的動物大遷徙差不多。

再次強調，我眞的很冷靜，我只是需要趕上他們，製造一場假車禍，不用置他們於死地，讓他們整個周末都得待在醫院度過就好，這樣並不嚴重，而且視我在哪一州撞上他們，刑責還會不同。

國文老師說喜歡是一種不甘心又無法停止的感覺，我在今天終於深刻體會到了。

所以，挑個刑責輕的州吧！

「敢甩了我是吧？劈腿？度假？那就去死吧！」

我踩下油門，痛快地追出去，只是我沒考慮到油是不是加滿了，沒考慮到我有點久沒開車了，車子是不是哪裡出了點毛病了。

總之，我的車在還沒出紐約邊界前就自主決定不跑了。

我的復仇大計被迫中止，那眞是萬般無言。

在等待道路援助時，我感到消沉。

我到底在做什麼？

搞不好車賢秀和他的EX根本不是開車出來的，搞不好他們搭飛機，搞不好在他們將要返回波士頓時，我才剛開車到聖地亞哥……

爲什麼沒有人來找我？

估計現在窩在我家的他們仨要不是因爲有笑聲助興喝醉了，就是討論布朗尼到底需要多久時間才烤好，小星也許會突然想到我可能跑去哪裡，因爲她看過我的短訊……

和我的車一起搭上拖車前，小星打了通電話給我，質問我在哪裡，我本來不想說，但她怒急攻心地告訴我姜安武聽到也許我會去找車賢秀，也租了車追著我往波士頓去了，她和宋宓怎麼也攔不住，說我要是還有良心就自己回來，再不然就把事情向他們說個分明，否則朋友也別做了，回來後永遠斷交……我只好不情願地把事情交代清楚。

最後是姜安武來接我的。

見他操著有口音的英文和把我接回來的司機談上幾句，我心想原來這廝的英文越來越好了。

沒仔細聽他們談了什麼，我就像走失兒童一樣被領走了。

姜安武穩穩駕車，沒有要安慰我的意思，於是我也不開口，好吧，他臉太黑了，我就算有話也不想跟他說。

後來是他先按捺不住：「妳知不知道美國的公路有多危險？」

我眼角餘光掃過他：「我不知道你在說什麼。」

他又說：「妳沒看過《毛骨悚然》？《致命玩笑》？美國公路大概是全世界唯一一個走三步路就會遇到殺人魔的地方。」

我失笑：「那些都是電影。」

他刨我一眼，特別凶狠，還很陰森，我收起玩笑的表情，這就叫能屈能伸。

實話說，我對他感到很虧欠，理由實在太多了，他好幾次釋出願意聽我傾訴的暗示，我卻總是敷衍過去，還問了他那麼自私的問題——因爲我覺得有70%的可能性他會喜歡我，這樣就可以賭賭看，如果他說喜歡，我就能稍稍挽回點自信。

結果我什麼也沒有找回來，我只是白白浪費了一個人對我的體貼慰藉，我憑什麼？

現在我比較想開場演唱會，第一首就是周杰倫的〈世界末日〉。

想笑，來偽裝掉下的眼淚，點點頭承認自己會怕黑，承認我還沒麻痺，承認我的世界早被摧毀……就算承認得有點晚，但這次我承認了。

我輕咳了幾聲掩飾開場的困難：「姜安武，你知道嗎？車賢秀是我人生中第一個，也許也是最後一個汙點，但是我現在已經沒有自信了，他在我的床上和前女友ＯＯＸＸ，沒關係，他不是真心喜歡我，沒關係……但是我今天一看到短訊就想殺到東岸去，想處理掉那對狗男女，我根本管不住自己，如果被任何人看到我這副落魄的模樣，我就再也配不上宋晶這個名字了。」

說完，我繃著臉看向前方。

他分神看我，眼神是冷颼颼的箭，刺得我……我默默把冷氣給調小些。

約莫二十分鐘後，他突然開口：「後座有啤酒。」

我一愣，這個完全見識過我酒醉醜態的男人現在是在勸我酒？

「離妳家還有一段距離，夠妳喝醉，痛痛快快把周杰倫的歌都唱一遍，唱完後去找新的歌手，找女的，妳的Rap爛透了，所以永遠不要再唱周杰倫，這是最後一遍。」

說完，他直勾勾地盯著我的側臉大約五秒，像是要確定我聽分明了他的話。

我想我完全明白他背後的意思。

不要這個了，咱們再找下一個。你說說看光是台灣就有多少歌手，我總會找到下一個喜歡的，我何必糾結於前一個？

周杰倫不行，還有蔡依林，車賢秀不行，肯定也還有另一個韓裔美籍，韓裔美籍不行，我還可以回歸台灣市場。

重點是，失戀後，我還是我，不會變成誰，用不著變成誰。

「姜安武，謝謝你。」我終於正眼看他。

你說一個不是在美國生活的人，只靠著租來的車上導航就想自己一個人開車到波士頓，這是多麼愚蠢的事？可是再愚蠢，都抵不過他背後對我的用心。

姜安武緊擰的眼尾終於放鬆。

至此我終於放棄等車修好後再衝去聖地亞哥的行程，徹底死心，舒坦了。

Chapter 13

那是二〇一一年暑假剛結束的事。

做爲一個鐵錚錚的社會人士，暑假當然不干我的事，但做爲一個人人稱羨的空姐，任何假期都是旺季，那就與我非常有關係了。

總之眼下我正抵達人潮洶湧的國門，跨過海關後正式放假，和同機組的機組人員一起通過快速通關道，小星來了電話，約我明天假日去聯誼當分母。

她就是那種擅自認定空姐很有錢的小老百姓，我告訴她即便空姐真的挺高薪，也不帶她這樣剝削，她難道是政府？我不去。

小星滿嘴阿諛奉承，保證這次有大尾的會出席。

忘了說，這顆球自從不當球之後跑去拍廣告，廣告拍完居然連電視劇都開始跨足了。當然不是主角的命，是壞心女配角，我想這對她來說眞是個適得其所的好位子，我由衷期待她發揮得淋漓盡致。

但她說的大尾我連名字都沒聽過，所以我就堅毅地又拒絕了一次，實在是之前去過一次，跟一堆不有趣的人聯誼，要嘛逼死自己，要嘛想逼死別人，現在學乖了，我寧可在家喝一杯……咖啡。

入境後，揮別其他機組人員，不小心再碰到就當不認識，我一向不把工作上的人際關係帶到私生活中，標準的社會人士。我直接往星巴克去，點了杯拿鐵，擺出空姐不工作時一貫傲慢到讓人想圍毆痛打的表情，站在櫃台前等待。

言情一點說，只要提起酒或任何酒精性飲品，我就會想起姜安武，可是想起一個一年多來刻意不聯絡的人實在太悲催，我就戒酒了。

畢竟主動切斷聯繫的那個人不是我。

就在那個我失戀的紐約夏季，姜安武把我接回家後又過了兩天，他宣布要回台灣了，登機前他語重心長地告訴我，這是他最後一次為了我搭機出國，我當時挺震驚的，但我的臉部表情跟放在停屍間裡的屍體一樣，於是我用毫無情緒起伏的音調問他這是什麼意思，他說回國後他就要去當兵了，而且這樣來來去去實在很累……然後他就上飛機了。

我那時沒能跟他說上些什麼，因為我無法確定他背後的意思是不是和我繼續糾纏下去挺浪費生命的，而生命就該浪費在美好的事情上，而不是我身上。

——我本來想告訴他我也要回去的。

本來。

以前不是都會有以十年後的自己為題的作文題目？

有很多人愛慕，有份優秀的工作，無關緊要但天下太平的人際關係和能搞好經濟的聰明政府——雖然十年前不會這樣世俗，但十年後的現在，大抵都被歲月給砥礪成這副德性了吧，什麼我要成為總統還是太空人之類的，那都是別人的夢想，和自己一點關係也沒有。

那麼我目前的人生可以說是巔峰了，這代表在人生的路上，我這個人是一路往上爬的，不回頭的，可是我也有不能理解的心結。

我一直不懂為什麼只是當個兵，姜安武就要和我斷了聯繫，我甚至打電話到國防部想請他們幫我轉接給他，雖然沒有成功，但我當時真的是用盡了所有可行的管道，最後明白一件事，如果一方有心要避開，那就真的聯絡不上了，就像大學留洋時期的我一樣。

我真心希望他現在過得好……更希望我的拿鐵趕快好。

「姜先生，你的香草拿鐵好了，宋小姐，妳的拿鐵好了。」

店員叫到我的時候，我正在接電話，是某個不很熟的人，這個不很熟的人，因為馬上會被我列為拒接對象，所以不公布姓名，他和我的關係也挺清白清楚的，簡單說就是一堆追求者中的一個。

這位仁兄不知道從何打聽到我今天的行程，成了第二個打電話給我的人，還說他正好送人到機場，如果我願意也可以順便送我回家……

「我想——」我分神拿了托盤上的外帶杯，有個人走近我旁邊出聲攔截：「妳拿錯了，那是我的。」

我兩邊的耳朵都在工作，過了幾秒才聽進那句話，我抬頭看了對方一眼，世界如果能夠爆炸，就是在這瞬間於我眼前炸開的。

說得白話又輕快些，是姜安武耶，說得沉重些，我打過那麼多通電話也聽不到他一句話，怎麼會在機場就能碰上他？

「宋晶，妳在聽嗎？我們約個地方碰面，我先去開車——」電話那頭有個自顧自說話的瘋子。

成長最大的改變就是使我變得圓滑，所以我對電話那頭說：「我想不需要了，永遠別再打給我，謝謝。」

然後掛掉。

「嗨。」姜安武對我微笑，好像我們昨天還一起吃午餐。

我發懵地望著他，是不是有一個人，妳只聽見他短短的一個招呼，就會勾起許多回憶，然後妳看見他……就特別想拿那些回憶砸死他。

「有你這樣做朋友的嗎？你懂不懂有些話叫心裡話，就是放心裡一輩子不能說的？」我不分青紅皀白脫口而出。

他挑眉，表情有點困擾：「例如打招呼？」

「是你當年對我說的那些話！」如果是在沒人的角落，我就吐他一口濃痰洩恨。

他不慍不火地回：「當年說的可多了，是哪一年？」

……這不都變得油腔滑調了？

我深呼吸，稍微抬起下巴，立馬就是一副欠人巴的高姿態：「姜安武，我明天晚上沒事，要不要一起吃個飯？」

管他記不記得當年，我可是有很多話想說。

姜安武顯然對我跳躍式移動的話鋒還有印象，只問：「妳都不問我是不是要工作？」

我嘖了聲，瞪他：「唉，所以才約晚上嘛！不然我明天整天休假，就讓你伺候洗腳了……總之你手機號碼給我，幾點幾分在哪裡碰面我會傳短訊給你。你換手機了吧？應該已經換成智慧型，不是智障型了吧？」

我跟州官一樣搶了他的手機號碼，他一句話都插不上我就風風火火地走了，連點好的咖啡都忘了拿。

約莫是怕他拒絕來著。

燈光美氣氛佳的餐廳裡，眼前放了一杯白開水，它是不可或缺的重要角色。

舉例來說，如果姜安武遲到我就拿它潑他，如果說錯話也潑，如果菜不好吃就把主廚叫出來一起潑……可惜姜安武沒遲到，我少了個機會。

他從門口走進來，服務生爲他指引方向，他看到我，眼角勾起笑紋。

我輕輕點了頭，輕到不確定到底有沒有，我只覺得喉嚨乾得很。

第一次見到他的時候，他臉上有股單純的成熟，像是爲了環境和生活強撐出來的；而現在的他，眼神有力，剛毅中透露出指揮若定的自信，好像在告訴別人：天塌下來，我都頂得住。

他的穿著與餐廳的高檔氣息略微不符，太過休閒，但身高彌補了一切，衣架子就是有優勢，走到我面前這段路跟走伸展台一樣。

妳要怎麼解釋一個人只是朝妳走來，妳卻只能屏息以待，好像妳即將接待的是某國元首，而不只是個看起來像農夫的飛機技師？

我在他坐下時拿起水杯喝了口水，懷疑我閃避他眼神的方式是否不夠自然？

「妳……」他的語氣欲言又止。

我原本正要放下的水杯哆嗦了一下，還好沒濺出來，那樣太不宋晶，我只能偷偷用左手擰右手，怪它不中用。

「是。」我一回話就痛恨自己高亢的服務業嗓音，下了班還忘不了奴顏婢膝。

「幹麼？」我改口，聲音低八度。

他盯著我看：「妳的口紅不會吃掉嗎？聽說口紅的成分對人體有害。」

……爲什麼我幾次在嘴巴上塗塗抹抹，到了他面前都特別想擦掉？

「不帶你人一出現就問候我的口紅，難道不能問候我的人？」我邊埋怨但還是拿了餐巾抹嘴。

他輕笑，笑得有些事過境遷的泰然，才開口：「那，妳最近好嗎？」

雖然沒有不好，我卻說不出好。

我曾經有個喜歡的好朋友，他銷聲匿跡了一年多後，現在就在我眼前，我不知道該怎麼辦。

順帶一提，我現在二十四歲，是受過傷後，對愛情既期待又怕受傷害的年紀。

由於在談戀愛方面我稱不上專家，所以我當晚就給小星打了電話。

我先告訴她，我和姜安武是怎麼重逢的，原來他現在也在機場上班，雖然和我不同間航空公司，部門也不同，但原來我們就住在同一個社區。然後，我再告訴她，關於我和姜安武之間，我預期將會有怎樣的後續發展。

她聽完以後居然跟我說人和人之間果然都是孽……我就想把她像隻屍體上的蛆蛆一樣壓扁爆漿。

可是我又想一想：「也許妳說的有點道理。也許他也是這麼想，他現在和我說話的方式，好像我們連朋友都稱不上，只是認識的人……妳知道吧？如果我現在面對那個前屁眼，我也能用這種『我沒關係』的語氣問候他，那是因爲我對他已經完全不在乎了，這個人在我心裡已經被徹底抹殺了——」

「說重點。」小星出社會後耐性都給了等陽光、劇組和主角之類的，分不了我了。

我抱怨：「我覺得姜安武對我可能也是這樣。」

小星立馬道：「那就來參加我們的聚餐啊，多的是人選讓妳挑，妳何必糾結在一個只是妳性騷擾過的人身上？他有說要妳負責嗎？就算有，妳不是學法律的？鬧上法院妳都可以爲自己辯護了，妳贏面大啊。」

……你說我怎麼能不喜歡這顆球？

我吞吞吐吐：「也不能這樣說……」

小星嘆了聲：「宋晶，妳不能老是姜安武一出現就動搖。好吧，因爲他是妳最閃亮的日子中發生的初戀，妳又從來沒有眞正得到過他，所以他顯得亮晶晶、好像不會舊的玩具一樣，可是早在你們倆都不想面對遠距離的折騰時，一切已經結束了。妳仔細想想，玩具都是擺在櫥窗裡的漂亮，等妳到手，妳就不會珍惜。」

我撇嘴：「等等，妳這樣說未免——」

小星截斷我的話：「對，他是在妳失戀、最痛苦的時候陪伴過妳，那代表什麼？那也只代表他可能、也許、應該曾經喜歡過妳，否則照妳說的，他爲什麼後來不跟妳連絡？在你們有機會之後，他反而轉身離開了，這表示你們只有做朋友的命，妳就把他當一帶把閨密吧。」

我給她堵得一句話也說不出來，只能火大地吸氣吐氣，搞得跟拉梅茲呼吸法一樣。

小星說話直白，倒也懂得安慰：「晶晶，讓我給妳解釋什麼叫做朋友和情人的差別，朋友是那種願意晚上請妳吃頓飯的，情人則是白天顛顛地給妳買早餐的；朋友就是會請妳喝酒的，情人就是會照顧妳酒醉的；朋友是生病時口頭關心妳的，情人就是認命帶妳看醫生還給買藥的；朋友就是嘲笑妳沒帶傘的，情人就是撐傘在公司樓下等妳的。這樣，妳覺得妳和他能做朋友嗎？如果不行，就別再聯絡了，因爲他一出現，妳連其他機會都看不見。順帶一提，這話不是我說的，妳上網估狗能找到原版，所以妳別怨我說得那麼直，去怪別人。」

我握著手機，有種被針針見血的不舒服，特別不情願地開口：「不聯絡！我有那麼多機會爲什麼還要跟一個只想和我當最熟悉的陌生人的傢伙聯絡？他就是我一個很久以前認識的人而已，我今天就把他的電話從通訊錄裡刪掉！」

小星口頭上勉勵我幾句，要我繼續努力，就掛了。

✦

姜安武的左手中指和食指有點彎曲，明顯伸不直。

我之所以看得那麼清楚，是因爲他正在我的廚房，用我不久前買回來的食材，做我挑選的食譜菜色給我吃，這整個情況顯得我挺無恥，但他嫌棄我接觸廚房的資歷太淺。

這是距離上次那頓飯後的兩個禮拜，我又一次堂堂正正地拒絕小星的飯局邀約，找了姜安武來家裡開伙……實在不是我不聽取別人的建議，而是我每次只有一天的休假，要出門和一堆根本不認識的人吃飯太操勞，我就想在家裡和三五好友安安靜靜吃頓飯而已。

沒錯，我是以朋友身分約姜安武的，我們都沒有對對方抱持著一丁點的遐想，沒有非見面不可的理由，他其實大可以拒絕我，那我就自己在家裡泡泡麵什麼的，我也這麼對他說過啦，說我對維修部門不熟悉，我不知道他工作的時間如何安排調度，可是他既然來了，那就一起吃吧，像普通朋友一起吃頓飯那樣，客套有禮，聊聊往事，OK的。

「德國豬腳你也會做呀？」我用可愛的娃娃音問，可惜娃娃音不是我的強項。

他處理豬腿的手哆嗦了一下，橫我一眼：「妳不是把食譜攤在那裡？」

我恢復對朋友該有的粗獷音質，沒好氣地說：「如果失敗怎麼辦？」

他漠然地回：「吃土。」

……

隔了三分鐘，我又不屈不撓去煩他：「姜安武，你的手指怎麼怪怪的？」

他邊看食譜，漫不經心地回：「當兵時斷了，後來又接回去，如果妳再繼續問東問西，恐怕又要再接一次了。」

我很是狐疑：「……你騙我的吧。」

他以特別誠懇的眼神瞅我：「妳能不能到旁邊畫圈圈什麼的，妳在這裡會讓我分心。」

我決定把這句話當作是我的容光煥發氣色逼人不能忽視，否則我要難過了……

眼角餘光一瞥，我在廚房角落晃了一分鐘，拿了鳳梨又擠過去：「那我先切鳳梨好了，切完後冰起來，當飯後的水果。」

他頭一歪，還好不是拿刀的手一滑，反問：「妳會切鳳梨？」

我想他是能理解我這現代女性遠庖廚的心理，但是切水果有什麼難的？

所以我切了聲，不理他就要動手，只要下了第一刀，肯定能喚起我切鳳梨的隱藏能力……嗯，第一刀該從哪裡下？

姜安武遞了雙橡膠手套給我，讓我先戴上，我覺得這樣不好，戴著手套我不會拿刀，太沒有眞實感。

他那態勢眼看即將巴我後腦，還是硬生生忍下：「戴著手套先把頭給扭下來。」

爲什麼我覺得他是在說我的頭？

「喔，去頭去尾嘛，我知道啊，任何蔬菜水果都是這樣的……」我的話在他特別冷淡的眼神下默默地跟噴霧式殺蟲劑一樣，噴在空中就消失無蹤。

由於我試了幾次，眞心覺得扭斷自己的頭可能還比較容易，於是我就把這個不怎麼重要的切鳳梨工作交給姜安武，做人總是要有自知之明，還有就是他在旁邊以雙手抱胸的姿勢盯著我看，讓我壓力很大。

早知道就買罐頭的，開罐頭我可上手了，都能參加金氏世界紀錄了。

姜安武那是總鋪師的俐落刀工，三兩下就切完整顆鳳梨，我其實很崇拜的，不小心眼睛就閃閃發光了一下，他就誤以爲我貪嘴，拿了一塊給我，我機靈地用嘴巴去接。

「給我用手拿。」他遏止了我的小心思，眞是不知情趣……不知朋友間的情趣。

我賭氣自己拿了一塊，大口咬給他看，他倒是不以爲然地把原本要給我的那塊吃下肚……唉，我爲什麼覺得臉燙得有點想咬舌自盡？

都說了是朋友的，普通朋友！

正當我暗罵自己、擰自己大腿時，一股酸到透心涼的味兒害我皺了臉，要知道我是接近二十五歲的年紀，連隨便皺眉都會怕將來留下一丁點細痕的，但這實在是慘無人道的酸呀。

我研究後宣布：「這顆鳳梨長得好奇怪！」

「哪裡奇怪？」

我咕噥著：「你看你看，我以前吃的鳳梨顏色沒這麼透明這麼黃的，都是很實心的，有點蒼白……」

他打斷我：「這是土鳳梨。」

我一愣：「鳳梨還分土的和時尚的？」

……

姜安武默了片刻：「拜託妳，去客廳等著吧。」

去年買的史黛西・肯特《聽見・幸福》專輯直到今年總算有時間聽，有點爵士又是香頌的歌曲遍布滿山遍野，跟絨毛毯一樣輕輕鋪蓋我家，這該多有情調呀！

我和姜安武安安靜靜地吃著非常成功的德國豬腳，連輕快的音樂都無法打破我們之間的沉默。

不是這樣的吧？朋友間吃飯都應該吱吱喳喳跟幾隻小麻雀一樣呀！

我只能裝出已經熱烈聊了三十分鐘不間斷的熱絡語氣：「你是不是覺得我應該放五月天你比較有共鳴？」

姜安武抬頭看我一眼：「放這種歌曲是挺做作的。」

……

姊姊我好脾氣。

好不容易出了點聲音，我當然繼續問：「你什麼都會煮，怎麼不去當廚師開餐廳？我投資你。」

「現在的工作挺好的。」

……

我覺得眼前有一座山，我非爬過去不可，攀岩是我閒暇之餘的愛好。

「對了，你也喜歡第一航廈的星巴克？我覺得那一間的拿鐵比較好喝，第二航廈的味道比較淡。你喜歡喝什麼？我比較喜歡拿鐵，如果是白天的話我就會點香草口味，可是晚上要克制點，其實以前的冰搖雙份最好，尤其是焦糖的。」

他等我說完，用六個字兩句話回答我：「不喜歡，太貴了。」

我囧：「那你那天爲什麼在那裡？」

他說：「同事拜託我順便買。」

「所以你不喝咖啡就是了……」我回答得有氣無力，不知道該怎麼辦了，乾脆用叉子戳豬腳。

「喝，」他頓了頓，瞧著我拿叉子戳食物的動作，接著又說：「前面那條巷口有一間咖啡店，我大多喝他們家的。」

我眼睛一亮：「我也很喜歡那間，怎麼從來沒在那裡碰到你？」

他聳聳肩：「不知道。」

……

他再這麼難聊，要嘛我哭給他看，要嘛把他打到哭。

正當我發自內心醞釀把他打成豬頭的情緒時，我的短訊終於來了。

那是我徹夜沒睡想出來的好主意。

要想知道姜安武現在對我是什麼感覺，給點刺激就好，但那個刺激必須是他會有反應的，而那反應必須是極為在乎的，舉例來說，就得像瓊瑤奶奶的戲一樣「情深深雨濛濛」、還要「幾度夕陽紅」，總之為了怕時代有落差，替換掉我倆的台詞就好，但他還是必得把我壓在牆上、強吻我、揉我頭髮，並痛徹心扉地說：「我倆今後別再分開了。」

嗷嗚！

這個方法我越想越覺得可行，都起雞皮疙瘩了，於是我瞞著絕對不會贊成的小星，找了個同事幫忙。

幾乎在短訊鈴聲響起的同0.00001秒間，我不著痕跡地把杯子裡的果汁給撒了些，然後用最假仙的驚訝語氣宣布我的裙子濕了，得去換一件，然後我就匆匆進到房裡了。

反正依照我那超凡而偉大的計畫，短訊得一直來才顯得急切，顯得對方非找到我不可，也才有理由讓姜安武替我接起。

我躲在門後，聽著調整到最大的短訊鈴聲，猜想姜安武什麼時候才會要我接，那樣一來我才能請他幫我接……好吧，他似乎沒那打算，我只好自己開口。

「是我的手機嗎？」

「妳自己手機都聽不出來？」姜安武的聲音在一段距離外，聽起來還是同樣惱人。

我到底爲何會對這廝有期待？

「你可以幫我看一下嗎？應該是小星傳的，她最近一直要我去參加聯誼——」我準備好的台詞還沒說完，他就敲我的門打斷我。

「拿去。」

我對著門板狠翻了個白眼，才打開一條縫隙探出一隻眼睛，眨呀眨地，務求迷糊中帶點性感的效果。

「我裙子還沒穿好，你不能幫我看一下內容再告訴我嗎？」我掐細了嗓音。

「妳可以拿進妳房間看。」他白了我一眼，我倆眞有默契。

「我的手上都是果汁，黏糊糊的。」我繼續眨眼，估計明天就該上眼科報到。

他又瞪我，才低頭滑了我的手機，我特別仔細觀察他的表情，一丁點都不能放過，用俗語來說就是寧可錯殺不可錯放。

可惜姜安武是個表情管理嚴格的傢伙，再不然就是顏面神經失調，什麼蛛絲馬跡都瞧不出來。

大約花了十秒鐘，他看完內容，面無表情地對我說：「妳前男友要結婚了，請妳去參加婚禮。」

其實當然沒有前男友，只有僞裝成前男友的同事，實在是妙計呀妙計。

我作出一個可愛的煩惱表情：「怎麼辦？該不該去呢？」

他似乎把我的話當自言自語了，也沒個回應。

我只好直接問：「你覺得這樣這正常嗎？其實我跟他很久沒聯絡，他怎麼會通知我婚訊？而且我們還不是好聚好散。」

「也不是沒有可能。」他說，語氣特別怠慢不耐，把手機塞回給我，又道：「我要走了，今天謝謝妳的招待。」

……這麼客套他就不是姜安武。

眼見他轉身要走，我忙想拔腿衝出去，又想到爲求逼眞我還眞把裙子給脫了打算換一件，我這個天才。

匆促套上一件褲子，我在門口追上他。

「不是還沒吃完嗎？」我大聲質問。

「我吃完了，而且妳還有事，不打擾了。」他這叫簡潔交代，可是我聽著就覺得背後有股隱隱約約的氣焰。

我忽然笑得曖昧：「姜安武，你是不是很在意我的前男友？」

他睥睨地看著我，表情一整個光明正大：「妳是不是覺得可惜？」

縱使我的理解能力是天妒的優秀，腦袋也得拐了個彎才明白他的意思。

「我是說如果，如果他眞的變好了，變得讓某個女人覺得值得讓她託付她的終生，我或許會覺得有點可惜。」我故意把話斷在讓人誤會的地方。

可是我忘了他也是一枚鐵錚錚的漢子，就站得特別直挺，特別跩，好像在等著讓我把話說完。

我想也是，我又不是想讓他誤會，嘆了口氣就坦白了。

「但是我不是可惜那個男人變好了，我卻沒把握，我只是看清自己沒有把那個男人變好的能力，所以才覺得惋惜。」

我說完，一時間不知道如何面對他，只好假裝看手機。

「嗯，那我走了。」

就這樣？

我連忙抬起頭，他的手正好按下，按在我的腦門上輕輕拍了兩下，匆促間還睨了我一眼，小眼神中盡是難以解釋的害臊，是一種非常高深複雜的情緒，我這輩子就見過這麼一次，給萌得……

可我實在不能確定他這反應是什麼意思，只好幽默以對：「聽說手汗是可以開刀治好的，那你要不要去治治臉紅症啊，不然老被人誤會你喜歡人家。」

「我才沒有臉紅。」他馬上橫我一眼，神情都能用悲憤形容了。

我本來是隨便說說，誰知道他還眞給羞紅了一張小臉蛋，我心想，你說你那麼容易嬌羞，我怎麼能不調戲你……還好我忍住了，忍得好苦啊。

「覺得尷尬不想去就回絕他，今晚就回，拖太久會讓人以爲妳在考慮。」他自顧自地嬌羞完，又自顧自地交代我，一副怕極我再提及他臉紅的小樣兒，最後連再見也沒說就想替我關門。

「等一下。」我衝上前抓住他的手，不過拉了一下就鬆開，實在是我倆現在的關係不適合拉拉扯扯。

「還怎麼了？」幸好他回頭了。

我清了清已經夠清脆的嗓子：「你這麼關心我是不是——」

「妳不是說過？我們是朋友。」他打斷我的方式非常果決，不留一點遐想。

我眼角抖了抖，表情挺猙獰的：「當然，我們是朋友啊，如果你也遇到這種事，記得跟我分享，我也會給你一點好意見。」

他用「就憑妳」的眼神上下打量我：「我不是那種會在失戀的時候打電話吵別人的人，我還懂得朋友間的社交禮儀。」

我那個火眞是……差點就想把門甩到他臉上。

他推了推我的腦袋，說他要走了，讓我記得把門鎖好，不然一女子單身公寓，會有危險……好吧，他只要我把門鎖上，後頭是我自己加的。

「那你還會來我家吃飯嗎？那個……我是說每次休假都一個人吃也挺孤單寂寞覺得冷的。」我撥了撥瀏海，就是那種承認寂寞也不能認輸的死樣子。

姜安武笑了，眞要形容就是那種含苞待放的笑，害我那顆八風吹不動的小心臟羞澀地縮了下。

「出去吃我就去。」

Chapter 14

借用小星的話：「總之妳就死皮賴臉地老去搭他的伙，而他也就這麼讓妳搭上了，跟討客兄一樣。」

有小星這樣的朋友，我時常揍她也不是，讚美她說得對也不是，很難做人。

對，橫豎我就是搭他搭定了……

其實我還更不要臉地提議過到他家開伙，畢竟自己家收拾完等他離開以後就有一種百年孤寂的感覺，好吧，實話是我挺想去他家看看的，他告訴我他和室友一起住不方便，草草打發了我，所以老在我家動刀動鍋的，約莫是我倆在餐廳挑選方面老是沒有共識的緣故。

反正外頭的餐廳都是吃氣氛的，既然只是兩個朋友為了省錢還是省寂寞之類的，一起搭個伙，互相蹭個飯，就在家將就吧。

某一次飯後，我讓姜安武陪我看了《冥王星早餐》。

奇摩電影把這部片歸類在劇情片我能理解，歸類在喜劇就讓我挺不開心的，派翠克尋找母親的過程中，我都不知道鼻酸幾次了，這算哪門子喜劇？

上字幕的時候，我輕輕吸了兩下鼻子：「你覺得如何？」

通常我這麼問，表示我有一堆的感想急著和人討論。

姜安武木著臉說：「妳知道嗎？在天王星上，冬天有二十一年那麼長。」

我不懂他貿然賣弄天文知識的原因，但大概猜得到這部片不是他的菜，儘管如此，他也沒打瞌睡，默默地看完了，實在是風度男，偏偏我這顆想熱烈討論的心該找誰宣洩？

我試圖把話題帶到電影上：「那冥王星呢？」

姜安武邊喝茶邊回：「冥王星是銀河系身世最坎坷的行星，被列入九大行星後，又在二〇〇六年國際天文聯會上通過第五號決議，決定排除其行星地位，劃爲矮行星。」

……

「沒有更浪漫一點的事蹟可說？」星星什麼的不是有很多故事可聽？

「冥王星我想不出來。」他眼角餘光掃來，「倒是有人計算過如果要騎腳踏車上月球，那得不眠不休騎上三年。」

我撇嘴：「那又不是個騎腳踏車就能到的地方。」

「妳知道科學家對海底的了解遠不如月球表面多嗎？」

我抓起幾顆爆米花，擺明了沒興趣。

他自顧自地又說：「還有在外太空可以長高多達7.6公分。」

我直起上半身，認眞問：「是嗎？」

他聳聳肩。

好吧，我也不是那麼在乎，反正我又不能在外太空跟他比身高。

「所以你提這些幹麼？」

「也沒幹麼，就是讓妳下次陪我看宇宙科學的節目。」

下次……我下巴又默默翹起來，忍著打心底高興起來的笑意，淡定問道：「是嗎？也可以，什麼時候？」

「再說。」他從椅子上起身，一副要走了的樣子。

我立馬也跟起身，急著喊：「哎呀，什麼再說？我不喜歡再說！」

他無動於衷地瞄了我一眼。

「喔，不是，我是說最好先安排好時間什麼的，這樣我可以事先做準備嘛。」我那個笑容叫阿諛奉承、諂媚討好。

「就是下次。」他怡然道，然後就走了。

我挺傻眼的。

彼此都是蹭飯搭檔了，他這樣時不時就冷我一下是哪招？

因爲我是宋晶，如果吃幾次飯就和我勾搭上，顯得太沒個性太沒主張？

OK，我能理解——那，他何時才會主動約我吃飯？

✦

一年多前，宋宓沒有留洋，上了桃園的某大學。

姊妹倆都住同一縣市，雖然距離不近，我偶爾也會去看她一下，誰叫每次約她到我家吃飯，她死都不肯……眞是個有個性的妹妹。

最近我只要有休假都和姜安武約吃飯，就少去探她了，她倒是主動說要來了。

還一連傳了很多短訊問我到底何時放假何時有空，從沒見過她這麼待見我這姊姊，所以我那個禮拜的假日特別爲她空著，反正也不能老跟一個陰陽怪氣的男人吃飯……這眞的不是因爲我跟小星聊過後，她讓我也來個欲擒故縱，而是攸關消化不良的緣故。

看到宋宓的時候，我眼睛一亮。

半年前還是一身T恤牛仔褲的孩子，終於也懂得打扮了，我一直有個和妹妹一起逛百貨公司的願望，看來是時候實現了。

我一時高興便提議：「妳今天穿這麼漂亮，我們出去吃飯好了。」

「我不想出去。」她回得挺淡然的，有種不食人間煙火的仙氣。

我向來是個妹控，宋宓都這麼說了自然就由她了，後來只得叫外賣，沒了姜安武，我家廚房它就只是廚房，囂張不起來。

幸好宋宓也能接受，沒咂嘴什麼的，整天下來她不常說話，但還願意讓我口頭關心她的生活，我由衷覺得她長大了。

後來宋宓待到最後一班公車的發車時間將至才回去，後來也挺常來我這兒蹭飯的。

話說我和姜安武的科學之夜一直折騰到聖誕節那天才定下，實在是工作時間一直搭不上，好不容易搭上，情況也挺不理想。

主要是我生理期，痛得有氣無力。

我知道現在很多女生不在乎公開自己的生理期，甚至會讓男友幫買衛生棉之類的……但那不是我的個性，我就是那種交往或結婚後都不肯在對方面前放屁的女人，這就叫骨氣。

所以我拖著要死不活的氣力，手抖畫岔眼線三次，塗歪口紅兩次後，堪堪趕在姜安武到之前搞定妝髮，挑了件紅色小洋裝穿上，烘托我這轟轟烈烈的慘白氣色……

「我可是我們航空公司裡的空姐時尚指標，不行這樣。」我喃喃道，最後我抹腮紅的方式叫下重手。

還好我這人有裝模作樣的癖好，姜安武一出現在我家門口，我立刻變臉。

我嬌滴滴道：「等你好久了。」幾乎是用生命在等的。

他隨即用眉毛夾蒼蠅：「宋晶，妳很噁心。」

……我到底要不要把他趕回家去？

姜安武倒是挺自動的，提著披薩和炸雞桶從我旁邊擠進來，明明是冬天啊，即使皮膚都不知道包裹在幾件毛料冬衣之下，怎麼他手臂擦過我手臂時，我還起雞皮疙瘩……在進客廳前，我先繞到房間去拿了件外套裹上。

姜安武將我一點也不感興趣的宇宙科學片子放進DVD播放器中，天曉得這種片子要去哪裡才能租得到。

「妳的DVD播放器好像有問題。」他說。

我拖著腳步走過去瞧瞧，都插了插頭機器還沒反應。

「大抵它也不想看這麼無聊的玩意兒吧。」我乾笑。

他抬頭給了我一記惡狠狠的眼刀：「妳先吃，我看能不能修好。」

既然他都這麼說了，我反應極佳，拔腿往沙發上一躺，都不知道我那是靠怎樣的意志力撐著的。

姜安武看了我一眼，不屑地搖頭，我原諒他不知者無罪，接著欣賞起他坐在我家地上修理電器的出眾背影，難怪都說家裡是需要有男人的，等會兒看看馬桶通不通，燈泡是不是閃得跟鬼屋一樣，一併讓他處理好了。

如果我的DVD播放器和我有心電感應，就該知道我是千百個願意看這個男人勝過看那片子，可惜沒有，所以二十分鐘後，姜安武宣布修好了，我打心底認爲這廝優秀得太狼心狗肺，也不懂放我一馬，光是和我聊聊天什麼的他就該知足，非要看那片子幹麼。

總之片子開始播放後，他在我旁邊坐下。

這裡我必得解釋，我的客廳有二加一的沙發座，他之前向來是選擇單獨的那個位子，從不和我一起的。所以，我突然把姿勢坐得更漂亮，沒見過有人像我這樣把背挺直了坐沙發的。

他打開可樂，用紙杯給我倒了一杯。

你說說，誰穿著像我這樣漂亮的舞會型小洋裝，卻拿紙杯喝可樂的？

「我不喝可樂。」我理所當然地嫌棄。

「那妳喝水。」他一副沒打算幫我倒的樣子，眼睛都盯著電視了。

就一堆星星有什麼好看？看了也不會變銅板變鈔票。

我嘖了聲：「姜安武，我從以前就有這種感覺，你該不會是知道我不喜歡吃什麼，故意買來整我的？像荷包蛋我就不喜歡蛋黃沒熟的，冰淇淋肯定是挑草莓或香草口味，而說到聖誕節當然就得配紅酒呀！」

「那妳倒是說說我喜歡吃什麼？」他反問。

切，還以爲他很認眞在看片子咧。

「……大口吃肉？」我答得有點猶豫。

他看我一眼：「這倒是。」

聽到自己猜對，我的氣場瞬間強大起來，輕踹了他一腳：「你看你看，我這就叫上心，你呢你呢，連替我倒杯水都不願意。」

他一個勁兒地瞧我，彷彿是想看出我的羞恥心，我就看回去，互相乾瞪眼看誰先笑這種比賽我可是從沒輸過的。

最後的最後，他用施捨的語氣說：「我就替妳倒這一次。」

我笑得可得意了，不知道有一就有二啊。

他還按了暫停鍵才去倒，真不知道黑洞這題材有什麼好值得暫停的，又不是梅莉史翠普的戲。

姜安武一臉不悅地把馬克杯塞給我，我覺得有必要教訓一下他的小肚雞腸，於是在他坐下後，兩腿一伸就跨他大腿上，實在是我痛得很想直接倒在床上，雙腳平放有助舒緩疼痛……好吧，這都是騙人的，我只是想這樣試試看而已。

他立刻拉下臉：「把妳的腳拿開。」

「有種你拿。」我不知道哪來的靈光一閃，這樣回他。

他凶狠地瞪我，倒是不敢碰我，滿臉「我就罵到妳懂羞恥」的表情正要開口，門鈴響了，我和他對看一眼，我乾脆地挪開腳。

「你去開。」我支使他的語氣叫做天經地義。

宋宓來了，不請自來。

我越過沙發看去，覺得有點刺眼，因爲她好漂亮，這是我第一次看到她穿洋裝，還是純白色的，甚至上了點妝。

第一個念頭是：我要知道和她約會的是哪個雜碎。

幸好我這裡就是她的目的地，但是這樣我就不懂了，她穿這麼美是爲了給我這個姊姊看？

視線瞥向宋宓一進門就與之聊開了的傢伙……

嗯，大概是聖誕節的緣故吧。

我認爲愛情都是發生在一瞬間的。

眞要舉例的話，就像剛才影片播的一個行星爆炸成爲超級新星的那個瞬間，那是一眼就決定的事，契機是什麼並不重要，但是那一瞬間，你的心最清楚，你已經喜歡上眼前這個人了。

我努力把這部片當愛情文藝片看，差不多努力到這裡我就開始放空，說實在的，我對天文感興趣不起來，再加上宋宓在這個話題上和姜安武莫名能聊，我覺得被冷落。

爲什麼沒人想跟我聊六法全書？

這時候我就覺得宋宓挺多餘的，她這樣對天文學知識俯拾即是的程度，豈不是顯得我格外不投入……

我好不容易看準了他們聊天的空檔，硬生生插了一句：「宋宓妳何時對天文學也有興趣？」

她笑得那叫春暖花開，回我：「之前姊姊把姜大哥那幅星空的畫送給我後，我就自己做了點研究。」

說完我跟她一陣尷尬，大抵都覺得那聲「姊姊」叫得有些諂媚過頭了。

「畫？」姜安武不解。

我背一涼，正想解釋，宋宓搶在我之前發話：「就是在馬來西亞買的那幅。」

姜安武看向我，慢條斯理地重複：「在馬來西亞買的那幅？」

我別開眼不敢看他，一整個氣虛加心虛，連血氣都虛，不知道哪裡是滿的，不知道如果直接拿油槍對著嘴裡灌九五無鉛，能不能補點什麼回來？

宋宓呀宋宓，有妳這麼誠實的嗎？宋晶呀宋晶，妳這麼聰明當初怎麼就沒想到要讓妹妹帶著這個祕密進棺材？瞧瞧現在姜安武的臉色，彷彿我多說上一句都是罪過，可是不讓我解釋，我更難過呀！

「那個——」

我的手才剛搭在他手臂上，他冷冷地掃來一記硬梆梆的眼色，我就蔫了，默默縮回來。宋宓則是完全不明白自己投下了多大的炸彈，在我和他之間造成多大的震撼，她就自顧自地拿出兩個袋子，一個給我，一個給他，說是送我們的聖誕禮物。

我打開一看，是一個大便造型的馬克杯，這麼糟的東西居然也有廠商生產，這世界是不是快沒救了？我再看向姜安武，他收到的是一幅星空的拼圖。

「要不要現在拆來拼呀？」我自認這提議頗合適。

姜安武果斷地回我：「不要。」

好啊，都別理我算了！

後來氣壓變得太低，即使我想打混過去，都被姜安武三言兩語給擋掉，就是有種拿拳頭打枕頭的無力，我乾脆裝死了，裝著裝著，我就眞的死了——睡死了。

所以片子何時播完，宋宓何時回家，姜安武何時離開，我都一概不清楚。

如果整晚都睡在兩人座的沙發上，隔天醒來肯定腰酸背痛到難以應付長程飛行，幸好姜安武把我叫醒。

但是當我醒來的時候是很困惑的，我問他，你不是走了嗎？

他說，陪我去散步。

我又問，現在幾點？

他回，晚上十二點。

我納悶，這種時間散步是不是太折磨人？他竟也能說得如此心平氣和，他是怎麼了？

可我還是陪他去了，這就是俗稱的愧疚使然。

「宋宓幾點回家的？」走出我住的那棟公寓，我輕輕問，多怕刺激到他。

「十一點吧。」他的語氣挺平淡的。

「那時候還有公車嗎？」

「我送她回去的。」

「那你幹麼又回來？」

「我用妳的鑰匙鎖門，回來還妳鑰匙。」

「喔……」我還是覺得哪裡怪怪的。

例如他還我鑰匙就還我鑰匙，何必還要我陪他散步？該不會是想——聽我解釋？

我當機立斷道：「姜安武，你聽我說，那個畫呀，是因爲宋宓那次不是搭了香蕉船差點溺水，我爲了安慰她才給她的，不然她第一天看到那幅畫就想向我要了，我都硬裝沒這回事，不肯給的，眞的。」

聽完我這番眞摯中帶點討好的解釋，姜安武沒半點表示，眞不知道是有多氣……

「算了。」片刻後，他才回，聽不出是到底怒了沒。

我小心翼翼問：「你是不是想把那幅畫要回去？如果是這樣，我可以跟宋宓談談。」

「不是。」他說話時瞪我的那股狠勁，我眞感到莫名其妙。

「說眞的，如果這樣也不要，你到底氣什麼？」我這不叫白目，我就是想問清楚。

姜安武單眼皮的小眼睛朝我一橫，率先走進便利商店，我只能跟去。眞想給他描述描述我當初是如何對待車賢秀和他的EX的，就不信他聽過之後還敢作出這副死樣子。

由於天氣冷得我肚子實在痛，就買了個暖暖包放口袋。

在我付錢時，姜安武說：「妳去買外面的扭蛋給我。」

我著實愣了好大一下，都愣進心坎裡了。

「你說什麼？」

他堂而皇之又說一次：「我要外面那個扭蛋裡的公仔，妳買來送我。要兩個，一個是聖誕節的禮物，一個是那幅畫的補償。」

我不懂啊，他一個堂堂的大男人，身高比我高出二十公分，居然爲這種小事糾結？

可是我還是給他買了，這就叫知錯能改。

我投了錢：「你自己扭，我不會。」

他堅持：「妳扭，否則哪叫禮物。」

我不甘願地照著他的指示轉扭蛋，邊說：「你都幾歲了還蒐集這種東西？你知不知道我從沒送過禮物給前男友？」

「每個都沒有？」他質疑。

「哪來每個？就那麼一個！」我可氣得。

「所以妳高中三年都沒交過男友？」他不知道哪來的靈光冒出這句。

「我是屬於大家的。」我白了他一眼，好像很久以前也這麼說過。

「妳好意思爲這可笑的理由葬送那麼多人的眞心？」

既然他認爲不行，笑得那麼開懷幹麼？呿！

我訕訕：「如果心眞的可以埋葬還給立碑，估計草都長得比你高了。」

這次，他發出低低的笑聲，笑得挺招搖，我莫名耳根發燙，就多扭了幾個扭蛋，最後全部扔給他。

「這下到明年過年前的所有節日禮物我都給你備妥了。」我臉很臭，因爲我心臟跳太快，需要點僞裝。

他倒是一副無恥的嘴臉：「還得我說才備，算什麼驚喜？」

……大哥，你要求是不是多了些？

其實今天我不是沒想過要準備禮物，可是我就不喜歡那種只有我準備，對方沒準備的情況，那樣顯得很自作多情，我的自尊禁不起。

「那你呢？我的禮物呢？」我學他那不要臉的坦蕩。

「妳想要什麼？」他比我更坦蕩。

我切了聲，冷笑：「姜安武，我們是朋友吧？就算你不要臉的時常陰晴不定冷我一下，在做朋友這件事上，你顯然沒有我落落大方，但這些都先不管，我要你誠實告訴我一件事──我是不是老了？」

姜安武抱著五六顆扭蛋，滿臉匪夷所思地咕噥：「妳腦子裡那個洞還沒補好？」

我繼續說：「要不然呢？我是宋晶啊，可是你知道我今年聖誕節收到的禮物只有我妹送的那個大便馬克杯，你說我拿它來泡咖啡嗎？拿它來裝牛奶嗎？不管裡面裝什麼我都喝不下去呀。你看看我，是不是因爲我的青春只剩下跳樓大拍賣了，所以都沒有人願意在這個日子裡討好我了？」

他挑眉，正要開口，我舉起一隻手阻止：「夠了，不要說，我不想聽。」

「……」他無言，用「小姐，是妳要我說實話」的眼神看我。

我嘆口氣，非常有戲：「我累了，晚安。」

說完我就走，反正我家那棟樓就在眼前，當然我心裡是有點期待他叫住我，說我不是沒準備，剛剛是騙妳的，或是隨便從身上拔下從不離身的飾品給我之類的……電影都這樣演的，可是他貌似連手錶也沒戴，貌似我們也不是那種關係。

所以他少了個機會叫住我，我就回家了。

關上家門，開燈，手機突然響起，把我嚇得，一見顯示是姜安武，我快快地接起手機，衝著他吐出兩個字：「幹麼？」

「妳十月生的，我二月，所以妳確實比我老。」

有人這樣電話一接起就說這麼不中聽的話嗎？

火氣騰騰竄起，我咬牙又切齒：「我要掛了。」

他卻在笑：「就去休息吧，明天上班前如果身體舒服些了，記得去看冰箱。」

「看什麼？」我嗅到驚喜的味道，才不管他怎麼知道我生理痛或者他不知道，只是看出我不舒服，我急匆匆地衝到冰箱前。

好吧，我的冰箱依舊是冰箱，沒什麼不同。

打開冰箱，我那空盪到有點淒涼的冰箱最上層，躺著一個包裝樸素的小盒子，我拿出盒子的方式只有小心翼翼四個字可以形容，這可能是我今年聖誕節最期待的禮物，要好生對待它。

「這是什麼？」我問得很輕，怕嚇到他。

「……不知道。」他彆扭地說完，在我打開盒子前就掛上電話了。

盒子裡是個提拉米蘇。

我研究那毫無店名的包裝盒，用高腳酒杯盛裝的提拉米蘇……這該不會是他親手做的吧？該不會是他將來想開甜點店，先請我試口味？

不管是不是，我擅自決定要把它當作是姜安武只做給我的，世界上唯一的，這才叫驚喜。

將來就算他眞要開店，我也要阻止他販售這項甜點。

Chapter 15

知道嗎？提拉米蘇在義大利原文的意思是「帶我走」。姜安武親手做（尚不可考，但我這麼認爲）的提拉米蘇，我一直捨不得吃，所以不知道味道如何。不過這樣也好，我是說雖然他很會做菜，但誰知道甜點呢？搞不好實際上味道很糟，我也用不著知道，在我心裡只會留下收到這個禮物當時的甜蜜和悸動。

矯情一點說，不管姜安武是不是知道提拉米蘇背後的典故，這份感覺已經讓我打包帶著走了。

只是後來一直放在冰箱冰得有點久，我不敢再打開，怕會看到有什麼讓人這輩子都不想再吃提拉米蘇的世界奇觀。

爲了迎接二〇一二年的春天，我和小星約好到紐西蘭玩，路途遍布整個紐西蘭南北島，行程安排非常充實。

出發前一刻，我給姜安武去了通電話，他接起來痛罵我沒良心，說他隔天還要上班，讓我有話快說……眞的是很朋友的語氣。

我告訴他班機非得在晚上十一點這種時間飛，實在也不是我的錯，是時差和南北半球之分的錯。

他又一次要我有屁快放，挺骯髒的。

我說：「我馬上要出發了，飛行時間加上等候轉機的時間估計要十七個小時。」

他聽起來心情惡劣：「妳已經抱怨過很多次我們公司停飛直達奧克蘭的飛機是多麼人間悲劇，我有空就替妳寫客服意見書。」

我卻笑了：「因此我們決定先停在雪梨逛一天，再搭機轉紐西蘭，大概十一個小時就到了。你覺得我要帶什麼東西在飛機上打發時間？」

他二話不說便答：「幫大家一個忙，帶安眠藥。」

我囧：「……你最好不是說眞的。」

他回：「我是說眞的。」

我挺有感觸地感嘆：「你以前不是這麼討人厭啊，動不動就臉紅害羞多可愛。」

「總之妳小心點。」他以一副要下結論的語氣做交代。

「小心什麼？」我問。

「因爲妳是宋晶，所以小心點。」

這話挺玄的，跟王菲唱的思念是一種很玄的東西一樣玄。

你說這意思到底是因爲妳是宋晶的外貌，小心太多豔遇和搭訕，還是因爲妳是宋晶的人品，小心被人找麻煩呢？

我鬱卒了。

可我還是很上心地問他要不要什麼伴手禮。

姜安武秒答：「戒指。」

我那顆小心臟突然吊高，吞了口口水急問，因爲太急還給嗆了下：「你要戒指？什麼樣的？幾克拉？預算多少？幹麼用的？求婚嗎？跟誰？」

他才慢悠悠地回：「我要的是魔戒。」

……那是什麼？

聽說電影魔戒三部曲是在紐西蘭拍的。

聽說那裡有魔戒的特效公司，裡頭還有賣魔戒的周邊商品，甚至有賣魔戒——姜安武要的就是那玩意兒，害我以爲……

我和小星都沒關注過魔戒電影的蓬勃發展，所以原本我倆到紐西蘭的目標是爲了體驗極限運動。

別的不說，我光游泳就游了大半輩子，小星則是打從開始她的減肥人生後也每天固定上健身房，如果這樣就覺得驚訝，還有件事說出來會讓人嚇進心坎裡，這顆球小時候可是學了九年的芭蕾，即使她身處於球狀時代走跳江湖的時候，身體柔軟度依舊是我們班一等一的，好得讓我眼紅。

不過即使身爲戶外運動派，我還是保有一些理智，我有懼高症，便不碰自由落體那類的，可小星是個瘋子，也可能是演藝圈這個大染缸逼得她瘋癲，所以她就私自替我報了名、繳了費，還塡了單參加峽谷大擺盪。

走過薄如鐵板、高高懸起的奈何空橋時，我告訴她：「崔小星，這是我們第一次也是最後一次一起旅行，回台灣後我們就分手、分手！」

小星當時忙著滑手機：「好，如果我們沒出意外，就分手。」

我詛咒她的手機掉到峽谷裡摔個粉身碎骨。

穿裝備的時候，我用最嚴肅的語氣對她說：「欸，我還是不行，妳自己跳，我在上面等妳。」

她正忙著用膠帶把自己的手和手機緊緊綑在一起：「好，如果我們還活著，一定分手。」

我實在很想搶走她的手機扔出去，我有自信能扔出跟大擺盪一樣完美的反拋物線。

當我們被吊在一百六十公尺的高空中，我發狠地罵她：「崔小星，妳少給我錄影！妳敢錄我保證回到地面之後，我就把妳連同手機一起過肩摔！」

她高舉起手，笑聲遍布山谷，大喊：「快看鏡頭，這是我們分手前最後一次合——」

小星的「體」字還沒說出口，我們就從半空中被放生，我連眼睛都沒敢睜開，我當時就在想，到底小蓮還是小英還是誰的故事片頭曲裡，那個在山谷間盪鞦韆的畫面是哪個天才想出來的？不知道是不是因此啓發了這些瘋狂的紐西蘭人，竟設計出這種可怕的峽谷大擺盪！

早知道還不如待在市區讓人搭訕，還不如去幫姜安武買魔戒。

我在紐西蘭的旅程進行到三分之二時，姜安武終於買了智慧型手機。

當初在馬來西亞那支顏面嚴重毀損的手機，他很有本事又用了兩年，連通訊錄都叫不出來，短訊也收不到，只能接打電話，我出發前幾天差點跪求他買一支智慧型手機，這樣我才能隨時傳些附帶照片的短訊給他。

當時他老兄說不換就不換，如今也不知道出自什麼原因就換了，而且還是等到換了三天以後才發短訊知會我，這人眞不會做朋友。

我決定表現給他看，什麼叫做一眞心好友會做的事。

「小星，替我拍一張。」

我對著剛拿到的開心果口味冰淇淋做出嘟嘴的性感表情，小星邊翻白眼邊替我拍了，後來我覺得不滿意，又自拍了幾張，挑出最好看的一張傳給他，附註：

紐西蘭劍鎮的開心果冰淇淋吃起來是很健康的味道，你今天吃堅果了嗎？

小星在旁邊唸出我打的短訊：「妳拍廣告啊妳。」

「妳管我。」我給她一記眼刀，按下送出，才吃了一口，表情變得微妙。

選了泡泡糖口味的小星，面無表情地問：「好吃嗎？」

「是一種吃了不會開心的味道。」我反問，她的冰淇淋如何。

「是一種吃了心驚膽跳的味道。」

我倆感嘆太標新立異的味道不適合我們保守的味蕾，只能徹底利用劍鎮的景色，假裝我們是在吃氛圍，默默吃完各自的冰淇淋，順帶一提，那是我生平第一支覺得餅乾比冰淇淋主體好吃的冰淇淋。

當天回飯店，我和小星各自接到一通重要的短訊。

小星是臨時有工作得提前回台灣，我的是姜安武告訴我等我回去後有件重要的事要說……你瞧，是不是都很重要。

由於小星在台灣的工作行程是片刻不能等，她匆促間決定到機場去排候補，要怎麼飛等到了機場再決定。

也許是一切都決定得太直覺太迅速，我送她上機前特別不安，怕她的飛機中途會發生什麼意外，好在隔天她給了我一通平安落地的電話，安了我的心。

然後，反正只有我一個人，在前往南島前還有一天時間，我就忽略小星原本安排好的高空跳傘計畫，眞的去給姜安武買魔戒，只是在付帳時，我發現自己不懂男生在想什麼，這種鬼東西也値這個價錢？

要是將來求婚他眞拿這枚戒指出來，我由衷認爲女方只可能往死裡拒絕。

付完帳，我忍不住傳了短訊跟他這麼說，他只回我，反正不會是拿來跟我求婚，讓我別瞎操心……我氣得整天不傳短訊給他。

小星走後的第三天，安排了米佛峽灣的客輪航程。

這時我才意識到一個人的旅遊是生平第一次。沒錯，我自己搭過飛機，但在陸地上我總是有人陪伴的。

可能是因爲當時的氣溫在十度左右，處處都是成雙成對成小圈圈的人窩在一起取暖，再加上瀑布的洗禮，莫名顯得別人都在鴛鴦戲水，我只能感嘆我的另一半提前回國了，要是我們眞的結婚，回國就離婚……

約莫是獨自一人的情況來得太突然，我就堂堂正正地想念滷肉飯、想念炒青菜、想念擔仔麵和家鄉味，想家了，本來是打定主意不和姜安武聯絡的，又忍不住打了電話給他。

第一通他沒接，我立刻改傳短訊，做人要懂得隨機應變。

當然我還拍了幾隻兩岸豹聲啼不住的海豹給他看，沒想到沒多久他回傳了短訊，問我在哪裡。

我告訴他我現在在米佛峽灣，還告訴他我現在是孤伶伶一個人，小星先走了。

幸好我不經意地透漏了這一點，他沒回我別吵要上班之類的話，反問我還有幾天回台灣。

我回明天，突然想到他之前提過有重要事情要跟我說，因爲已經閒得開始數有幾隻海豹，我乾脆就問他到底是什麼事，拗他現在講。

他嘴倒是很緊，手指也很緊，怎樣都不肯透露。

後來沒辦法，我只好問他是好事還是壞事。

他很簡潔地回我兩個字：好事。

好吧，既然是好事，我只要負責期待就好。

那是在和姜安武短訊往來告一個段落時發生的事。

不知道從船的哪個方向發出巨大聲響，船身猶如受到強烈撞擊而搖晃，並且緊急停止前進，幾秒鐘內就開始傾斜。

彼時我站在船艙和甲板之間，正想去感受一下被瀑布挖苦孤單寂寞覺得冷的體驗，所以親眼目睹了一些站在欄杆旁拍照的人來不及逃開而落水。做爲空姐，我第一個直覺是每個座位底下都有救生衣。

可是當我抱起一堆救生衣，我已經走不出去，船身傾斜的程度讓所有人都站不直，甚至倒地難起。

我想，當時所有人都是這麼想的：我們只是遊湖，在科技如此進步的現代，不會重演鐵達尼號的慘劇，很快會有人來救我們。

我想，我們眞正想的是——這不是眞的。

幾乎人人都穿上了救生衣，等待救援，沒人指揮我們該如何上救生艇，等同被困在船艙裡。

我盡量不去想那些落水又沒有救生衣的人怎麼了，這時候誰都自顧不暇，我收集的那堆救生衣甚至都給了別人，我身上是沒有的，而我是這艘船上唯一的台灣人，要是我怎麼了，搞不好過了很久才會被證實身分，搞不好還證實不了……

大概就是在那個時候，我開始想著要打電話給誰，告訴對方我現在的情況，就是交代一下如果怎樣該怎樣的，我的腦還沒想仔細該怎麼做，我的手已經自動傳了一封短訊出去，不是給父母，不是給妹妹，不是給小星，是給姜安武。

我目不轉睛地看著傳出去的短訊內容，竟然是要他非得把那個重要的消息趕緊告訴我……仔細想想也不奇怪，我可能再也沒機會知道了。

姜安武大概以爲我在開玩笑，想把情況塑造得很糟，藉此套他的話。

我發現自己連描述情況的能力也失去了，只好拍了船艙開始進水的影片給他看。

那時候我眞的很冷靜，也可能是因爲死這個念頭還挺朦朧、挺不想面對的，所以我在影片最後對著鏡頭平靜地說：

「姜安武，如果這就是最後，你應該讓我分享你的好事。」

他幾乎是立刻回了我的短訊。

別傻了，我去接妳。

這是他說的，彷彿我只是去上班，接到我後，我們就去吃飯。

我想了想，又傳了短訊問他，如果這眞的是最後，你願不願意約我去吃飯？

✦

二〇一二年，我從國中開始追的那部少女漫畫終於完結了。

由於實在等不了台灣出版，我是在網路上追完的。

倒數第二回，女主角在和男主角通電話時，自樓梯上摔下來緊急送醫，男主被颱風困在遙遠彼方，還是排除萬難趕到女主身邊，最後迎來了Happy Ending——看到那裡，我沒有想像中的激情和亢奮，只是平淡地迎來了結局，我突然覺得自己長大了，才會變得冷感，變得無動於衷。

可是現在我看著不該出現在這裡的姜安武，心裡想著他是怎麼到這裡來的？在那麼短的時間內，是不是也經歷了種種困難和爲難？

打從船難發生到獲救，他在極短的時間內來到我面前……好吧，目前還沒看到我，但是他眞的來了。

我在一段距離外，左胸口轟隆隆地震撼著，呆呆見他四處張望。

你說，是什麼原因讓一個一百九十二公分的男人，看著卻像一個在人群中找不到媽媽的小男孩？

他繃緊臉低下頭，滑著手機眼看要打電話，我相信他一定打了很多通，可是我的手機現在已經孤伶伶地沉沒湖中。

突然，他抬起頭發現了我，用言情小說的描述，我們在那一瞬間心有靈犀。

他遠遠望著我，好像第一次看到我，我就拖著剛從病床上下來的雙腿，慢慢朝他走過去，他才跟驚醒一樣朝我大步大步跑過來。

說眞的，我從沒見過姜安武跑步，他這人一向有種餘裕，不曾那麼做。

我本來以爲他會問我有沒有事，而我會鉅細靡遺告訴他整個過程，可是他沒有問，我也沒有說，我們只是張開雙手擁抱彼此，彷彿再也沒那個機會。

在我微妙的記憶中，有一個場景，是幾年前在新加坡的環球影城中看見的，一個印度籍的爸爸抱著他的小孩，小孩伏在爸爸寬闊的肩上默默地哭著，還會呢喃幾句，爸爸只是疼愛地撫摸他的頭——我一直認爲那是我人生中見過最深刻的擁抱。

直到現在，我在我最喜歡的人的懷抱中，他身上的味道充滿我的呼吸，他的體溫沾染上我的皮膚，我知道自己安全了，就像那個在爸爸身上哭泣的孩子。

姜安武，你知道嗎？看見你，我眞的差點哭了。

「你就不怕來了是替我收屍？」我頭埋在他胸前，悶悶地說。

「那還好，我本來以爲要撿骨。」他的聲音聽著有那麼點啞，也不知道卡了多大口老痰。

我擰了他腰側一把，讓他知道我現在挺敏感的。

姜安武把我抱得更緊，如果是剛被撈上岸的我，肯定被他擰出一灘水來，這樣勒著我，實在很不像他，我只好回以同樣的力道表達我的感觸。

「回去吧。」他大概覺得害臊了，把我從他身上剝開。

一被剝開，我心頭立刻有點空蕩蕩的……

「那就這樣吧。」我決定折衷抱著他的手臂就好，所幸他也沒拒絕。

一切搭機事宜都交由他來操辦，我連一句謝謝也沒力氣說出口，上了飛機就沉沉睡去。

機場是一片混亂，原本我眞心以爲不會有人知道我在那客輪上，不過外交部還是有在辦事的，所以媒體得知了消息，聽說本來新聞不大，可是因爲平安歸國，我的名字反而上了當日的媒體輪播版面。

在雪梨等候補機位時，我已經和父母取得聯繫，知道我沒事，他們就取消了飛回台灣的機票，繼續在國外忙碌各自的工作，果然是對鷹爸鷹媽。

所以是小星和宋宓到機場來接我們的，宋宓看到我都哭了，小星的眼睛也腫腫的，我就鼻酸了，明明看到姜安武後我都沒有哭的……這大概就是慢半拍。

姜安武一路都緊緊攥著我，手都給他握痛了，即使上了小星的車也沒鬆手，我不確定究竟是我還是他比較不願意放開，不過，既然如此，乾脆繼續牽著吧。

回到家後，他們陪了我一段時間，連上廁所小星都說要跟著我，私以爲這是她對於自己提前回台，沒有陪我走完行程而感到內疚。

所以我告訴她：「我唯一慶幸的是，這件事妳沒有經歷過，否則如果面臨了要犧牲一個，另一個才能活下去的情況，我不保證不會把妳踹下船去。」

小星吸了吸鼻子，淚眼汪汪地抱住我，汪汪亂叫：「這算什麼安慰？我怎麼覺得妳非得讓我記著這件事就是了！」

我拍拍她的背，感覺她很溫暖，和那些被打撈起來的屍體不一樣，和那時渾身濕透沉重不堪的我不一樣。

在受到記憶影響而顫抖前，我輕輕推開小星。

姜安武和小星又待了半個小時，覺得應該讓我休息，於是離開，剩下我和宋宓。

她自從在機場哭過後顯得很安靜，大概是發生了這麼大的事，讓她有點體悟什麼的。

我就問：「妳今天要睡在我家？」

她抬起頭，看我的目光焦灼又憤慨，挺熟悉的，在馬來西亞我打她一巴掌的那晚，她也是這麼看我的。

我這下是真心不解，但我有所有經歷過生死關頭的人都會有的創傷症候群症狀，我現在情感麻木得很，我做的任何反應都是理智判斷，例如安慰小星，所以我也可以安慰宋宓，可是她看起來不需要，比較像是想找我吵架。

我累了，只說：「客房有棉被枕頭，妳想睡再去睡，我先睡了。」

宋宓突然發出尖銳的指責：「妳知道妳做了什麼嗎？」

我停在房門前，沮喪且疲憊地回頭：「不知道。發生船難？差點死掉？」

「妳害他不能去參加NASA的太空人訓練！妳知道他期待多久？準備多久？原本他就要出發了，妳爲什麼偏偏要在這時候發生這種事？」

其實不需要問我都知道宋宓說的是誰。

我面無表情地問：「妳怎麼知道？他跟妳說的？」

這根本是廢話，我只是不能接受姜安武和宋宓說了這些，卻沒跟我提過。

「妳知不知道在那個渡假飯店，妳和妳那個白痴前男友在海邊搞浪漫的那天晚上，我找他去吃飯，他卻請我去海邊散步？我本來是不知道原因的，我以爲他覺得這樣很浪漫，後來才曉得他是想去找妳。他什麼都看見了，妳知不知道那時候他看起來是多麼——」宋宓凶狠地瞪著我，氣得不知道該如何接下去。

我凝視著宋宓彷彿有火在燃燒的雙眼，覺得心如明鏡，都光可鑑人了。

明明知道愛情的發生往往是在一瞬間，就跟行星爆炸一樣，可是我只注意了自己爆炸的瞬間，忘了留心別人的。到我家蹭飯，留到過了末班車的時間才拐彎抹角請姜安武送她回去，聖誕節不請自來，越來越漂亮的打扮……都說魔鬼藏在細節裡，是我忘了留心。

宋宓一定是從在馬來西亞就喜歡上姜安武，我想這解釋了在馬來西亞那一晚她無故找我吵架的原因。

我從沒想過會和妹妹喜歡上同一個男人。

「所以呢？」我聽見自己問，聲音很冷酷。

「宋晶，其實妳不是喜歡他，妳只是喜歡有人喜歡妳、崇拜妳的感覺，妳只是利用他滿足妳那既無恥又可悲的自尊心，爲什麼妳就不能離開他？長大有那麼困難嗎？」宋宓用一種可憐我的語氣，卻眼眶泛淚，我想不出她是爲誰而哭。

「妳憑什麼擅自揣測我的想法？」我問，感覺全身上下的情感離我更遠，我的世界只剩下一堆廢渣，對此我感到憤怒，我幾乎抱持著和宋宓撕破臉也要吵這一架的念頭。

除此之外，非常遺憾，我的心現在完全打不開。

她笑了，比我還漠然：「如果不是那樣，你們就不會到現在還沒在一起。」

我居然很冷靜地告訴她：「我累了。如果妳要留下來，可以睡客房。」

然後我就回房了。

不像幾年前，宋宓沒有留下來用哭聲折磨我，她甩門走了。

這就是范逸臣唱過的，And if you need somebody——我確定宋宓不會在，她會走開，走向那個我一直沒有走向的人。

Chapter 16

我在兩天後就開始飛行。

卻沒想到一如以往的工作環境，突然讓我感到不適應，飛機遇上亂流的搖晃讓我想起船難發生的震動，雖然感覺是不一樣的，可是我會想，如果我們墜機了，很大的機率會墜落在海上，也有可能會墜落在山谷間或陸地上，那種只能隨著所搭乘的交通工具出事與否決定生死的感覺……眞的很可怕。

這件事我沒有跟任何人提起，因爲我沒想過自己這麼敏感纖細。

我逼自己飛了一個月，困在如果不放棄，就等著看心理醫生拿藥的窘境，只好向公司請了長假，我唯一做的事就是每天到游泳池報到，逼自己最少游上半個小時，然後偶爾去一次巷口的咖啡廳。

那是我假期的最後一天，正在接下來該如何是好的人生十字路口上徘徊，由於獨自在家徘徊，可能會忍不住想喝酒，乾脆去咖啡廳，於是我活逮了一對狗男女。

姜安武和宋宓。

一時之間我就想起前次車賢秀和他的EX被我捉姦在床的不堪，現在的心情和那時挺有共鳴，但明明一個只是我朋友，另一個還是我妹……

一般情況，我是指電影、小說的描述，女主角這時就該識相轉身跑走，最好還遠走他鄉個十年八年不回來，待到上了年紀能夠敞開心胸原諒對方再來重逢，並發現一切都只是美好青春裡的一個誤會，剛好她死了老伴，他終身未娶，兩位長輩再譜夕陽之戀……

不小心想像了自己老後的模樣，怕皮太鬆散，畫面不好看，我哆嗦了下，便風風火火衝上去了。

姜安武看到我時，眼裡閃過了名爲緊張的罪名，我在心裡立刻給他治了該下地獄十八層的懲罰。

「姊，妳今天休假嗎？」倒是宋宓只有揪著眉問我。

雖然不到張開雙手歡迎，卻也沒要跟我撕破臉的意思，如今想起來，在姜安武面前，宋宓對我總是多一分耐心的，眞是個好惡分明的孩子……

「喔，休息。」我隨口回，自顧自地坐下，自顧自地點了咖啡。

宋宓在這時才不著痕跡瞪了我一眼，可能是嫌棄我礙眼。

姜安武皺了皺眉頭：「妳今天休假怎麼不跟我說？」

我正打算反問他這數落的語氣是憑什麼，就想到他這陣子問我何時有空問得勤快，我都說沒空。我早知道他的目的只是想約我去吃一頓飯，而他約我的原因約莫是我在船難發生時給他傳了一則莫名其妙的短訊……他大概是可憐我，所以才想實現我那沒頭沒腦的小心願。

可是姊姊我現在不是那個心情。

我就隨口答：「哦，突然和人換班。」

姜安武嗯了聲，把原本沒說完的話放回肚子裡。

我覺得現在不是把話題擱自己身上的時候，就用夠做作的無邪語氣問：「你們怎麼會單獨約在這裡？」

大概被我強調「單獨」那兩個字給刺了一下，宋宓回嘴也挺不客氣的：「就是因為單獨有話要說，才約這裡，不然還去妳家？」

我硬是擠出笑容：「來我家也沒什麼不好。」

我就巴不得你們倆的一舉一動都在我眼皮子底下進行。

宋宓把最激烈的言詞藏在最輕的口氣裡：「妳不覺得妳一坐下來就問東問西打擾到我們了？」

「是嗎？OK，那我不說話，你們聊。」我往後坐進椅子深處，翹起腳，做了個給嘴巴拉上拉鍊的動作，眼睛卻直盯著他們瞧。

宋宓橫了我一眼：「姜大哥，這裡不方便說話，我們要不要換個地方？」

我也跟著準備起身：「好啊！要去哪裡？我家怎樣？」

宋宓發火了：「妳為什麼總是妨礙我？妳作為一個姊姊，興趣難道只有搶妹妹喜歡的對象？這樣會讓妳感到比較優越、維護了妳姊姊的地位？不，維護妳宋晶的尊嚴？」

我由衷不知道自己的妹妹是這樣看我的。

我沉聲道：「宋宓，這是妳第二次讓我聽見妳直接叫我的名字，別忘了我是妳的誰。」

宋宓哈了聲：「誰？一個以為自己了不起的笨蛋？」

我略略睥睨起眼：「妳不能因為一次戀情的不順遂，就把每次都怪在我頭上。」

「宋晶。」姜安武喊了我的名字，無疑是指責我。

「跟你沒關係，不要插嘴。」我分神衝了他一句，接著轉頭瞪大眼睛瞅著宋宓，「吶，宋宓，我一直以為妳只是因為跟我是家人，才對我沒大沒小，這些都無所謂，但是妳今天說的話實在是太超過了，我在妳眼中難道從來都不合格？我的所做所為難道都只為了打壓妳嗎？妳眞的認為我打壓過妳嗎？」

「喔，是啊，一直都是！」宋宓沒有退卻，大有一較高下的氣勢。

問題是我從來沒想過要和她吵出個勝負，只是希望她能聽進我的話，然而即使妹控如我，也會有被惹惱的時候。

我激動地站起身，揮高的手越過桌面，就要給她一巴掌，事後回想，我那時眞是殺紅了眼。

姜安武攔截住我的手：「宋晶！」

如果他是邊抓著我邊喊我的名字，我不會覺得怎樣，可是他是抓住我後，才凶巴巴地嚇阻了我，我滿心都是委屈，如果我能夠表現得更無所謂一點，我就會甩開他，像母獅撲牛羚那樣撲上去跟宋宓拚命，可是我忙著難過，只能坐回椅子上，雙手抱胸，冷瞪著窗外。

「妳走，從今以後我們不是姊妹。」

這話多矯情啊，想不到我一生也有機會說這麼一次。

宋宓霍地站起來，態勢之猛烈，連桌子都被撞得搖搖晃晃，服務生剛替我送上的熱咖啡就撒了出來，潑在我的絲襪上，眞是燙得我。

我忍著沒吭一聲，誰出聲誰就輸了。

任由宋宓用眼刀直直射向我，彷彿想把我腦袋看出個洞一樣，我就堅持看著窗外。

「妳知道嗎？當宋晶的妹妹，是我人生中最可悲的事。」她說完，頭也不回地走了，看來是真的不要我這姊姊了。

「擦一擦吧。」

姜安武遞給我一條手帕時，我的眼淚差點用噴的噴出來，後來才意識到他是想讓我擦絲襪上的咖啡，我痛心到都忘了這件事。

我大口深呼吸，越想越不解氣，本來都要開罵了，又覺得不能再對他抱怨了——他就是陳小春那首歌裡的「難朋友」，在我遇到困難的時候，他永遠都是不走碼頭，讓我避風解愁。

可是我憑什麼耽誤他？

宋宓說的那些話我確實有聽進去，而且還絞盡腦汁從頭想過一遍，其實我和姜安武之間就是浪費時間地剪不斷理還亂。

我想該解決的還是要解決，否則都是爛帳。

用最高雅的姿態拿著手帕輕輕擦過絲襪，我裝作沒什麼大不了地開口：「都說平常忍著不生氣的人，爆發出來會很恐怖，還眞貼切。」

姜安武默了一會兒，眞切地安慰我：「妳是宋晶，只要妳想，妳能好好跟她談。」

我喉頭哽了一下：「嗯，我會跟她談。」我說謊，但他不需要知道。

「所以……你跟她約在這裡……說了些什麼？」我支支吾吾地問。

他聳聳肩，也是看起來沒什麼大不了的模樣。

我明白，如果他不想說，怎樣我都逼不出來的，但只要多花點時間，想想前因後果，我通常都能琢磨得出來。例如我現在就明白他本來要說的好消息是他要去參加太空人訓練，照正常情況發展，本該是他接完我的飛機，接著換我送他遠行的，可是當他出發來澳洲找我時，就代表他已經非常清楚那個機會沒了，但他寧可去找我。

但這次，我猜不透。我就想他有那麼多話願意告訴宋宓，卻不肯告訴我是爲什麼，我挖空了心思揣摩也不懂。

浸了咖啡漬的手帕上除了咖啡香，還有我曾經很熟悉的香水味道，我連他喜歡的香水牌子是什麼都不知道，這麼多年了啊。

我把手帕收進掌心捏得死緊，表面上是心如止水的平靜：「姜安武，我要辭職了。」

他的手抖了一下，咖啡裡的冰塊撞擊玻璃杯，發出非常清脆如銀鈴般的聲響，好夏天，可是我們都沒心思欣賞。

「爲什麼？」

「美國那邊有個機會，你也知道我本來就是讀法律的，空姐只是我當初回台灣時覺得有趣才去考的，現在該回歸本業了。」

他的視線掠過我，注視了我身後好一會兒，我從窗戶玻璃中的倒影發現他在看一個禿頭大叔，在這種時候這樣挺破壞氣氛的。

他收回視線，鎮定地道：「很多人都不是學以致用，大部分的人出了社會之後所選擇的工作都和原本學的專業不同。」

我沒有多解釋，我不想告訴他我現在面臨的困境，而我想這就是我們的問題——誰都站在原地，不願意前進最後那一步。

「總之我這兩三天就會把行李整理好，這個禮拜就會走，可能沒時間跟你再多吃一頓飯了，朋友。」我說得瀟脫，心裡很希望他留我。

「……將來還會有機會。」可是他沒有。

「可能我就不回來了。」我戴上墨鏡，都提起屁股要走了，心裡都一直說不行了，又實在忍不住，還是坐回去，「姜安武，我是宋晶，所以你要知道這世上不會有比我更好的女人了。」

「我想是這樣沒錯。」他抬起嘴角，都是落寞。

我愣了愣，我說這話從來沒想過會得到他如此正面的回應。

一瞬間，我衷心希望他會愛上某個人，小星說過的，他是我在閃閃發亮的時代裡遇見的人，他就該一直閃亮下去，閃得我快眼瞎，他有責任永遠保持櫥窗內那個我得不到的玩具的耀眼光芒。

「但是肯定會有比我適合你的女人，所以姜安武你不要再把時間浪費在我身上，去看看別的女人，如果將來有機會，我很願意把在紅毯上的你的手，交付到另一個女人手中。」我用朋友間的玩笑語氣，一手按著他擺在桌上的手。

他看了我很長的一眼，把我的手移開：「可是我不想找妳當伴郎。」

我勉強擠出禮貌的笑：「手帕洗好後我再寄給你。」

然後我起身，拿起包包，付帳，臨走前對他象徵性地揮揮手，拿出最矜持的一面，沒有感傷的離別，沒有深刻的情感糾結，我只能不斷想著：我是宋晶，我是宋晶，宋晶不會做錯誤的決定……

可是我也有對自己不確定的時候。

✦

二〇一四年六月，有一場盛大的婚禮在我的新生活中上演。

要是有人在五年前說我會參加車賢秀的婚禮，我就把那個人全身上下的毛都拔光，用女生的好夥伴——拔毛夾，一根一根地、殘忍地拔光——儘管我現在眞的參加了。

因爲我的老闆要我參加。

這位老闆就是當年那個請了車賢秀EX加入馬來西亞、新加坡之旅的王八蛋，事情就有這麼奇妙，我到紐約後，傑克成了給我機會的人，他那時還只是一個在家族企業混吃等死的掛名法律顧問，剛好家族企業出了一個不大不小的官司，家人決定放手讓他做出點成績，省得在外人面前難看。

傑克是車賢秀那群兄弟會成員裡，唯一和我一樣攻讀法律的，但我打從心底認爲他就是靠家庭的力量，走後門進來的，我看連畢業都是這樣，所以他能做出什麼成績？他只能對外求援，還是悄悄的。

我和他並沒有積極保持聯繫，只是偶爾會聯絡，我原本打的算盤是可以讓他有機會對車賢秀轉述我後來過得有多好，刺激刺激他……我這人對報復不遺餘力。

結果我倒成了傑克的打手，官司被我漂亮地解決，他老子以爲兒子功不可沒，決定投資他開一間法律事務所，於是他又來找我，問我願不願意來幫忙，我待了一陣子，沒有想像中的不自在，就留下來了。

回到婚禮。

我眞正願意參加的原因是——新娘不是當初的邦妮，這點我倒是挺欣慰的，因爲邦妮的眼神說白了就跟瘋子一樣，我怕自己再見到她，還是會忍不住飛踢她一腳。還好這個新娘笑起來有幾分茱莉亞羅勃茲的爽朗，也有點咧嘴女郎的味道……我想說的是，車賢秀終於也跳脫那個荒唐的年紀。

看來所謂的青梅竹馬或是初戀，眞的只能存在於記憶中，就像我和姜安武。

和新娘跳過幾首曲目後，車賢秀朝我走來。

「我看到新聞了，變裝皇后銷售員被不當開除那個案子，妳贏得很漂亮，就連媒體都很關心。」他說，神情姿態都比當年放得開。

我把心中的題外話給抹去，喝了一口香檳：「從那之後寄給我的特殊邀請變多了，你知道我前前後後參加過多少場變裝皇后派對，聽過多少變裝皇后向我抱怨他們在工作和生活上必須做切割有多不人道嗎？他們甚至期待我成爲變裝皇后協會的法定代理發言人——如果眞的有這個頭銜的話。」

車賢秀也挖苦我：「如果眞有那種協會的話。」

「眞的有。」我發自內心給他一個白眼。

車賢秀兩手舉到胸前，做出要我放鬆的姿勢：「嘿，這得跟妳老闆說。」

我看了眼也在舞池中的傑克，有點得意地糾正他：「其實是合夥人。」

車賢秀吹了一記口哨：「他答應妳了？」

我聳聳肩，一副這沒什麼的樣子：「下個月簽約，他答應在辛克萊法律事務所的名稱上加上我的姓。」

車賢秀說：「這是妳應得的。畢竟妳現在是他事務所裡最有能力的一個。」

我笑而不答，表現出世俗該有的律師風範。

車賢秀突然躊躇地開口：「所以……妳和傑克真的在一起了？」

我奇怪地掃他一眼：「我們約會過幾次，但沒有在一起。」

車賢秀表情很微妙：「這對我來說倒是個好消息，傑克到處和人說你們在一起，可是妳知道的，前女友和自己的兄弟……怎麼樣都很怪，我寧可妳跟之前那個男的在一起，反正我根本談不上認識他。」

我慢慢放下香檳杯，謹慎地問：「誰？」

車賢秀道：「跟我們一起去馬來西亞那個，個子很高的傢伙。說到他，那位老兄曾經跟我……不，是要我絕對不能劈腿讓妳傷心，妳相信嗎？他真的那樣對我說，不覺得很可笑嗎？他是哪個年代來的？」

傑克闖進我和車賢秀之間，唐突地打斷對話：「你們在聊什麼？」

我移開傑克擱在我腰上的手，戴上墨鏡：「沒什麼，我要先走了。」

傑克在我身後喊：「親愛的，我有話要跟妳談談。」

當了律師讓我學會的其中一件事就是活用中指，就用在像傑克這樣不識相敗壞我身價的痞子身上，然後我逕自上了車。

車子才剛發動，傑克已經站在我的車窗外，伸指敲了敲。

我降下車窗大約五公分的空隙，歪著腦袋看他，姿態強而有力地表達了不屑。

他說：「宋，是公事。」

我笑笑：「我今天下班了。」

不管他還有什麼話要說，我關上車窗，絕塵而去，絕情而去，絕不理他。

我的手機在兩年前的船難離我而去，那是我第一支智慧型手機，現在手上這支卻是我的第七支，不是它們都遭逢可怕的意外，是市場汰舊換新的速度太快，我得跟上。

手機有時候和男人一樣，不適合只好換掉，但我一直持有著第二支，未曾丟棄。

那是我從澳洲回台灣後第二天買的救急用手機，號碼復號後，我聽了一通留言，時間是在我手機在水中滅頂後不久，是來自姜安武的。

雖然那通留言已經超過限期被刪除了，但我依舊倒背如流。

我現在就去接妳，所以妳不能放棄，如果妳平安回來，我就告訴妳最重要的事。

是什麼事，我從來沒親口聽他說過。

所以現在不需要再去聽別人提起那些過往如何，反正那些過往也不可能對現在的我有任何影響。

Chapter 17

成為合夥人是一種事業上的成就。

都說愛情失敗的時候就是工作前所未有成功的時候，嗯，我的愛情早就毀滅得徹底，所以我不把人生目標放在成為女強人上太可惜。

上班等電梯時，我看了眼樓層標示，摁下辛克萊法律事務所那層，心裡想著一進辦公室就要讓派翠莎處理這個，絕對要加上我的姓才可以。

派翠莎是我的助理，一個你說她四十五歲也很合理的二十五歲大媽少女，體重約莫是我的二點五倍，處理事情卻很俐落，老讓我有種高中時期的小星回來了的懷念。

作為一個助理，她得比我早半個小時進辦公室，在我進辦公室的同時送上一杯美式咖啡，沒錯，我已經不是以前那個喝拿鐵的我了。

「珍娜，妳為什麼抱著盆栽？」電梯門叮地一聲打開，我和傑克的美女助理珍娜大眼瞪小眼。

珍娜抬頭挺胸：「這是這裡少數值錢的東西了，我為傑克提供半年的下班服務，我值得更多，這個連零頭都彌補不了。」

說完她踏著高跟鞋擠過我旁邊，進電梯走了，我向來不欣賞她走路發出的聲音，但我喜歡她那雙鞋，這女人跟我一樣有挑鞋的眼光，可我依舊不懂她是怎麼了，傑克和歷任助理都有曖昧關係，這我能理解明白，倒沒聽說他要換掉珍娜啊。

我轉身走進辦公室，本來還奇怪櫃台怎麼沒人接待，一看那轟轟烈烈的場景，誰管接待員去哪兒了，事務所到底怎麼了？怎麼一個一個雇員都跟搶跳樓大拍賣一樣，桌椅、文具用品、影印機、咖啡機、土司機、烤箱、杯子餐盤、檔案櫃，甚至是窗簾都有人在拔。

我抓住幾個經過我旁邊的人，用我偉大而了不起的合夥人身分威脅他們說明情況，每個人都拿我跟神經病一樣地看，研判這裡已經不再是文明的社交場合，變成非洲哺乳類的凶猛戰場，我眼尖掃到派翠莎，立刻飆著高跟鞋上前抓住她。

「這是怎麼回事？妳為什麼拿我的立燈和照片？為什麼大家都不工作？傑克說了要整修辦公室嗎？怎麼大家像是在搶廉價自助餐一樣？」

派翠莎滿手抱著不比她體積少的物品，同情地注視著我，無情地開口：「今天早上一大批官員來查封檔案，大夥才知道傑克一直以不正當方式逃稅，而且他已經以個人名義宣告破產，現在不知去向，這就是為什麼大家都在拿事務所裡的東西，眼看這個月薪水將跳票，總是要補點回來。」

「拿？你們這是強取豪奪。」我實在想不出用英文如何能夠詮釋大中華文化的四字成語有多優秀，我就說中文。

但誰來跟我解釋眼前的情況？

傑克跑路了？他的家族也算有頭有臉，他卻跑路了？到底是欠了多少？難道不能乖乖補足欠稅……等等！我突然想到前幾天簽合夥人合約的時候，他說為了表示合夥，讓我拿出一筆為數不小的金額，當作現金提撥，如果事務所突然有緊急情況可以拿出來用，就先放在他辦公室的保險箱裡，他還把保險箱的密碼告訴我……

我再度飆著高跟鞋走到傑克的辦公室，那裡比我的辦公室更慘，空蕩蕩的，連一樣東西都不留，除了那個太沉重的保險箱，問題是保險箱裡早就空了。

派翠莎的聲音從我後頭冒出來：「最早進來的人說裡面本來就是空的。」

我瞪大眼睛看她，這比告訴我魔鬼阿諾生小孩還要讓我難以理解……嘖，阿諾眞的生過小孩，在電影裡，我忘了。

「可是密碼應該只有我和傑克知道……」我按著太陽穴，還在想阿諾生小孩的事，說起來不可思議，但這樣使我比較容易面對眼前的現實。

畢竟那筆錢是從我當空姐到現在做律師存下來的……

派翠莎的眼神馬上轉爲質疑：「宋，妳該不會知道這件事？」

「我要是知道就不會在這裡！」我對她大吼，搶回我的照片，「還有這是我的！是我的！」

大概是我跟死了親人一樣吼得悲催，派翠莎吶吶地解釋：「我以爲這只是大賣場買來的裝飾相框。」

「是這樣沒錯，但還是我的！」我緊緊抱著相框不放，上面的照片是原本就附在相框裡的，和我無關，但我還是把它當去世姑媽的照片一樣寶貝……雖然我沒有姑媽。

那個下三濫的東西，他怎麼能這樣對我！

我卯起來打傑克的手機、傳短訊、留言痛罵他，甚至連正在國外度蜜月的車賢秀我都打，我劈頭就罵他不是人不配當人，他被我罵得一頭霧水，我繼續罵，順便連他當初劈腿的事一起罵，我現在就在人生的生死關頭，我有資格！

也許一切是有跡可循的。

從車賢秀的婚禮過後，傑克老是說要請我吃飯，有事要談，因爲太黏人，加上他亂放話說我們在約會，我嫌煩，統統推掉，現在想想，搞不好他就是想跟我透露這件事，也許不會說得很仔細，也許……好吧！他不會！

他就是他媽的騙了我！

說什麼有事要跟我談？談他的愧疚感嗎？

當我把這整件事從頭想到尾，想得分分明明、透透徹徹，想得鬱悶到快吐血，想得想用高跟鞋敲破他辦公室裡的玻璃窗，想得想用手機電波什麼的讓他得腦瘤死掉，想得最後癱倒在地上發呆，才發現天都暗了，好像該回家了……

我搖搖晃晃站起身，手機響了。

接起來，是前陣子的變裝皇后銷售員說他和他一群志同道合的朋友想請我喝一杯，我知道他們現在把我當成自己人，而且就算穿上女裝，他們內心還是有個鐵錚錚的漢子在，對於英勇勝利的事蹟，跟別人多說上幾次都是樂意的，所以老找我去做陪襯作證明，我才不去。

三個小時後，我從今晚最熱鬧的變裝皇后酒吧醉醺醺地走出來，蹲在排水溝旁邊嘔吐。

這次沒有人會在我吐的時候幫我抓頭髮，沒有人會在我喝醉的時候來接我，沒有人會管我是不是喝醉，我只能自己回家。

回家前，我又到事務所去，這次我買了扳手之類的工具，太醉了我看不清楚，但我清楚地把辦公室門口剛掛上去不久的我的姓氏給拆下來，塞進套裝的裙子裡準備帶走。

接著我看向辛克萊這個字，笑得特別邪惡，狠狠用扳手把辛克萊每個字母都敲下來再痛踹幾腳，踹得我腳痛才放棄。

「這就是害我愛情毀滅、事業破碎的下場，你最好別讓我找到，雖然我接下來會天涯海角地找你，等我找到了，你就等著跟這幾塊廢鐵一樣破爛吧。」

撂下狠話，現在我滿意了，可以回家睡覺。

✦

如果有人讓妳無路可走，怎麼辦？

那就只能回老家了。

由於我在飛機上喝了不少，過行李檢查的時候就被刁難，一直非要檢查我的行李箱，說裡面有奇怪的東西，哪有什麼奇怪的東西，不過就是寫著我的姓的那塊鐵牌而已。

我在機場啜泣地解釋這塊鐵牌的來由，希望能喚起社會的善良美好和同情心，卻只換來被航警給帶走的下場，等我回到位於陽明山的家時，已經是隔天早上八點的事了。

打開家門，八點零三分，眼皮沉得很，可是一見宋宓穿著睡衣從廚房走出來，我立刻機伶地醒了七七八八。

實話說，我是想著父母遠在越南工作，宋宓還在讀大學，老家不會有人，是個可以墮落一陣子的最佳避風港，我是揣著這樣的念頭才回來的。

算算時間，宋宓畢業了嗎？現在幾月來著？嘖，八月，大學放暑假，失算。

簡單說，我們當初最後一次碰面散得那麼不愉快，我都說以後不承認這個妹妹了，兩年多來也沒再關心過她的動向，連FB都沒加她好友，家也沒回過，現在一見面就是我這麼落魄的情況，我面子往哪擱？

還有，就是這兩年多來，宋宓傳給我的唯一一封短訊是告訴我，她和姜安武在一起了……你說現在該有多尷尬？

「姊，妳不進來嗎？」宋宓雖皺眉，倒也挺淡定的。

「喔，當然要。」我一如往常，一旦不知所措就戴上墨鏡裝模作樣還裝死。

「要不要吃早餐？我順便幫妳做。」

從小都是幫傭張羅三餐，養成了我到現在還是不懂做菜的缺陷，好在我就是有缺陷也是缺陷美，無所謂，但宋宓本來也該和我一樣的，現在卻說要幫我做早餐？

懷疑自己的妹妹會下毒是不對的，宋晶……

我用嬌俏到算是矯情的語氣說：「不用了，我累了，先去睡，妳出去記得鎖門。」

宋宓莫名其妙地看了我一眼，大抵是想說這不是廢話嗎？誰出門不鎖門。

渾身毛孔都不舒坦，再待下去我尷尬得要死掉，就拖著超大的行李箱躲回房間。

成長留下的傷痛之一是——我變得孬種了。

我在家裡喝了兩天悶酒。

白天宋宓不在，我就在客廳喝，傍晚她下班回家，我就躲回房裡喝。

宋宓會來敲門問我吃不吃晚餐或早餐，我要嘛裝睡，要嘛眞的睡了，都不回應。

其實這兩年來我也想了不少，關於宋宓爲什麼會那麼不喜歡我這件事，後來我做出一個結論，要是我有宋晶這樣從小獲得所有掌聲的姊姊，我也會拿自己和她比較，也會自卑，也會覺得陰影底下難討生活……這大概也說明了，爲什麼宋宓不待見我的時候，我不怎麼和她計較，約莫我心裡其實是明白她這番糾結，才如此大度的。

那天晚上，宋宓燒了一桌的菜，我覺得不該再繼續孤僻下去，也覺得繼續喝下去很可能肝硬化酒精中毒什麼的，於是也上了餐桌。

清一色的海鮮料理……唉，我不喜歡海裡走跳的動物，尤其帶殼的，我嫌吃起來沒氣質，可是宋宓就特別喜歡，所以說一個家裡掌管得了廚房的，常常等於掌握了發言權。

宋宓添了碗飯給我，問：「妳這次回來要待多久？」

我反問：「怎麼了？」

宋宓說：「如果妳要住一陣子，就找以前的阿姨回來幫忙料理三餐和家務，我時常加班，沒空天天煮給妳吃。再說……」

她看了眼客廳堆著的空啤酒罐，意思已經點到了。

好像我多會製造髒亂一樣，人一生中總有幾次可以墮落到最放縱的時候吧！不然怎麼再站起來？有她這麼明目張膽趕人的？

我用筷子猛戳白飯，嘴硬著說：「要走了，明天就走。」

宋宓順勢問：「去哪裡？回紐約？」

居然用上「回」這個字，在她心裡還眞把我給移民美國了？

我哼了聲，反正也沒必要說白。

她連我爲什麼回來，回來後又爲什麼只關著門喝酒的原因都不聞不問，還有什麼好說的？

我今年都幾歲了？二十七了吧。沒有男朋友，失去工作和存款，與親人的關係岌岌可危，老家住起來跟陌生人家一樣拘束，更不是可以向父母撒嬌領零用錢的年紀……

如果眞是窮途末路，現在也只能等生命自己找出路了。

隔天一早，宋宓來敲我的門，問我今天幾點要走，彼時我正陷入很苦很不堪的狀態，世人說這叫做苦不堪言，我說這就叫上吐下瀉。

肯定是昨晚的蝦子！

宋宓聞到我房間濃濃的嘔吐味，一臉厭惡：「妳今天還要走嗎？」

躺在床上，床邊就是垃圾桶，我正醞釀著反胃呢，我回答不出來。

宋宓的臉立刻拉得老長。

這麼不希望我留下來啊……

我只好盡力表現出精神：「吐一吐好多了，再說退機票很麻煩，我今天就走。」

宋宓追問：「幾點的飛機？我載妳去機場。」

我答：「不用了，我搭計程車去。」

宋宓橫我一眼：「妳幾點要出發就打電話給我，我會請幾個小時的假回來載妳。」

……

這妹妹眞是個人才，我時常搞不懂她在想什麼。

「啊……」

我抱著肚子在計程車後座彎下腰，眞心考慮要不要讓司機停在藥局買個藥先。

「小姐，怎麼啦？」司機從後照鏡看我，那眼神之關心，要是我的車子座椅弄成豹紋毛皮，我也會深切關心一個渾身酒臭的乘客。

我臉色蒼白地抖著嘴角，笑不出明星風範，也要不失氣質：「總之請你快點到車站……嘔！」

就因爲我那聲乾嘔……轉爲濕嘔，嘔得他豹紋變報銷，這位大哥找了間醫院把我扔下就頭也不回地絕塵而逃了，還好沒搶我皮包讓我付清潔費，挺好的人啊！

我猶豫是該進醫院，大方躺上病床叫嚷請醫生來看看我，還是再召喚一台計程車糟蹋，當我怎麼也想不出個結果時，一位護士推著輪椅從急診室急匆匆地朝我奔來，我當下就想，這醫院服務太周到，沒叫也來……結果護士就是從我面前呼嘯而過，去接從另一台計程車上下來的孕婦。

原來沒叫眞的不會來，沒辦法，我只好進急診室，自己叫，叫一叫再戲劇化地暈過去，雖然確實是眞的撐不住了，但還能有如此精湛的演出，實在該幫我報名奧斯卡的。

✦

「宋晶。」

張開眼，臉頰濕濕的，姜安武朦朦朧朧的……姜安武？我揉揉眼睛，懷疑自己看走眼了，畢竟我最近視野挺狹隘的——最近這兩年。

這約莫正是我找不到好男人的原因，國外很少碰到像他眼睛這般小的。

「喝點水。」模糊的他把我扶起來，白開水出現在我面前。

「喔。」我抹抹兩頰的濕滑，是不是有人在我睡著的時候偷舔我？噁。

姜安武又摸出手帕給我：「哭什麼？」

是我哭了？我？宋晶？

「啊，我這是怎麼了？眼睛裡怎麼有水？」我接過手帕，按了按眼角，一本正經地胡說八道。

要不是有這些多餘的東西，我可淡定了，態度特別大方，就一灑脫頑強的時代新女性。

不行，我得扳回點顏面。

「你怎麼會在這裡？」我打直腰桿，瞬間又給腹痛逼得縮了回去，失敗。

「妳妹打電話請我來。」

……看來他會出現在這裡，是爲了討好女朋友來著，與我本人無關。

「讓你來你就來，你怎麼這麼沒有個性？」我刨他一眼，特別不齒。

「不來就叫有個性？」

「是啊，你沒聽過不來的彼特（布萊德彼特）？他多有個性啊……」我的貧嘴在他的白眼下默默退散，心裡頗怨恨宋宓叫他來的。

我這人有個怪癖，非常不喜歡生病的樣子被外人看見。

多少也曾經被言情偶像劇荼毒了青春，我最不能苟同的就是藉由探病來個感情加溫。探病絕對是最不體貼情人的舉動。生病時多醜啊？還硬要去探病，讓病人得顧及外表，強打精神說些言不由衷的情話，當然不體貼！

對玻璃窗上自己的倒影失望透頂，我惱羞成怒：「好了，你快走啦！」

他卻說：「我沒事。」

「蛤？」

「我接下來都沒事，不急著走。」他解釋。

你不急我急呀！就算是宋宓讓你來的，你就沒想過如果她下班後來看我，見到你還在場，心頭會不會覺得不舒服……

「不舒服」這三個字令我兩頰一鼓，眉宇糾結；姜安武即刻頓悟，從床頭找來垃圾桶，湊上前，讓我一瀉千里，吐得七死八活，我難堪得想挖洞鑽進去，他倒是俐落地抽出溼紙巾爲我擦拭嘴角。

濕紙巾上的酒精味很濃，我咕噥：「感覺好像等會兒臉上要扎針。」

不曉得是否跟我這不知感恩的發言有關係，他原本不輕不重的動作，頓時粗魯起來，把我的臉又搓又揉的，都快變形。

「小力點啦！」

姜安武將乾了的溼紙巾扔進垃圾桶，冷眼一挑：「宋晶，妳可以再不知好歹一點。」

我識相道：「哪有，我這不就是因爲皮薄嘛！」

眼睛才剛對上他，濕紙巾又壓下來，我連忙閉眼，嘴上嗆嗆呼呼地問：「幹麼擦眼皮？我又不是長針眼。」

這廝態度太過大方，我眞覺得自己有點小家子氣了，可我心中彆扭啊！

「看見妳的眼睛就心煩。」他說，手勁倒柔軟許多。

妳有沒有碰過一個人，妳嘴巴賤不過他，卻能體會他處處讓著妳的溫柔？

我乖乖閉嘴了。

姜安武待到晚上八點才走。

雖然是我要他走的，可是當他一說要走，我心裡立即浮現一個念頭：有沒有可能在不對的時間重複或甚至反覆地錯過對的人？

我差點伸手抓住他或是追上去……沒別的意思，就想徵求他的看法，還好宋宓出現了，我暫時擺盪的小心肝立刻元神歸位。

她也沒說什麼，口頭關懷過我安好否，就說我沒事可以回家了，還說等我好多了要回美國的時候，她再載我去機場……既然她都這麼殷勤專注在這件事情上了，我也只好從了她的心願。

只是她回家一路上欲言又止的模樣讓我覺得憋屈，老在猜她是不是要告訴我她和姜安武要結婚了。

唉，才因爲酒精中毒被送進醫院，我現在又想喝了。

Chapter 18

在桃園機場揮別宋宓後，我精神放空得挺天經地義，人生至此，我還有什麼好介懷？我豁達。

十分鐘後才決定回當空姐時住著的老巢，橫豎是自個兒的家產，就算裡頭可能什麼也沒有，只要有屋簷就能生活。

聽過一句話嗎？隨時能夠放棄一切、重新開始的人才能真正成功。

好吧，這是我說的，但我現在總得鼓舞自己。

那天，當我替新的牙膏牙刷以及兩大瓶礦泉水付完帳，回到家後，我對著空蕩蕩的房子哭了。

當年出國之前，處分了一切家具、生活必需品，屋裡現在什麼也沒有，連回憶也沒有……而我手上便利商店的塑膠袋裡，是我唯一買得起的東西，我現在正式身無分文了。

知道嗎？只要把三件T恤摺好疊起來就可以當枕頭，嫌不夠高最多可以加到五件，只是會有點不平衡，半夜如果覺得冷，冬天的大衣也可以拿出來當被子，或者天氣再冷一些，這個特別訂製的超大RIMOWA行李箱應該也能塞下我吧！只要躲進去上鈤，不是就跟睡袋很像嗎……

「OK，自欺欺人夠了，現在……」我雙手抱胸，指頭不斷地敲打手肘，怎麼想都覺得剩下的大絕就是像《購物狂的異想世界》裡的麗貝卡一樣辦個拍賣會。沒錯，我有什麼好怕失去的？我現在已經窮得只剩下這些身外之物。柏金包，不管是哪個女人都會想要的；鞋子就比較麻煩，只有跟我同size的人才有機會；Gucci的套裝應該也可以賣吧？其他的——初戀情人的手帕？

「啊！」我尖叫了聲，把手帕扔開，瞪著它。

喔，對了，之前姜安武到醫院來探望我忘了帶走，也有可能是我當時死死捏著才……把手帕湊到鼻尖聞聞，依舊是那股屬於他的香氣。如果我假裝沒發現，默默把手帕留著，不算犯罪，畢竟他也沒打電話跟我要呀。

「不對，宋晶，清醒一點！」我用力把折疊得整整齊齊的手帕扭呀絞的，咬著唇慌亂得很。

「仔細想想，宋晶！如果他將來成為妳的妹婿怎麼辦？如果某個晴朗的假日午後他們夫妻倆一起來探望妳怎麼辦？如果當時已經七、八十歲還可以牽拖看走眼，如果就是明年，如果他們帶著小孩，小孩亂翻……喔，如果明年的話，小孩應該還不會亂翻，那如果我不小心沒收好，被他們看到了……我就會變成害他們離婚的導火線！宋晶，妳這個王八蛋！」

之後花了一整晚糾結，糾結到腸子打結，大腸頭緊繃，便祕上不出來……總之糾結完了，我還是乖乖打電話。

已經知道有bug，就要先debug，程式都這樣，人生也是。

當姜安武穿過餐廳大門朝我走來，我想起了布萊德彼特。

不是因為我的眼睛還呈現酒精中毒那時的朦朧，我現在看得可清楚了，他長得仍然絲毫沒有明星氣質，我主要是想到當年的好萊塢金童，一個不經意竟給摧殘成現在這模樣，最近我在電視上看到他，都會感到痛心疾首，很想寫封信向殺人不眨眼的時間討回以前那個閃閃發光的他。

我會這麼想不是因為姜安武也老了，事實上他根本還沒到布萊德彼特的年紀，但他一定跟歲月談過條件，所以他依然是他，和九年前的他一樣。

他有我見過最好看的下垂眼角。

姜安武在我對面坐下來時向前傾，我看見他格子襯衫領下的後頸。那是我喝醉時曾經打過他的地方，我當時就是遷怒，他也罵了我瘋子，情況不怎麼浪漫。

「笑什麼？」他從服務生遞來的菜單中抬頭，眼睛瞇瞇的，不像在笑，卻很愉快。

如果不是他說了，我根本沒注意到自己的笑聲，也不會發現他看我的眼神會讓我無恥地以為自己在他心中肯定特別受重視。

妳有沒有那種明明互相喜歡，卻總是錯過的好朋友？

有，我有。

我們吃著精緻的菜餚，姜安武和我聊起天氣，聊這幾年的人事變遷，聊這城市的人，聊這城市的事，那都是他熟悉的，與我無關了，而我過去兩年的生活情節，於他而言也是陌生，但我們還是維持風度，無關痛癢地敘述分別的日子。

如果有人在跟我開玩笑，現在可不可以跳出來大喊「Surprise」了？

各自談完了對溫室效應的看法，姜安武突然問起：「妳結婚了嗎？」

我順著他的視線看向自己左手無名指上的戒指，這是我自己買的，目的在打發一些聽不懂拒絕的白目。

「喔，訂婚而已。」

話一出口，我就特別想痛毆自己。為了自尊說謊這種事，不是早就說過不做了？決定了，如果他再問，我就要說剛剛只是在開玩笑。

姜安武喝了口水，如我所願地問：「什麼時候結婚？」

我回：「再過一陣子吧！他最近有點忙……在歐洲出差什麼的，所以我才利用時間回台灣一趟，通知親人什麼的。」

什麼的到底是怎樣？宋晶！看看妳做的好事，這下只能扯未婚夫有家暴前科不想嫁了。嗯，沒錯，快問啊！

可是姜安武沒有再問，淡淡道了一句恭喜，我也不好再多說了。

要怎麼解釋姜安武這個人在我人生中扮演的角色？

他是我非禮過的男孩。

是我在異國的土地上哼著同一首歌的高中同學。

是替我警告前男友不准劈腿的好朋友。

是我失戀時會徹夜開著手機的帶把閨密。

是我所有丟臉失態都最清楚的終極依靠。

是我可能失去性命也不放棄希望的上心人。

總有一個人在妳生命中來來去去，每次都留下一道像砂石車狠狠輾過的痕跡。

然後妳開始質疑自己、質疑他，質疑——爲什麼我們未曾在一起？

「姜安武，我有個問題，也許你會覺得可笑，不過在我結婚前，不，就算我已經結婚了，我還是要問。」我目光灼灼地盯著他，帶點磨刀霍霍的光芒。

「什麼？」他配合地停下進食動作。

我說：「你曾經有過喜歡我的時候嗎？即使只有一瞬間，但卻是強烈到讓你無法否認的瞬間，有嗎？」

他聽了只是笑笑。

在我認爲他不會回答的時候，他才開口：「曾經有。」

他的回答讓我一下子沒辦法呼吸，這是我第一次從他口中聽到眞心話。

我瞪大眼睛，眼睛裡大概都閃閃發亮的：「眞的嗎？不是客套？」

他低下頭：「不是。」

他在看手錶。

我問：「你趕時間？」

他聳聳肩，拿出皮夾：「下午還要上班。」

如果是以前，不管多久他一定會等我吃完。

我放下筷子：「還在原本的公司？」

他招來服務生準備結帳，露出一個平靜的笑容。

今天他這一離開，也許這個笑容就永遠不會只屬於我一個人了，而我卻連問他現在是否和人交往的勇氣都沒有。

我們之間明明有過什麼，那樣的關係是我們互相願意才能培養延續的，卻也在我們的漫不經心中給消磨掉了。

我攔截了帳單，口氣很驕傲：「今天是謝謝你才約你吃飯的，所以我請。還有就是，雖然我說我要請，你能不能先借我錢？我趕著出門忘了帶錢包……你不要誤會，我不是在找下次碰面的藉口，不然你給我銀行帳戶，我直接把錢匯給你。」

即將要結婚的女人卻身無分文，這種事是絕對不可能的。

「沒關係，就當恭喜妳要結婚，但不用邀請我參加婚禮了。」

「喔，好，我是說當然，婚禮在義大利舉行，我本來就覺得你不會來。」我挺想剪掉自己的舌頭。

他沒說什麼，埋了單，我和他一起走出餐廳。

在門口，他坐在汽車駕駛座上問要不要送我，我決定自己搭計程車，他說那他先走了。

我說：「有機會再約……當然這只是客套話。」

他回：「明白。」

他的眼睛轉向正前方，車窗緩緩向上爬。

我拿著墨鏡沒有戴上，就站在他的車邊，凝視他沒有爲我回頭的側臉，很小很小聲，近乎喃喃自語地說：「其實我也很喜歡你……曾經。」

車窗停了一下，非常短暫的停頓，然後繼續上升到底，姜安武在貼著隔熱紙的車窗後對我微笑揮手，他看起來還是跟九年前一樣，而我卻錯過他九年。

他開車而去。

我告訴自己，這就是最後了，這輩子我都不要再見到他。

✦

猜猜看後來怎麼了？

我又忘了把手帕還他，但是這次我決定把手帕交給宋宓，讓她還去，反正都是她的男朋友，這樣也省得大家有什麼誤解……只要我想出如何解釋他的手帕怎麼爲何會在我這裡就好。

沒料到我還沒打電話給宋宓，她的電話就先來了，一時間我還眞以爲人在做天在看，報應總是來得特別快，她立馬就要對我興師問罪。

我接起電話那聲「Hello」很是心虛，宋宓不知道是聽出來了沒，默了一陣才開口：

「姊，妳還在台灣吧。」

我從尾椎涼到頸椎。電話裡到底是從哪個背景音讓她聽出端倪，還是她根本中情局探員來著？

「想到有些事要處理所以……」

宋宓急切地截斷我的胡扯：「妳能不能現在去看看姜大哥怎麼了？」

我呆呆地反問：「他怎麼了？」

「說是工作時出了意外，現在人在醫院。」她頓了頓，「我還要工作趕不過去，妳能不能去看看再告訴我情況？」

我只問了哪家醫院就匆匆掛上電話，事後老覺得會不會被宋宓看穿——看穿我不是用大姨子的身分在關心姜安武的——但那時候我一心就想用最快的速度去看他。

抵達醫院，現場有姜安武的一位同事和一位主管。

約莫是誤會了我的身分，一見我風風火火出現，主管也冒冒失失地上前跟我談賠償，談責任歸屬，就是沒談到姜安武到底怎麼了，我問這位挺斯文敗類的先生，他竟答不上來，真是把我給氣的！

幸好參與第一現場的那位同事招了手讓我過去，把我帶到角落，迴避主管耳目後給我看了幾張事發現場的照片。

我一向不齒任何在災難現場拍照或錄影的人，但這時候我特別感激科技進步，只要手中是智慧型手機，不智慧的人也變得智慧了，所以照片解析度是一整個前途光明的清楚。

照片中有個人從肩膀以上都被一個不明物體壓著，下半身一動也不動……宋晶，冷靜點，在照片裡人本來就不會動。

「有影片……妳要看嗎？」同事小心翼翼地觀察我的表情問。

我面有難色，還是堅忍不拔地看了。

根據這位大德同事的解釋，今天下午原定要維修飛機的引擎，確認有問題拆下後，不知哪個環節出了錯，垂降引擎時，引擎從上方墜落壓到姜安武，不幸中的大幸是還好引擎沒有整個掉下來，有半邊還掛著，不幸中的眞不幸是本來在拆卸這樣的大型機具時，就不該有人在下方，姜安武平常不會犯這樣的錯，只是他午休後回來就怪怪的，也不知道怎麼了。

我半點也不敢說中午他是和我吃飯了。

醫生剛出現，我就跟一般家屬一樣抓著他反覆問一些相同的問題，企圖得到更仔細的答案，結果都是斷層掃描顯示顱內出血，醫生會故意讓大腦受傷的患者陷入昏迷狀態，以穩定身體系統，大腦在消腫時也會同步恢復功能，之後再減少藥物，現在最重要的是讓他靜養，其他都是皮肉傷，還要再觀察，我已經告訴過妳四次了，妳最好別再問——

雖然後面兩句是我揣摩醫生表情自己腦補的，我還是默默記下他的名字，準備將來告得他傾家蕩產，不敢再當醫生。

護士來問哪位是家屬，要幫姜安武辦理住院手續時，他的同事本來要跟著護士去，但我想這就是我出現在這裡的目的。

「沒關係，我去處理就好。」我說。

接過姜安武的皮夾，我對姜安武那個同事感激一笑，順便收服人心，這樣將來姜安武在工作上搞不好會獲得更多幫助之類的，我還真是個賢慧的……朋友。

由於姜安武實際上沒有什麼親近的親人，我就待了下來，一待便是兩個星期，差點成為醫院之花。

我每天做的事就是坐在他的床沿或站在他的床前，等待他睜開眼。

那眞是非常煎熬的一段時間。

我這麼八風吹不倒地等待他睜開眼的那一瞬間，可是他清醒時，我正在和他晚到的伯父伯母說明情況，差不多就在這時，姜安武張開眼睛，我硬是擠進站在病床前的伯父伯母之間，死死盯著他，像是看熊貓圓仔似地專注。

他見到我，困惑地皺眉，見到親戚也是，大概是創傷症候群什麼的，不記得發生什麼事。

我總歸是等不及的，轟轟烈烈地便衝出口問：「你沒事？」

他轉向我，眼神更不解，想了想才問：「妳是宋晶？」

這口氣是怪了些，但很好，還記得我，算那個醫生好運，可以撤告了。

我握起他的手，認眞點頭：「是啊。」

姜安武問：「妳怎麼會在這裡？」

我立刻給他把前因後果說明一遍。

他搖搖頭，一副不知道該怎麼說的困惑模樣。

我按了護士鈴叫來那個庸醫。

醫生態度強硬地要我讓開，我就等著看他想做什麼，結果他也只是翻翻姜安武的眼皮……這位大哥，他是死了還是昏了？人都醒了還需要翻眼皮，你第一年住院實習是不是？

作爲一個醫生，他竟還有臉再問傷患有沒有哪裡痛這種蠢問題，都快把我惹毛了，姜安武則有條不紊地回答頭痛，口齒、意識都是一等一的分明，醫生宣布姜安武覺得頭痛那是正常現象，沒事了，隨時可以辦理出院回家。

姜安武的伯父說了，有問題可以給他們打電話，就帶著眼眶泛紅的伯母離開。

我想姜安武至少還有人關心，雖然晚了十幾天，終究是親人。

送走其他人，我回過頭，姜安武正瞅著我，依舊是有十萬個爲什麼寫在臉上的小朋友。

「有問題晚點問，我先去替你辦出院。」走出病房後，想想不妥，我又從旁邊伸出腦袋交代：「別亂跑唷。」

姜安武不置可否。

操辦出院事宜時，我想起一位美國作家Gretchen Rubin說：「愛很奇妙。如果要我捐一個腎給先生，我一刻都不會猶豫；但如果他要我順道去藥妝店幫忙買罐刮鬍膏，我卻會覺得很煩。」

也許我和姜安武的關係正是如此，我們只有在對方需要彼此的時候才會陪在對方左右。

……好吧，我騙人，他需要我的時候我從來不在他身邊，所以這次能幫上他，我莫名有點小雀躍，當然回到病房時，我表現得正氣浩然，就像個體貼關懷的老朋友，老同學，嗯，只是年紀還很青春無敵。

他已經起身，站在窗前看著窗外的夜景，好像他是來探望別人，不是被探望的病人，搞不好他還沒摸清楚情況，需要點緩衝才能接受自己曾經差點在陸地上被飛機壓死這件事。

他從玻璃上的倒影看見我，又是不明所以的表情，接著淺淺一笑，明明是個身強體壯的孩子，我卻覺得他搖曳生姿。

宋晶，那是妳妹婿。

姜安武回頭：「妳是高三一班的那個宋晶？」

很久沒聽人這樣說，我疑惑地點點頭，一時不知道回什麼。

姜安武靦腆地彎起嘴角：「所以，我們畢業後還有聯絡嗎？」

如果有台攝影機帶我的特寫，我的表情肯定空白之餘還帶著百分之八十的不敢置信、百分之二十的驚慌失措，百分之百的想敲他腦袋又不敢，導致我唯一能做的反應就是——

「醫生！」

Chapter 19

「我可以自己回去。」

在醫院門口，姜安武對我說，客套而生疏，我眞覺得不認識他。

「可是你……」我特別遲疑。

你說我要如何告訴一個失憶的人他失憶了，而且他自己也明白。

姜安武伸手招了計程車。

「你眞的沒關係……」我怕自己表現的太像他媽，速速整理表情，「我是說你記得自己住哪裡？」

他挑眉：「所以我才請同事替我查了住址。」

我不知道如何反應，我難以理解要靠別人才知道自己家住哪裡的感覺。

計程車司機按了一記像屁聲般短暫的喇叭催促，我趁姜安武沒注意，對司機做了一個要揍人的姿勢，他就賠笑了，畢竟是看客人臉色吃飯的工作。

「嗯，雖然……總之謝謝妳的幫忙。」姜安武原本想說什麼，但最後只是朝我點點頭。

我覺得他比較像是想說，雖然我不認識妳，或雖然不知道妳來幹麼。

就這樣了，他失憶，忘了我，忘了自己住哪裡，忘了某些事，醫生解釋不出原因，只說事關大腦，什麼都很難說，不知道他如果上了法庭會不會陳述得比較好說。

在計程車司機決定野放客人之前，姜安武上了車，我全憑本能跟進，把他往裡面擠，再關車門，宣布：「司機，可以開車了。」

「請問要去哪裡？」

我沒理司機帶點火氣的問話，因爲姜安武正滿臉不可思議地看著我，好像我是來搶劫他的。

我立刻換了表情，笑咪咪：「哎呀，我都還沒去你家拜訪過。」

姜安武愣愣地重複：「妳要來我家拜訪？現在？」

我擺出最堂堂正正的態度：「是啊，不方便嗎？」順便送上幾個無辜的眨眼。

這是個多不方便的情況，我想如果全世界看見這幕現場直播的話都看出來了，但在這麼一個情況下還有人問得出我這話，那人肯定是個霹靂級別的白目。

所以，姜安武用看白目的眼神看我，我則微笑請司機上路。

從沒想過姜安武的家和我家——我是說我桃園的家那麼近。

他以前老是打死不肯讓我來，如果早知道隔兩條巷子就到他家，我就……

我站在他旁邊，和他一起面對這棟和我家那棟大樓比起來屋齡至少老舊二十年的公寓。

「如何？有印象嗎？」我問。

姜安武皺著已經夠小的眼睛沒答腔，看來根本沒聽進我的話。

我再接再厲：「不如我陪你上去吧？」

他婉拒了我，眼神裡的意思挺明白的：謝謝不用，妳是誰？

我只好掩飾尷尬，用最有說服力的聲音說：「喔，好，我也該走了，確定你平安到家就好。對了，你的手機應該有我的電話號碼，你要是有任何問題，打給我，我就住在前面那條巷子，可以馬上過來。」

說到底，我還是擔心他。

姜安武滿臉若有所思：「我們……」

我察覺出他好像想講什麼重要的事，於是嗯了聲，鼓勵他說下去。

他問：「我們住得那麼近？」

我回：「是啊，鄰居嘛，有事互相幫助。」

姜安武點點頭，之後就目不轉睛地瞧著我，我覺得他今晚看我的次數多過這一輩子的份，他肯定還質疑到底爲什麼我會是他清醒後第一個見到的人，爲什麼是我陪著他回家，爲什麼我還不走……

我賭氣說：「沒關係，我目送你，你進去吧！」

他還眞的頭也不回地走了。

我忍不住又喊：「姜安武！」

他停下腳步，回頭。

一百九十二公分，短髮，沒有經過任何特別設計的髮型，只求務實好整理，皮膚大抵因爲工作而曬得黝黑，肌理約莫也是工作的關係比以前更加結實，就是兩星期份的鬍子有點礙眼——這就是現在的姜安武，他就在那裡，我卻絲毫不能靠近。

所謂的失憶是什麼呢？姜安武看起來完好如初，卻不記得我了，不記得任何我對他做過的事，或者他對我做過的——停，宋晶，這樣很好，微笑道別，轉身離開，從今以後知道你們之間有過什麼的只有妳自己，還有妳少數的汙點也都隨著他的失憶而迎風飄散了，多好？妳現在無所畏懼。

姜安武還在等我說話。

好了，就是現在，灑脫些，說了以後再也不見他的，這不過是個意外插曲，是行善助人。

「宋晶？」

聽到他叫我的名字，我心頭一陣酸軟，馬上又交代：「一定、一定要打給我喔。」不要像以前，這次，請你第一個想到要找的人，是我。

十五分鐘後，姜安武走出他那間公寓，我就坐在某個人的機車上打瞌睡，一見到他，不只清醒，連背脊都涼了。

他本來沒發現我，大概是萬惡的眼角餘光害他注意到了，就轉朝我走來。

我連忙拿出手機假裝要打電話還是玩遊戲，假裝我不在這裡。

「妳怎麼還在？」他的聲音從我頭上落下。

我哆嗦了下，抬起頭，裝出今晚第一次見到他似的和藹笑容：「嗨。」

他正在用眉頭夾蚊子蒼蠅，可能是把我當跟蹤狂看了。

如果我說我忘了帶鑰匙，他會不會請我上去喝杯茶？如果我告訴他，我只是想在手機響起後，以最快速度趕到他身邊，他會不會感動？畢竟，你知道的，人一旦面臨重大傷害，尤其是失憶這種的，應該都會很不安，需要陪伴什麼的……我發誓我本來只打算等半個小時，他沒來電話我就走人了。

可是我特別冷淡地聲明：「我只是想休息一下再走，我今天跑了很多地方，腿有點痠。」

姜安武這才鬆了眉心，半開玩笑：「我還以爲我們在交往，妳才這麼捨不得離開。」

我說不清楚眞正的原因爲何，總之眼眶一陣酸刺，眼睛就紅了。

五分鐘後，我和姜安武坐在一間新開的星巴克。

之所以說它是新開的，是因爲我以前住這裡的時候沒見過。

我戴上墨鏡掩飾雙眼的紅腫，這已經是我的基本配備，使用程度和蕭煌奇差不多頻繁，墨鏡廠商眞該找我代言。

「好多了嗎？」他切著一塊法式千層薄餅，邊問。

作爲一個不清楚自己是誰、這裡是哪裡的人而言，姜安武挺淡定且挺有食欲的。

「嗯。」我喝了一口拿鐵，基本上我已經不喝甜的咖啡，可是今天例外。

今天就是想用糖淹死自己的那種日子。

「所以……我們眞的在一起？」他的語氣慢條斯理，也有點躊躇，像是怕冒犯我，也像無法接受。

只有一瞬間，小小的一瞬間，我質疑過如果我點頭稱是，這件事情會不會就此成眞。

他定定地凝視著我，彷彿跟《來自星星的你》的都教授一樣凝結了時間。

我喉嚨發乾：「如果你有什麼想問的，一次問個清楚吧。」

他竟然認眞煩惱起來，考慮了半天：「我們在高中時曾說過話嗎？我是說，我們沒同班過，雖然印象有點模糊，可是我都記得……我們只是同一個學校同一年級，沒有交集，對吧。」

爲什麼他只記得他認識我之前的我？

他如果用疑問的語氣和我討論，我會慢慢開導他，例如給他說說我們那些有趣的過往事蹟，可是他剛剛的語氣卻是果斷得多，無關乎我的心情，他只想確認他的記憶認知無誤，否則就不是他現在所了解的世界。

假設今天失憶的是我，我是不是也會這樣？爲了不讓自己錯亂，乾脆把不該存在的抹去，難怪有部電影取名爲《腦海裡的橡皮擦》，人人都需要擦掉錯誤的部分，我就是被他媽的給擦掉了。

我就從善如流，壞笑：「喔，是啊，本來沒有的，只是自從我在游泳池當著全校師生面前非禮了你後，我們就一直交往到現在，最近我們還在挑日子準備結婚，你看，這就是訂婚戒指，一點五克拉，完美的切割，八心八箭，我們連喜餅選哪家都挑好了。」

我一口氣說完，姜安武的臉色眞是精采紛呈，嚇呆了。

「別當眞，開玩笑的。」我這麼說，心頭是不太舒坦的。

姜安武挑起半邊眉，模樣挺困擾的，好似不知道該開心還是生氣，我就想我跟他置氣什麼呢？他連我的幽默感都不懂了。

「但我們認識很久是眞的，你幫過我很多也是眞的，所以用不著介意我爲何會在，我只是還給你，你曾經給我的。」我先是給咖啡猛加糖，再揚起嘴角，招來服務生，請他替我拿一塊蛋糕，什麼都可以，其實不重要，我只是需要轉移注意力，分散那股遲來的，越來越深刻的失落。

我必須接受一件事：他現在不再是以前的他，而我也不是以前的我，現在的我只是高三一班的宋晶。

我唯一能做的就是相信醫生說的，他的記憶會隨著時間恢復。

「既然如此，可以請妳幫我一個忙嗎？」

接下來的行動，都是從姜安武這句話開始的。

原來他之所以又走出公寓，不是爲了什麼高尚的理由，純粹就是搞不清楚自己住哪一層哪一戶，地址也沒寫得很完整，手機又沒電了，一時無可奈何，只好出來找找有沒有公用電話亭，省得一直在樓梯徘徊被當成樓梯之狼。

我替他打電話給同事問清楚後，厚著臉皮跟他一起進了他的公寓，我記得他提過有室友，爲了避免唐突，我還阻止他用鑰匙開門，先摁下電鈴。

門果然開了，一個穿著四角褲打赤膊的男人現身，也許是因爲他毫不掩飾地上上下下打量我，也許是因爲他近乎衣不蔽體竟毫無羞恥，其大方磊落的程度使我覺得他挺猥瑣的。

「妳是？」他問，視線很不堪地停在我的臉和胸部之間，我就差那麼一點伸手戳瞎他，是姜安武把我往後拉，往我前面一站，我才失了機會。

「姜大哥？你怎麼會來？」

姜安武沉默了一下：「喔，阿志。嗯，我記得你。」

後面那句他是自言自語，但我聽到了。

宋晶，平常心，他記得一個每天生活在一起的室友沒什麼好嫉妒的。

「對了，你之前搬走的時候有東西忘了帶走，你等一下我拿給你，還是你要自己進來拿？」

我擠到姜安武旁邊：「搬走？他不是住這裡嗎？」

「大概半年前搬走了呀。」阿志猥瑣男抓抓臉。

我依稀記得那隻手剛剛是從四角褲裡掏出來的，噁。

我拿出手帕輕壓住口鼻和嫌棄：「那你知不知道他搬到哪裡？」

還好這猥瑣男沒有過多惹人心煩的好奇，給了我們一串地址和一個裝有姜安武私人物品的箱子就再見拜拜。

我馬上用手機估狗地址，地圖顯示的是我不熟的區域，就問：「你有印象嗎？」

「不知道，去看看。」

好吧，只能去看看。

我們搭了計程車，目的地卻是機場附近——他的公司，姜安武說得去把車子牽回來。

看到他的車，我挺傻眼的，實在是跟那天中午看到的不一樣啊，實在是這台比那台車齡高出十七年啊。別問我這數字從何而來，我就是這麼覺得。

「這是你的車？你確定？」儘管他已經用鑰匙打開車門，我還是表達了強烈的質疑。

他答：「正確來說是我祖父的，他去世後留給我的。」

那不就至少開了……四十年？五十年？超過半世紀？

上了車，我特別不安：「你確定不會半路拋錨？」

他聳聳肩：「它唯一的缺點是冷氣報銷，其他我都會定期保養。」

我硬生生抖了抖嘴角：「對呀，反正你都能修飛機了，汽車算什麼。」

姜安武握著方向盤，轉彎上了車道，在轉彎前他伸出手擋在我面前，這看似是個習慣動作，剛開始我不大懂他在幹麼，幾次之後才曉得他是在防止我在轉彎或煞車時往前傾的角度太大，一頭撞上玻璃什麼的。

人一天做上幾千個動作，刷牙，洗臉，吃早餐、午餐、晚餐，滑手機，寫字，打招呼，握手，擁抱，親吻——但是都沒有此刻他這個動作來得觸動我的心，我還眞廉價。

忽然心血來潮，我問：「那你記不記得老家在哪裡？」

他想也沒想就答：「當然。」

我繼續問：「你老家附近不是有個公園？你記得自己曾經寧願睡在公園，也不肯回家嗎？」

姜安武立刻反問：「我爲什麼要那麼做？」

你說你的反應那麼直接、那麼理所當然，要我怎麼回答？

我拉下臉：「是啊，爲什麼？」

姜安武察覺到氣氛緊繃，語氣謹愼地開口：「……我眞的那樣過？」

我別開臉，看向窗外：「不知道。」

姜安武小心翼翼地問：「妳爲什麼生氣？」

現在我最不需要的就是他來問我生氣的原因。

我橫了他一眼：「我有說我生氣嗎？快點開你的車就是了。」

他默默看向前方，矯情點說，是一臉的落寞，此時此刻我特別想痛毆自己。

我不是生氣，我只是失望。

所以到了目的地時，我已經能提振精神對他微笑，我在心裡發誓，他才是重點，接下來我再也不要嘔氣，只在他問起什麼的時候才回答，絕不讓他再有萌生出失憶是他的錯、而感到內疚的時候。

「嗯，就是這裡。」我抱著他的箱子下車。

他馬上過來接走箱子，「看起來很新。」

這真的是一棟嶄新的大廈，外頭還有保全，剛才他熟門熟路地開進地下車庫，還抽空跟保全舉手打招呼……可見他對這裡有印象。

「看起來很漂亮。」我衷心讚美，又問：「你記得這裡嗎？」

他點點頭：「爲了結婚才買的房子。」

我想每個女人都會以爲世界停止轉動那刻應該是某個男人向自己求婚，而不是某個男人告訴自己他要結婚了。

這倒提醒了我，這麼久以來還沒給宋宓打電話。

電梯裡，姜安武刷了卡才摁下樓層。

我仔細觀察他的舉動：「我都不知道你搬家了。」

他一臉驚訝：「我們不是認識很久了嗎？」

我怕他以爲我騙他，忙道：「那是眞的，但是我這幾年都在國外，比較少聯絡。」

「我只是說笑的。」他勾起嘴角，眼尾溢出幾條深刻的笑痕，我的小心臟猛縮了下，彷彿被人握在手心裡捏似的，有點難受。

我很想現在告訴他我有多喜歡他。

樓層到了，他騰出一手輕輕壓著電梯門，讓我先出去。我鑽過他身邊時，腦子還鬧哄哄的。

念頭一轉，想到有機會進到他的新家，我挺興奮，所以我特別賣乖，出了電梯就一聲不吭，等他開門，等他進門，再悄悄跟進去。

他打開電燈，把箱子隨便找一處擱下：「要喝水嗎？」

「喔，好……不，能不能泡一杯咖啡給我？」我不怕淹死在咖啡因裡，大膽提出要求，畢竟水這種東西一下子就準備好了，我豈不是一下子就得走了。

要是以前，他不奚落我幾句無恥，是不會甘心去準備的，但現在他就像平常的主人招待客人一樣，客人敢開口，他就心甘情願做……我倒不舒坦了。

趁他泡咖啡，我逛起他家，本來以爲這樣嶄新的房子裡，走的大概是簡約風的布置，可是我看過那張桌子，見過那張椅子，甚至連頭頂的吊扇也有印象。

「姜安武，這些家具都是從你老家搬來的吧。」

他從廚房探出頭：「妳怎麼知道？」

我順口就答了：「我去過你家。」

他用指頭刮刮眉毛，歪了下頭，想說什麼又沒說，縮回廚房，約莫是在想那是何時發生的事。

幾分鐘後，他端著咖啡出來，我坐在以前到他家複習功課時坐過的那張椅子上，他把咖啡擱我面前，並在我對面的地板上坐下。

他斟酌著開口：「所以……我們真的很熟？」

「不熟，現在不熟。」我接著又補了一句：「但是你出事的那天中午我們才一起吃過飯。」

「我們一起吃過飯？」他滿臉疑惑，潛台詞是：怎麼沒人告訴我？

我逐漸意識到，他忘記的事，有很大一部分是跟我有關的，毋寧說是和我一起經歷過的。

「那吃飯時我們聊了什麼？」

「都是些無關緊要的慰問……不過有談到我的戒指，你問我是不是要結婚了。」我亮出左手，轉了轉。

「所以妳要結婚了？」他聽起來像是順勢問的，可是他的姿態、眼神充滿著溫和的關心。

我大可把那天中午說過的話再說一次，我也準備要那麼做了，結果說出來的話連自己都嚇了一跳。

「沒有，這是我自己買的。」

他正想給點反應，我劈哩啪啦地爆發開來。

「是啊，我沒有一個在歐洲出差還有家暴前科的未婚夫，沒有在義大利的浪漫婚禮，只有捲走我全部存款的欠稅前合夥人，我即將達到人生巔峰的工作沒了，我在紐約的住處沒了，我最喜歡的包包和鞋子大部分都沒能帶回來，就算帶回來，如果不能拍賣掉，接下來連生活都會有問題，我的妹妹要和我……要和她的男朋友結婚了，可能不會邀請我，可是就算邀請了我也不能參加，因此我也不能回老家，哈，你說現在這是什麼情況？」

我，宋晶，有一個特殊能力——連珠炮般地說話也不會舌頭打結，現在這個能力還進擊了，邊噴眼淚我都能維持口齒清晰。

姜安武因爲過度專注而微微扭著眉，聽著我莫名其妙的怨懟，一句阻止或一絲不耐煩也沒有，我就哭得更慘，邊哭還邊跟他道歉，道完歉又說我實在太悲慘了。

「你是不是覺得我很煩？是不是覺得我這麼倒楣跟你有什麼關係，我幹麼在你家哭給你聽？明明你才是出事的人，明明這是爲了結婚這種喜事才買的房子，給我哭得跟辦喪事一樣，你一定很不爽，我眞是個王八蛋……」我本來摸著椅子感嘆過去時光，後來又哀嚎起來，那鼻音眞是呈現極致濃厚的狀態。

姜安武突然起身，我馬上問他要去哪裡，只是口氣是質問他是不是要丟下我的那種。

他很是困擾地撓撓後腦，「我想應該讓妳好好哭一會兒。」

我一個箭步衝上前，不由分說抱實了他，「你就不能安慰我嗎？你以前都會安慰我的，你不要走。」

沒錯，我是宋晶，可是我也有不宋晶的時候，就是這個時候。

他全身僵硬，手都不知道放哪裡，最後只好避免觸碰到我其他地方，圈出了個大大的框，拍拍我的背。

我偏偏就把他抱得更緊，吸著鼻子說：「你知道嗎？我好幾次想把戒指拔下來扔掉解氣，可是一想到搞不好可以當個好價錢就放棄了，我從來沒有這麼失敗過啊……」

「人生——」他起了個頭，卻突然沒了聲音。

我覺得奇怪，抬頭看他，他也正好低頭瞅我，大概是距離太近，突如其來的相視，讓我倆跟觸電一樣彈開。

隔了片刻，他咳了咳：「人生本來就會有糟糕透頂的時候。」

我也尷尬地咳了幾聲：「對不起，我本來已經不在意了，錢嘛，再賺就有了，我看得很開的，我可是宋晶。」

他卻說：「被人背叛這種事，本來就會這樣，以為看開了，其實還是會突然怒火攻心。」

我以為他不會理解我突如其來的強烈情緒表達……

正想表示我的感動，手機不識相地響起，一看來電顯示，哎唷，是宋宓。

這麼多天來沒消沒息，倒是很會挑時間打擾啊。

我當下真是嚇得把眼淚收得一乾二淨，對姜安武靦腆地笑笑，閃到陽台去接電話。

由於我和宋宓不是那種會互相慰問的關係，所以接起來我很快就把情況完整地、不拖泥帶水、也不精簡地交代完畢。

只除了我還跟姜安武待在一起這件事被忽略掉而已……也許還有我猛抱住他、哭得亂七八糟的這些。

宋宓突然深呼吸好大一口，害我心虛的。

「姊。」

「怎、怎樣？」振作點，宋晶，不准結巴。

「我最近工作很忙，實在抽不出空去看姜大哥，所以能不能請妳……留下來照顧他？」

頓時，我那小心臟擺盪的幅度跟當年去紐西蘭玩峽谷大擺盪一樣激烈。

你說，哪個未婚妻會拜託前女友照顧未婚夫？好吧，雖然我和姜安武過去的關係也沒到那個程度，但也很複雜啊，宋宓明明知道我……

夠了，宋晶，不可以動搖，仔細想想妳現在的情況，妳已經做得夠多了，連不該做的事也做了，早在替他處理好住院手續以後就不干妳事，妳只是因爲沒地方可去，沒人理妳，才會留下來照顧他，現在該謝幕了。

我用最成熟幹練的語氣，跟宋宓解釋了我這趟回來的窘境，還說了先前在星巴克和搭計程車時都是讓姜安武付帳，簡直就跟搶劫一個病人沒兩樣。

「你們去了星巴克？」

宋宓呀宋宓，妳放錯重點了；宋晶啊宋晶，妳剛剛高竿的敘述全被妳自己一時的大意給壞了。

我乾脆豁出去不管：「總之，我現在都自顧不暇，哪有辦法照顧他。而且你們不是要結婚了？妳自己來陪在他身邊比較合情合理、闔家團圓，況且他需要的人是妳。」

宋宓不自然地沉默了一陣：「就說了我現在工作很忙去不了，反正妳替我留下來照顧他就是了，時間很晚，我明天還要早起，掛了。」

說完，她還眞的掛了，我只能瞪著手機慶幸不是人掛了。

「宋晶。」

我剛結束通話，姜安武就出現在我身後，無聲無息的，不知道是不是想嚇唬我。手忙腳亂一陣，我轉頭帶著疑問看他。

他說：「我在想，如果妳現在沒地方去，要不要暫時住在我家？」

我握緊手機，用掐死人的力道，吶吶地說：「你忘了我剛才那樣失控，而且我不需要同情……」

「妳誤會了。是醫生說常常接觸忘記的人事物，會比較快恢復記憶，妳覺得呢？」他淡淡地解釋。

妳說，一個在妳記憶中閃閃發亮的人都提出這樣的要求了，如何拒絕？

「既然你都這麼說了，那好吧。」我雙手抱胸，一副無可不可的死樣子。

「早點睡，有事明天說。」他很有心。

我很認眞地研究指甲：「喔，OK。」

姜安武轉身回客廳，我趁隙做了個拉弓的動作，Yes！

Chapter 20

有時候，情況比你想像得荒唐。

隔天一大早我從客房裡出來，發現姜安武坐在飯桌前發愣，桌上的早餐倒是很豐盛。

我先把頭髮全撥到一邊，才在他面前慵懶地坐下。

「就說要投資你開餐廳，幹麼不答應？」我拿了筷子一戳，又是沒熟的荷包蛋。

他似乎正大光明地把我的話當耳邊風，一手拿著筷子，一手放在鹽罐上沒個動靜，不知道我伸手去摳他的臉會不會像《恐怖蠟像館》裡的人臉那樣剝層皮下來。

「宋晶。」他叫我，語氣跟死了老婆一樣沉重，明明沒老婆的……

嗅出事關重大的味道，我立刻緊張地端正坐姿，問他怎麼了。

「妳知不知道我吃荷包蛋是撒鹽還是醬油？」

有個成年男人在我面前，用迷路小孩的表情，可憐兮兮地問我荷包蛋該加什麼調味料……這不是攸關國家生死的事嘛！

「可能……是鹽吧。」我斟酌地回答，吃醬油容易沉澱黑色素，不好。

「是嗎？」他特別質疑。

「不然就加美乃滋啊。」這問題太嚴重，我決定提供其他選擇。

後來他還真的加了，甚至還覺得味道不錯，之後買自助餐的炸魚也加美乃滋，點心的布丁也是——這麼新潮的飲食搭配方式，還只是失憶帶來的其中一項改變之一。

吃完早餐，他得知自己有一個禮拜的傷假，在家裡晃了一陣，說要去買報紙，我那是抱著初次差遣孩子跑腿的母親心態目送他出門的，實在很想偷偷跟在他後頭，還好忍住了。

就在我覺得他去得有點久了，是不是該到大門口等他時，電話來了。

「妳知道我平常都買自由時報、聯合報，還是蘋果日報嗎？」他略帶尷尬地問。

……你說你用這種天要塌了的語氣跟我說這屁點大的小事，我要怎麼回答你？

「……要不要買自由時報？周末版有數獨可以玩。」

「聽起來不錯。」輕咳了幾聲，他說那我馬上回去，就掛了。

眞是……可愛啊，聽得我都跟著害臊了。

激情過後是生活。

好吧，沒有激情，只是姜安武很平淡地接受我住進他家，睡在他的客房。我後來想想，比較像是有個女幽靈和他住在一起，偶爾他陰陽眼接通，就會看到她，所以時不時會嚇一跳，跟著才想起：喔，對，我家有隻鬼。

簡單說，他沒怎麼搭理我，除了第一天帶我去拿行李，後來的每一天他就是自顧自地過生活。

說什麼和不記得的人常接觸才會恢復記憶，我眞的懷疑他就是同情你就給你錢的那種人，他只是看我可憐才收留我住下。

不行，我是宋晶，不接受任何折損自尊的事。

於是憋了兩天，我終於決定給他點刺激，我挾著千軍萬馬的氣勢走出他那個風格和客廳完全不符，擺設挺女性化的客房。

我從第一天就克制自己不去想也別去問之前住在裡頭的可能是誰，我只是盡量把自己的個人用品鋪滿整個房間，讓它現在看起來像我的房間，我甚至把在抽屜裡找到的珍珠耳環給扔出窗外。

「姜安武，我跟你說，你不能完全不把我當一回事，是，我很完美，我知道要直視我不容易，可是是你說了需要我來幫你恢復記憶的，你就不能無視我的存在！」我大聲說完，他依舊專注於翻找他的箱子。

對了，那個他忘了從舊家帶過來的箱子，到底裡面有什麼值得他那麼忘我？

我湊過去看，眼睛一亮：「是我以前練習寫字的稿紙耶，好懷念，感覺那個夏天比今年還熱上三倍，讓你幫我搧個涼你還嘴砲一堆……啊，這些是幾年前我給你買的扭蛋？你怎麼還沒拆呀？不拆怎麼知道裡面是什麼？要不我們一起拆了？」

我歪著頭，笑咪咪地望著他，自覺氣氛挺美好的。

他的表情有點複雜，欲言又止的，後來只能點頭，可是當我要拆，他又阻止。

「幹麼不給拆？你要親手拆？」

「不是……」他沒給答案，又從箱子底部挖出一張裱褙的畫。

我只看了一眼，心立刻揪得死緊，連腳趾頭都揪結了。

「這也是妳的？」

我張了張嘴，搖搖頭，換我說不出話來。

把箱子全部掏空，還有我們一起看過的天文科學DVD、我硬是要送給他的史黛西・肯特的CD、那支壞到不能更糟的手機、他在紐約時我買給他的地圖、甚至有我寫過的計算紙、我們喝過的可樂空罐，還好沒有吃過的冰棒棍……這個箱子裡的東西全都是我們。

「爲什麼我要留著喝光的可樂罐？」他摸不著頭緒地低語。

我不知道如何回答。

姜安武，我猜你大概是故意不帶走這些屬於我的回憶，想把我扔掉，如今你也眞的成功了，可是你終究不是親手扔的，所以我可以當作你是捨不得的吧？

我把它們一一收回去，依戀地撫摸箱子，「這些東西，如果你不要了，可不可以給我？」

我沒有看他，卻知道他正盯著我的側臉，也許有點出神，這個時候，我寧願這樣想——他這樣看著我，不是因爲我長得太出眾，只是因爲我是我，是宋晶。

「可以嗎？」我催促他回答。

姜安武收回目光，搔搔眉毛：「事實上我正想做一個置物架來放這些東西……妳要幫我嗎？」

我拚命忍住心底的激動，對他點頭。

姜安武所謂的做，不是買現成的材料回來組合，而是從木工開始全手工製作。

爲了防止木屑亂飛，他在家門口花了半天的時間製作，在油漆上色之前，他讓我回客廳去拿些東西出來擺擺看，我傻氣地火速衝回他家，腦子興奮得發熱。

正當我煩惱要拿些什麼時，視線突然被某樣東西狠狠吸引住。

姜安武的手機正放在桌上充電。

如果這句話出現在國中或高中的作文裡，任何一個國文老師大抵都會認為這孩子就這樣了，將來沒有成為大文豪的命了，可是現在這是現實的敘述，這是個背後蘊藏豐富含意的句子。

舉例來說：姜安武現在人在家門外搞他的置物架，我可以趁機研究他的手機，這個牌子我沒用過，不知道照相的畫素怎樣，不知道他下載哪些App，或許還可以替他看看有沒有漏接訊息，在這個講求速度的年代，訊息太晚回是會被整個社會排擠的，搞不好還是工作上的事……嘖，他的密碼多少來著？

「妳在幹麼？」

被捉姦在床應該就是這種感覺，我這生也有機會體會一次。

我哆嗦了下，接著深呼吸，回過頭，才不管是否笑得太過燦爛、太過青春洋溢、太過假仙，就是陪笑含糊地說：「我剛剛聽到你的手機在響，想說幫你拿過去，大概是短訊吧！」

他半信半疑走過來，我馬上嘟囔著那我先出去了，邊說邊退到門外去，掏出口袋裡的手機偷偷發短訊給他。畢竟要是他的手機沒收到短訊，不就顯得我在說謊嗎？

當然，天才如我，這時候居然就他媽的沒想到這時短訊發出去，就是一種此地無銀三百兩的終極表現，所以當客廳又傳出短訊鈴聲，我馬上化身為研究油漆刷的專家，一根一根檢查刷毛，萬分仔細。

沒多久，姜安武在我旁邊蹲下，一句話也沒說。

這種無聲是種折磨，我瞬間都憔悴了。

我蔫了，半放棄地問：「你難道沒有話想問我？」

他一臉莫名其妙：「沒有。」

我竊喜，搞不好眞的有人傳短訊給他，不知道是哪個誤打誤撞的好心人，我眞心感激你。

「對了，XOXO是什麼意思？」他唐突地問。

瞪著他那特別開懷、特別惡作劇的小模樣，我這時候終於懂了什麼叫自作聰明，眞想回到五分鐘前的我，威脅自己要是動了姜安武的手機就把自己過肩摔——如果一個人可以過肩摔自己的話。

我不甘不願地答：「Kisses and hugs，在美國時常用於和關係良好的對象對話結束後，或者信件訊息的尾巴，相當於祝福的意思。」

姜安武：「那幹麼傳給我？」

我的腦袋轟地發燙，實在很想裝死，偏偏墨鏡不在我身邊，我就堂堂正正地惱羞成怒，甩開油漆刷，嗆道：「我只是想確定你的通訊錄有我的號碼！不然我怕你出事了沒辦法通知我！我這人在朋友這角色上，主打的就是熱情助人，行嗎？」

姜安武歪著頭，「如果我沒記錯，之前我確實打過電話問妳該買什麼報紙。」

「……」切。

「所以？」他忍著笑。

「……還有點好奇你都會跟誰傳短訊，打電話給誰。」我小聲咕噥，挺悲憤的。

「下次直接問我吧。雖然我不一定會告訴妳。」他說，表情挺無奈的。

既然都給問了爲什麼不告訴我？不帶他這樣挖苦人的。

當晚我們在一間日式居酒屋吃飯。

姜安武很難得地主動和我聊起自己的事，他說因爲親戚的緣故，老家那戶房子前陣子拜託住台北的朋友幫忙處理掉了，他只花了一天的時間回去把家具什麼的全搬到現在這個新家。

我問：「台北的朋友？誰？」

他想了想：「宋宓。」

我愣了好大一下，才慢呑呑地道：「宋宓是我妹妹。」

他停下筷子思考：「對……宋宓是妳妹妹。我怎麼會認識她？」

「大學的時候，你和她……你陪她……」

見他越聽越困惑，我決定給他個痛快說清楚些。

「重來一遍。大概大三吧，宋宓那時正是升高三前的暑假，當時我在波士頓留學，我爸媽想讓她來找我玩，出國放鬆一下，回去再應付繁重的考試，可是他們擔心宋宓太膽小無法自己一個人搭飛機，我就想到可以請你幫忙，只是到美國的機票太貴，生活水準也比較高，你當時雖然在藥局打工，還是負擔不起，最後折衷，就跟我還有我的朋友……以及前男友一起去了馬來西亞和新加坡度假。」

我承認光聽描述簡直是個很莫名其妙的故事，沒想到眞要敘述一件事——給一個毫無概念的人聽，是這麼困難。我又斷斷續續補充了一些片段，希望能幫上他。

姜安武只是靜靜聆聽，木著臉吃壽司。

「怎樣？有什麼正在回來的感覺嗎？例如記憶？」我用特別開朗的聲音問。

「我正在想。」他瞟我一眼，替我倒了一杯燒酒。

「那你記得曾經看過新加坡的水舞秀嗎？你在那裡牽過我的手，你記得嗎？」

他非常不解：「爲什麼？妳明明說妳那時候有男朋友。」

我假裝在喝酒，略過了這個笨問題，幸好他也沒窮追猛打。

「對了，你記不記得你高三時的班導？她的姓氏很特別，名字特別像是善男信女。」

「哀靜女。」他回答得很快，好像昨天才剛畢業。

我瞇起眼，「你老實回答我，不要騙我——你是不是喜歡過她？」

姜安武來不及嚼便吞下整個壽司，差點被嗆到。

他大力拍打胸腔，好不容易可以出聲：「妳在說什麼？」

我說：「這並不奇怪，每個人在一生當中都曾經暗戀過老師啊。」

「我沒有，爲什麼妳會這麼想？難道我眞的有？」說到最後他自己都不確定了。

我認爲該是時候導正視聽了，特別誠懇地回答：「不，你沒有，只是哀老師是當年度最新鮮活耀的一枚……極品，很多男生都喜歡，所以我才會這麼問。」

他用「妳傻啦」的眼神瞧我，我坦然得很。

各自吃了些東西，喝了點酒，接近用餐尾聲的時候，他突然想到：「那妳知不知道我爲什麼延畢？」

「高中？」有這回事？

姜安武搖頭：「大學。」

「你大學延畢？」

「我記得有一門專業考科，那個教授本來對我很好，可是畢業考卻讓我重考了兩次才過……我想不出原因。」他露出挺微妙吞敗的表情。

我很難確定他是不是微醺，才會問我這種問題，他念大學的時候我人又不在台灣……正當我想這麼告訴他時，一個靈光跟閃電一樣打在腦門上，我想起小星說過我四處打電話訴苦失戀的時候，她正忙著做畢業製作，所以隔上一個星期，她才買了機票來看我。

假設每一所大學都在差不多的時間發表畢業成果、考畢業考之類的，姜安武來找我的時間是不是早的有點不對勁？該不會是因爲我而缺考，後來才會被教授刁難？

我默默把剩下的燒酒都讓給他，拍拍他的肩，用盡在不言中的力道。

橫豎現在也不可能有答案了。

只是……爲什麼到現在才讓我知道他在背後爲我做過多少事，放棄過多少東西？眞是不帶老天這樣玩弄人的。

他也沒客氣，拿起杯子就喝。

我瞅著他靜靜喝酒的模樣，都說認眞的男人最有魅力，想不到連認眞喝酒也適用，連他把吸管的紙套子搓成小小一團的舉動都賞心悅目的不得了，嗷嗚！

出了店家，我倆都帶著酒意，就決定散步回去。

我穿著我最後一雙高跟鞋，這雙這幾天陪著我面試的鞋，已經有點髒了，回去要好好擦一擦，不，還是現在擦好了。

正當我彎腰忙碌時，姜安武的聲音落下：「想吐？」才想告訴他我這海量沒那麼容易醉，念頭一轉，我一把抓牢了他的手臂，緊緊勾著，同時利用我那沒有奧斯卡認證卻深得奧斯卡魂魄的演技，裝出最難過的表情，鼓著雙頰對他猛點頭。

見狀，他說，那叫計程車吧。

我想兩個人晚上散步這種事多給力啊，馬上搖搖頭，說吐在車上還要賠償，現在如果要我賠，只能賣身了。

他被我成功說服，手臂掛著個我，慢慢朝家的方向走，也沒甩開我，我就把整個人的重量放他身上，連腦袋也擱在他肩膀上，還甜滋滋地偷笑，這樣才浪漫啊。

姜安武是有點不自在的，所以他把頭稍稍往旁邊移，在躲避我這件事上他倒是竭盡所能，也不嫌脖子酸。我在心裡嘖了聲。

「姜安武，你記得小星，崔小星嗎？」我問得很唐突。

「知道。」他倒是沒多想，答得飛快。

「為什麼？」我死拽著他的手擰，特別想知道原因。

宋宓他記得，小星他也知道，那我到底算什麼？難道他大腦受傷的地方，正好是儲存關於我和吃東西的習慣的地方？難道不能換個地方放？

他拍著我的手要我放開，疑惑地說：「妳是說那個最近被媒體形容是飾演壞女人專業戶的崔小星吧？我有個同事很喜歡她。」

「喔，對……是她沒錯。」都忘了小星現在是號公眾人物，我放手了。

「她以前高中的時候和我同班，也去過你家一起做考前衝刺，要不看看她哪天有空，請她到你……我們家來吃頓飯，聊聊以前的事？」我興致勃勃提議，其實更想直接拿個球棒什麼的敲他腦門。

小說漫畫都這樣演的，受到重擊而失憶，就再重擊回去便能一切都想起來了，故事裡的邏輯往往都是這樣，多麼美好的騙局，讓人充滿希望。

「如何？」他一直沒搭理我，我不放棄地逼問。

「我再考慮考慮。」

「爲什麼？她眞的也很了解你很多事，大家一起聊聊，對你會有幫助——」

他截斷我的話，「我說，讓我考慮考慮。」

「喔，OK。」大抵是他態度太強硬，我只能打住。

但我由衷不把他的話當一回事，所以我回去還是聯絡了小星。

聽完我的敘述後，她說現實中要遇上這碼事還眞困難，可是在最近的鄉土劇劇情裡，明星花露水都可以回春，安潔莉娜裘莉的黑魔女和月光仙子也能成爲收視亮點的梗，害得失憶這檔事只有屁點那麼大，都讓人萌不起來了……

儘管如此她還是願意來一趟。

我想這顆球就連要幫忙也得說這麼一大堆藉口，八成就是俗塵中赫赫有名的傲嬌。

小星趕在姜安武的假期結束前來了。

說好聽點是爲了我們的友情，說白一些就是看戲。

我還趕姜安武出門，讓他特地去租一部有關失憶的愛情文藝片《愛・重來》，想看看有沒有什麼值得學習的地方，如此大費周章，就是打算給他一個驚喜。

七點半，他準時在我訂出的時間回來。

一進門，我和小星衝著他喊「Surprise」，都帶著親切笑容，還把他家布置得很有派對氣氛，歡樂得很。我原本以爲他會高興，他卻一副草食動物被風吹草動驚嚇到的模樣。

小星率先上前跟他寒暄，他卻反問她：「我們很熟嗎？」

小星愣了愣，有點囧，但還是馬上自我介紹，然後把他拉進客廳坐下，我坐在他的對面，和小星一搭一唱地聊起高中生活，再聊到大學我失戀的事。

姜安武挺不知所措，好像覺得自己根本不該在這裡，於是決定離開。

「對不起，我想我需要休息一下。」他話一說完，立刻起身走過我旁邊把DVD交給我，就把自己關進房裡。

事後，我只能向小星說抱歉，並提前送走她。

敲過門，等待，他沒出聲，OK，我還是要進去。

「姜安武，你還好嗎？」我從門縫用最輕最輕的聲音問，深怕刺激他。

他坐在窗邊的搖椅上，捧著一本書。

很好，不肯看我。

我放輕腳步走進去，在他的床沿坐下，面對著他：「沒事先告訴你，我很抱歉，我只是想幫助你……讓你快點恢復記憶。」
「如果我恢復記憶，對妳有什麼好處？」他反問。
我反駁：「這不是對我有好處，是對你。」
「我不這麼認爲。」他的語氣冷冰冰的，連臉部線條都是冷硬的，「妳到目前所做的每一件事，對我來說，都是爲了妳自己，如果妳眞是爲了我，妳就該站在我的立場想想看，每天我都得面對一個不是很了解的陌生人，而現在這個陌生人還帶了其他陌生人到我家，說一些我根本不記得的垃圾，妳知道我開門的時候看到那些氣球和彩帶，心裡的感覺有多荒謬？。」
我不發一語地望著他，第一次感覺到呼吸是件如此沉重的事。
當妳最在乎的人，當著妳的面說出這些妳一輩子都不想聽到的話，妳能如何？
我向姜安武道歉，解釋小星人眞的很好，我們只是想要幫你，可是……
他捏捏鼻梁，一臉不想再繼續交談的神色，「能請妳出去了嗎？」
我感到非常非常無助，「姜安武，我眞的很抱歉。」
「出去，拜託。」他非常克制，沒有用吼的，可是也差不多是了。
我彈起身，直到關上門前，視線的焦點都在他身上。
他卻從頭到尾都沒看我一眼。
如果有一個人，可以像他一樣傷我這麼深，我想那個人一定也能治好我，只是我還沒找到。

隔天，我本來想開車送姜安武去工作，再借他的車去幾間律師事務所面試。可是他寧可把車鑰匙給我，也不願意讓我送他。

傍晚我回到家，外帶了一些熱炒的海鮮，仔細擺盤，等他回家，想討好他，他偏偏就沒回來。

結果我一直忍到快十點，才給他打了第一通電話。

電話那頭的背景音樂似乎是現場的鋼琴演奏，我以爲他還在工作……不敢對他發洩沮喪，只好表達關心：「你還好嗎？幾點要回來？」

姜安武說：「我今天一早本來想搭公車，結果迷路，方向感和巴士站都跟著大腦一起失憶了。」

他聽起來不那麼生氣了。

我依舊謹慎地說：「怎麼不打電話給我？」

姜安武：「妳今天不是有面試？所以我就打給前女友，我們現在正一起吃飯，也許晚一點會回去。」

我不知道該把重點放在前女友，還是那句晚一點會回去——不是不知道幾點回來，而是不知道會不會回來的意思。

我在心裡唸著宋晶這兩個字，有時候都覺得自己的名字眞的跟經文一樣，常唸就能保平安了，至少能讓我維持四平八穩的語氣：

「你今天一整天都跟前女友在一起？」

姜安武默了好一陣：「昨天晚上我的反應是有點超過，但是請妳理解一件事，那就是，對現在的我來說，她比妳還要更讓我熟悉安心。」

我不知道我是怎麼辦到的，但我起碼維持了尊嚴，回他：「好。」

意思是：好，我都明白；好，我能夠接受；好，我不會歇斯底里；好，讓我躲到沒人會發現的地方大哭一場。

Chapter 21

我家門口沒有條小河，有個女的。

更正，是姜安武的家，但是沒有人通知我一聲啊，我就這副居家德性，如何接待一個整裝待發的女人？尤其這個女人就客觀上來說確實是長得挺端正的，有點可以稱得上是美女，當然還是比我差了點。

叮咚。

「可惡！」我沒有開門，而是衝回房去挑了我最漂亮的衣服換上，還有化妝，居家時尚的先驅者也得是我。

等我全部就定位，走出房，那個不當小河的女人已經和姜安武坐在客廳，聊得頗開心，那畫面還眞是和諧得刺目，我立刻就知道她是誰了——某人的前女友來著。

我提振氣勢，先進廚房倒了三杯水，本想找個托盤，姿態漂亮地端出去，卻忘了這裡是姜安武家，哪有可能會有什麼銀製托盤，嘖。

最後只能一次拿兩杯，最後一杯等等再拿。沒想，我人還沒到客廳就見到桌上的水杯了，而他們則齊刷刷地轉頭看我，眞是……

「妳在家？」姜安武有點驚訝。

現在把水拿回廚房挺難堪的，我就落落大方地坐下，兩杯水往自己面前重重放下。

「謝謝……」名字目前尚未明朗的前女友才開口，就被我狠狠截斷。

「這是我要喝的，我這個時間就是要喝兩杯水。」我瞪大眼眼睛恫嚇她。

她隨和地點頭，顯得我人品有缺陷，可惡。

我把雙手交疊在腿上，盡量不咬牙切齒地道：「姜安武，你是不是該介紹一下？」

他似乎沒做過這種事，顯得有些彆扭：「呃，戴瑟薇……宋晶。」

這算哪門子的介紹？

我正想自己來，戴瑟薇對我微笑，「這位就是你昨天跟我提過那個暫時借住的高中同學？」

我喉頭一緊，高中同學？他就是這樣提起我的？宋晶，振作，現在就昏倒還太早，現在昏倒肯定沒人會理妳的。

我笑得特別虛僞：「所以妳是姜安武的前女友？大學時交往的？」

她澄清：「事實上我和安武在同一間公司工作，而我們分手不過快滿三個月。」

我就算不明目張膽的掐指計算，也明白有哪裡不對，這和我認知的不同，難道我也在不自覺中失憶了？

我轉向姜安武：「三個月？」

他先看了戴瑟薇一眼，決定只點頭，保持緘默。

那個眼神是什麼意思？徵求前女友的意思再回答？分手期還太新鮮，不好掀起血淋淋的傷口？

——我現在非常需要一個完全明白情況的人給我解釋一下這是怎麼回事！

「這到底是怎樣？」說好要結婚，對象不是宋宓嗎？

姜安武皺眉：「這是我的私事。」

「你——」我激動得差點跳起來。

「要不要喝杯咖啡？」戴瑟薇彷彿上帝派來化解尷尬的天使，適時插入無傷大雅的慰問。

我陰惻惻地瞪著姜安武沒答腔，他卻說了聲：「麻煩妳。」

我突然意識到，這是我家，怎麼可以讓外面來的野生女人亂動我的廚房，立刻跟進廚房。

「我來就可以了。」我高舉雙臂成大字形擋住她企圖要打開櫥櫃的手，幸好國中我是籃球校隊，蓋火鍋我在行。

戴瑟薇退到一邊，識大體地微笑著……不知道爲什麼我有種大老婆跟小三過招的錯覺。

櫥櫃裡放的不是咖啡而是花茶，那咖啡放在哪個櫃子？我想起自搬進來到現在，我還沒爲姜安武或是自己泡過一杯熱飲，又是一個失敗。

「咖啡在這裡，花茶通常是我在喝的。」戴瑟薇語氣挺仁慈地給我指點，所以我會想打她是沒道理的，但我發自內心就想。

「喔，之前是放在這邊，大概是誰偷偷換了位置。」我接過咖啡罐，想到必須嘴硬到這種程度，我也眞夠悲催的了。

好不容易泡完咖啡，送進客廳，只得到一句謝謝，接著他倆又開始端詳我，好像在我臉上看見藏寶圖。心裡明白他們是在期待我識相離開，給他們點空間，我就偏不走。

姜安武最後只好開口表明請我離開的意思。

我一點也不眞心地要他們好好聊，別在意我，一步三回頭，磨蹭了半天才回房，都沒人挽留我。

一進到房裡，我就緊貼著門打算把他們的對話都給聽清楚，一字也不能漏。

也不知道是這房子的隔音太好，還是他們太文明太輕聲細語，我一個字也聽不到，只好每隔五分鐘出去一次，倒倒水，上廁所，問問他們要不要吃點東西……

約莫是受夠了，就在我和他們談起午餐要吃什麼的時候，他們站起身，表示要出去。

「喔，要去哪裡？可以一起去嗎？」我自覺有點過分了，所以用上撒嬌的語氣。

「上班。」姜安武面無表情。

「這個時候？」我多嘴問了一句，他直接忽略。

我叨念著自己正好也要出去，硬是跟他們搭了同一部電梯，原本想跟在他們的車後面，看看是眞的上班了還是上汽車旅館，但後來還是放棄了。

大抵是因爲發現那間客房很可能是戴瑟薇布置的。

大抵是因爲發現姜安武那些紳士的體貼舉動很可能是因爲戴瑟薇培養出來的。

大抵是因爲發現姜安武眼中只容得下戴瑟薇沒有我，跟出去也只是顯得我很狼狽而已。

不是有首歌是這樣唱的：當擁有已經是失去，就勇敢地放棄？

……可是我眞不夠勇敢。

✦

小星很難得地主動打了電話給我，我把之後發生的事全告訴她。

她破天荒思考過後，問：「好吧，妳覺得有哪個瞬間是妳非常非常希望姜安武想起來的？」

我消極地回：「不知道？船難那時候？在美國州際公路上他去接我的時候？」

小星罵道：「認眞一點，我是在建議妳，去複製那個瞬間，搞不好賓果，他就想起來了。」

我訕訕：「是啊，聽起來很容易。」

「妳又沒試過。聽我的，反正不會有損失。」

我開始煩惱。

小星又說：「還有一件事情很重要。」

我心不在焉地應了聲。

「妳得去問問宋宓，這到底是怎麼回事，我想她知道的一定比誰都清楚。」

忠言逆耳，我更心煩了。

說到夏天的記憶，我就會想起高三那段和姜安武度過的午休時間。

現在是九月，如果要讓他回憶起來，有一個場景是很接近、很容易複製的。

等待姜安武回家的時候，我盡量不去想現在是誰和他在一起，只是認眞讀著以前我寫過的和他寫過的稿紙疊，那些本來一點意義也沒有，只是爲了題目而寫的冠冕文章，如今看起來卻都充滿了什麼。直到大門被打開，姜安武走進來時我才想到，那些是回憶。

是我跟他的，可是現在只有我知道。

「還沒睡？」他的臉上原本含著笑意，見到我就淡了些。

我聳聳肩，側臉趴在稿紙上，背對著他。

「吃了嗎？」

我聽見他的聲音走進房間，而我耐心等待。

「妳吃過了嗎？」果然他又走出來，這次到了廚房。

我沒回答，繼續等，我得等他願意走到我面前，而不是我請他過來。

「今天好熱，幹麼不開冷氣？」他來到桌邊，還站著。

我閉上眼睛，指了指稿紙。

「這是什麼？」最後他在我面前坐下，如同我希望的那樣。

我指著旁邊的可樂，再指冰箱最後再指他，意思是「要喝可樂嗎」、「我冰過了」。

「謝謝。」他也沒想，打開就喝了。

誰能解釋他和我明明有這種不用言語的默契，卻想不起這是爲什麼？

「爲什麼拿出來看？」他終於注意到我在看著的東西。

我只是挑眉，沒說什麼。

他也跟著側臉趴在桌上和我對看，半開玩笑地皺眉：「妳話這麼少，我很不習慣。」

我凝視著他，心頭有多激動，他看不出來——他不知道他剛才做了和九年前一樣的事，相隔九年，我們已經來到二十後半的年紀，依舊是可樂、稿紙和彼此。

「你能不能告訴我，你擦的是哪個牌子的香水？」我假裝不經意地問起相同的話題。

他笑出一聲，氣息噴向我：「只是體香劑，原本是我外公的，我很容易流汗，所以我外婆也會拿給我擦……尤其是在我外公中風入院之後，她爲了照顧我，不方便天天去看他，那時我就想，不是說味道什麼的會觸發記憶嗎？我就天天用，想帶給她一些和外公還在一起的感覺，後來擦著擦著就成習慣了。」

我忍俊不住。

他不解：「怎麼了？」

「你以前也跟我說過，只是沒說得那麼清楚。」

「以前是指高中的時候？任何一個高中男生都不想說明這種理由，太娘炮了。」他小小地埋怨。

「也許。」我輕聲道，帶著笑意瞅著他。

「又怎麼了？」他擠了擠眉，有點困窘。

我搖搖頭，就是看著，感覺他開始不自在，呼吸沉了些。

——如果可以，我眞想凍結這一刻，就算他忘了我，但我們像兩個彼此相愛的人那樣凝視著對方。

可是他突然脫口而出：「這難道是我們之間曾經發生過的事？」

該怎麼形容我現在的感覺？喔，對，沒有誰眞正出手，我卻彷彿被狠狠賞了一記耳光。

我瞬間從桌面彈起來，突然覺得難以面對他，所以整個身體轉向另一邊，告訴自己得要掩飾那些尷尬和失落……儘管它們是多麼強烈地侵蝕我。

「宋晶……我——」他也坐直了身體，聲音透露出不確定。

我乾脆站起來往房間走，「沒關係，我曉得。」

他追上來，「抱歉。」

我只是半側過身對他比了個別靠近的手勢：「你不用感到愧疚，這又沒什麼，醫生說過的，只要我們繼續努力……你總有一天會全部想起來。」

或者對他來說，現在這樣已經算是全部？

我不知道，我連他的表情都沒仔細看，說完就進了房間，連關門都很輕巧，就是因爲太輕巧了，導致我清楚地聽見他那聲對不起。

原來這世上也是有彼此都沒有惡意，卻會互相傷害的情況。

✦

我打開家門的時候，宋宓看起來剛好正要出去。

「妳在家。」我用抓到她小辮子的語氣，面無表情地睨了她一眼。

很不可思議的，在我面前向來氣焰囂張的宋宓，居然氣虛地喊了聲「姊」，就不敢再開口。

我想她是清楚知道我回來做什麼的。

我瞪大眼睛威嚇她：「妳過來，我有話要問妳。」

「可是我今天要上班。」

她在我眼裡就是一條在砧板上垂死掙扎的魚。

我橫她一記眼刀：「那就請假。」

十分鐘後，宋宓終於在我面前完美演繹坐立難安給我看。

我一直沒出聲，主要是想折磨她，還有就是我實在不曉得從何問起，眞該先擬張演講稿的，切。

「不是要跟他結婚了？不是連婚後的房子都買好了？那個姓戴的是怎麼回事？姜安武劈腿嗎？」好吧，眞的要問也不是那麼困難。

我以爲她會扭個手指，還是凶狠地禁止我問這些問題，沒想她確實擺出一副困擾至極的模樣，但也毫無笑意地勾起了嘴角：「沒有，沒有誰劈腿，我和姜大哥從來沒有交往過，那個姓戴的大概才是他要結婚的對象。」

「但是妳之前還要我留下來照顧他……不對，妳是說留下來『替妳』照顧他。」我特別強調那兩個字。

「拜託，那是爲了不想讓妳覺得奇怪才那麼說的。」宋宓不耐煩地皺起鼻子，像是自言自語：「我眞的沒想到要告訴妳這件事需要花兩年的時間，現在輕鬆多了。」

所以她騙了我？

我呼吸急促：「說清楚，宋宓，現在給我說清楚，一字不漏地說！」

她用妳實在沒必要大驚小怪的語氣說：「兩年前，妳離開後不久，我就跟姜大哥表白了，他也很清楚地拒絕我。我問他是不是因爲妳，他很誠實地回答：沒錯，如果將來要考慮結婚生子，誰也沒關係，但就是不能是我——他那麼不留餘地的拒絕我了。我從沒想過他會說出那麼冷血的話，他一直都很溫柔的。

「這明顯跟妳傳給我的短訊內容背道而馳。」我的聲音聽起來實在太有力，連我自己都嚇了一跳。

但顯然宋宓沒被嚇倒：「難道我被甩還得傳短訊告訴妳？我爲什麼要替你們製造機會？」

她理直氣壯地怒瞪我，我居然還就臉紅了，跟小學三年級班上那個上課偷吃巧克力的胖男孩被老師抓包一樣，漲紅臉之餘，還亂了心情和腦袋，強勢不起來。

「妳就沒想過他可能也喜歡我？搞不好妳就拆散了一對鴛鴦佳偶。」

宋宓挺無言的：「……妳談戀愛眞的很沒自尊耶。對，他是喜歡妳。」

我冷冷地回：「這我早就知道了。」雖然也沒多早，大約就幾個星期前。

宋宓搖頭鄭重否決：「不，妳什麼都不知道，因爲我也不是一開始就明白。」

我皺眉：「什麼意思？」

她瞪著我，沉默了好久，好像猶豫要不要告訴我，最後才不情願地開口：

「……就那麼一次而已，他和我聊起過妳，他說喜歡妳這件事，就像音痴在KTV興致勃勃地翻歌本一樣。他說他只是個音痴，連怎麼唱一首簡單的情歌，表達自己的心意都辦不到，他還說其實很怕從別人那裡得到愛，因爲他不知道該怎麼回報……他沒有描述得很清楚，但我想跟他的家人都太早離開他有關。」

宋宓吸了吸鼻子，原本平靜的語氣突然變了調，激動起來：

「可是他就願意這樣喜歡妳到甚至不需要妳屬於他，就連妳之前酒精中毒，我只是稍微提到幾句，他就急著去看妳，但是妳連把握這個機會都不會——這樣妳還敢說妳眞的知道？」

她說到最後都氣哭了。

我偏偏能明白那眼淚不是爲了我或她自己流的，而是爲了我們談論的那個人。

所以我過去抱住她，也不是眞正安慰她，只是感同身受；所以宋宓抱著我哭也不是因爲痛苦，是旁觀者爲當事人流下的不捨和心疼。

這大概是我們姊妹十幾年來最接近化干戈爲玉帛的一次，我想將來我們還會再吵架，但至少我們又是彼此唯一的姊妹了。

也不知道過了多久，宋宓不好意思地推開我，並宣布：「我不會對妳說，妳該死的去把他追回來，打死都不會。」

我失笑：「爲了妳，我一定把他追回來。」

她破涕爲笑：「爲了我，妳應該把他讓給我。」

我皮笑肉不笑：「辦不到。」

當天回到姜安武家，他一身明顯經過打扮，看到我立刻顯得不自在。

我問他，你要出去？

他回我，有個聚會，是公司同事的聚會。

我立刻想到那個十惡不赦的戴瑟薇，爲什麼前女友總是這樣無孔不入？簡直是僅次於小強的地表上最強生物。

我正在想有沒有什麼辦法可以拖住他，他猶豫了一會兒卻主動問我要不要去。

去了，那就是個可預測的災難；不去，那就是放任他們培養感情——根本是下地獄十七層還是十八層的選擇題。

我只好選擇去折磨自己。

處在一個完全陌生的場合裡。要怎麼讓自己看起來不那麼像外人？

等成功熬過這場聚餐，我一定出書分享，造福廣大群眾。

姜安武只有進場的時候跟著我一起，之後就跑去和他的同事們聊天喝酒，而我只能用面對天災的心情，告訴自己，我不是來玩樂的，我是來監督的，所以他不需要把我介紹給任何人，他沒有那個義務和責任，而且由他來介紹簡直糟透了。

「怎麼在這裡？」然後戴瑟薇出現了。

我原本以爲她是在對我說話，就用眼刀砍她，結果才發現她說話的對象是姜安武……我就像路上的一根柱子，用來襯托她的美好的。

因爲那就是姜安武看她的眼神，她周遭的一切都只是爲了彰顯她而存在。

在抵達會場前，姜安武這麼問過我：「妳知不知道我爲什麼會和瑟薇分手？如果知道能不能告訴我？我和她感覺挺合得來的。」

突然，我變得渺小的不見蹤影，只能呆站在那裡，等待不存在的誰來把我領走。

「嗨，今晚有趣嗎？」

戴瑟薇靠過來和我攀談的時候，我特別想扯她頭髮。

自小到大我和宋宓吵架從沒那樣做過，我覺得可惜，也許今天將有實踐的機會，如果戴瑟薇不肯乖乖走開的話。

我笑呵呵地撩了撩頭髮：「不錯，我今天已經被託付了十幾個電話號碼，日理萬機。」嘴硬是我的專長。

「聽起來不錯，有喜歡的嗎？我可以幫妳牽線。」她看起來人很好，但我就是不喜歡她。

這是世間的眞理，沒有情敵會相互喜歡的，她們只會相互扯後腿，相互陷害，所以她現在說的話也不是眞心的。

「有啊，就那個。」我笑著朝姜安武的方向抬了抬下巴。

「那眞可惜，他已經死會了。」戴瑟薇似笑非笑。

我用最挖苦的語氣：「妳確實知道妳只是個前女友吧？」

有那麼一瞬間，她看起來想撲倒我，我在心裡暗自祈禱她會那麼做，就讓她見識見識巴西柔道的精髓——可是她沒有，我考慮要不乾脆自己撲上去。

戴瑟薇喝了口杯裡的酒，若有所思地道：「在妳喜歡上他之前，他就喜歡妳了，是比妳的喜歡還深的喜歡……妳知道這一點吧？」

我心底那把野火騰騰地燎原了：「喔，所以妳現在想起來姜安武確實跟妳談過我。」

說什麼高中同學，害我糾結了這麼久，騙子！

她聳肩，一副無所謂的模樣：「在他還沒失憶之前，對，沒錯。」

我忍著沒發作，嗤了聲：「那妳現在怎麼不告訴他剛剛那些？」

「我稍微提了一點，可是他什麼也不記得。」她做了一個可笑的表情，對我說：「這不是很好的機會嗎？他現在是個空白、乾淨的男人了，沒有任何過去的陰影，不記得我們分手的原因，更重要的是，他愛我，搞不好他今晚會向我求婚。」

我大抵就是聽到最後一句話才失去理智、賞她巴掌的，但是她也扯了我頭髮，所以我們扯平。

……其實在姜安武把我拉開之前，我是想給她過肩摔的。

姜安武氣急敗壞地把我拉出餐廳，我還有心情跟他說拉拉扯扯很難看，再把手臂從他手中扯出來，理了理我身上的小洋裝。

姜安武拋下我，筆直往前行，背影清楚描述了「老子很生氣」幾個大字。

我也不吭聲，默默跟著。

他突然停下，回過身衝著我問：「妳到底想怎樣？」

我無辜地眨眨眼：「她也扯了我頭髮啊，說不定都禿一塊了，你幫我看看。」

他不把我的撒嬌當一回事，偏要追究：「妳少裝蒜，我親眼看到是妳先打她的。」

你要我要怎麼說？說那個女人不肯把我的事告訴你嗎？問題是你現在比較在乎她啊。

我撇開臉扁扁嘴，不管他怎麼凶狠地瞪我，都不肯再出聲。

末了，他嘆了一口又長又無奈的氣：「宋晶，我之前只是懷疑，當然現在還是，可是我現在得問個清楚，妳——是不是喜歡我？」

我一個激靈，直覺地回：「當然不是。」

說完我就埋頭快步向前走開，那態勢，是名為逃跑的狂奔。

可是不該是這樣。

我剎住腳步，再轉身，一氣呵成地走回他面前，抬頭對上他的眼睛。

「我剛剛說謊！所以你再問一次。」我就有本事趾高氣昂地承認錯誤。

他愣了愣，才明白過來，瞪著我又問一遍：「妳到底是不是喜歡我？」

「是，就是，從很久以前就喜歡了，所以你不要只看戴瑟薇，也給我一個機會！」我擺出最踐的姿態，這次說完，我不跑，不逃，就是維持平常的步伐走開。

後來想想，為免他會有疑問，又停下來。他站在原地，神情看起來滿臉莫名其妙又難以理解，我卻覺得他實在可憐到有點可愛，就靠過去，拍拍他的臉頰，以最溫柔的語氣告訴他：

「用不著想為什麼，因為我是宋晶。」

Chapter 22

傑克落網了。

身爲關係人，我去了一趟美國，透過種種事證物證人證，證明我和傑克欠稅逃亡的事無關，我也拿回屬於自己的那部分財物，雖然縮水了些，總歸還是一筆不小的數目，我這才放棄把傑克告到死的念頭，再說他並非只是逃稅，而是偷稅，意即不只隱匿財產，而是涉及了僞造、變造或擅自銷毀帳簿的罪刑，光是美國政府就有辦法讓他吃不完兜著走，我只想轉身離開這灘混水，因爲我想到了運用這筆錢的最好方式。

在飛回台灣前，我在機場打了通電話給姜安武。

自那晚過後，我們還沒怎麼說過話，不是他避著我，是因爲隔天我就接到傑克被逮的消息，便匆匆忙忙趕來美國處理。

所以電話接通時，我幾乎有點認不出他的聲音……太緊繃了。

他說了兩個字，宋晶。

就這樣輕輕震盪了我整個心頭，讓我明白我該死的必須把他追回來。

於是我問他：「你願不願意跟我約會？」

我差點還補了一句，一次就好，後來想想還好忍著沒說，那太掉價。

但我還是說：「我知道你有前女友，但沒有女朋友，所以跟我約會並不構成任何道德上的罪惡感，你只要花個幾天，用不同的角度來認識我，我保證我值得，好嗎？」

他迅速抓出關鍵字：「幾天？」

我聽不出他的語氣是好還是不好，可是我裝出最快樂的聲音：

「我們出國去約會吧！」

「……妳又在想什麼？」他警覺得很。

「拜託嘛！」聽出他想拒絕，我立刻拋棄尊嚴地哀求，又覺得難堪，稍微糾正了語氣：「我是說我通常不求人的，所以我跟你交換條件吧。如果你和我一起去，回來以後，你還是覺得前女友比我好，我就不再煩你。」

他嘆了口氣：「宋晶……」

我又急忙補充：「而且你還不用出半毛錢，就當度假，你我分房，行吧？」

……

飛機是早上八點二十。

旅行社要求提前兩個小時在機場集合，所以不到六點我就準備好了，六點整姜安武準時走出房間，提著簡單的行李，我頓時鬆了口氣。

「喏，早餐，三明治？蛋餅？燒餅油條？還是飯糰？」我指了指桌上豐富的外帶早點。

他正在戴手錶：「飯糰。」

我立刻把飯糰送到他面前，可能氣勢太萬馬奔騰，他往後退了一步。

「……謝謝。」

我笑得是靦腆中帶點嬌俏，他打開塑膠袋，咬了一口，挑眉對我點點頭。

「好吃？」

他咬得太大口，只能發出含糊的聲音。

我看了一眼：「滷蛋給我。」然後就伸手挑走帶有他齒痕的滷蛋。

他嗆到猛咳，好不容易才擠出一句：「我吃過了。」

「嗯，現在我也吃到了，味道眞的不錯。好了，該走了。」我不以爲意地又說：「順帶一提，這飯糰是在三條巷子外跟一個騎機車的老伯伯買的。」

後來他特別怕我再搶，吃得躲躲藏藏。

各自提著行李等電梯時，我裝作漫不經心地問：「你確定要去？」

他盯著樓層顯示，「是妳要我給妳一個機會的，還有，別忘了妳的交換條件。」

我士氣滿滿，「喔，我保證你不會失望。」

姜安武突然睨了我一眼：「我不確定，畢竟這只是第一次約會，妳就要和我一起過夜。」

我琢磨了幾秒才意識到他挖苦我的人品，正好電梯來了，他率先進去，一副沒事狀，我錯過反應時間，只能含恨。

和之前那次的行程顚倒，這次我們從新加坡玩到馬來西亞。

這是我所能找到行程最相近的旅行團，所以第一天我們就到金沙娛樂城看水舞秀。

由於整團成員大都是大媽，就代表會有過多的關心，幸好姜安武在和長輩相處這件事情上有修爲，深得大媽們的心，連導遊都嫉妒他，而我則嫉妒掛在他手臂上的大媽，怎麼能笑得如此花枝亂顫啊花枝亂顫。

我拿了兩杯啤酒，趕在水舞秀開始之前，用凶神惡煞的眼神把湊過來說要和姜安武拍照的大媽們給驅離，再醞釀出生人勿近的冷漠氣氛，大媽們終於也有知難而退的時候。

「妳懂不懂敬老尊賢？」姜安武接過啤酒，嘴上倒是沒饒過我。

我邊說眼神邊掠過他，直瞪向他身後蠢蠢欲動的大媽群：「我們這是在約會啊，不接受拍打餵食的。」

姜安武倒是對著我搖頭，才暢飲啤酒。

我也跟著喝了一大口，眺望前方依舊不變的場景，水舞燈光秀用震撼的音樂做爲開場。

「所以這就是妳說的，我牽了妳的手的那個地方？」他直白地問起。

我哆嗦了下。

你說有沒有人像你這樣一探手就直搗黃龍的？也不顧慮顧慮我這顆少女心。

深呼吸一大口，我看向他的側臉：「你想起什麼了？」

他有點抱歉地搖頭。

我聳聳肩，眼睛又落向水舞，欣賞了一會兒，才又淡定地開口：「是啊，我正帶著你回顧我們的歷史。」

放下啤酒，我握住他空著的右手，用十指交合的方式緊緊扣著，表情盡量不露出一絲遺憾，對他笑了笑。

「我眞心希望你能好好想想那個時候爲什麼要牽我的手。就在這裡，而我當時的男友就站在我旁邊，你還是牽了我，那是我人生中最重要的場景之一。」

「我不記得了。」姜安武的眼神有點空洞，有點透明，但反射出我。

我靜靜地把頭靠在他的肩膀手臂處，「沒關係，你只要想想看就好，而我也只要這樣牽著你就好。」

他輕輕掙扎，我用力扯了下他的手臂，阻止他的反抗：「姜安武，這是約會的基本套裝行程，你要是反悔是很沒職業道德。」

「……沒聽過約會也講求職業道德的。」

我想我一定很萌他這種帶點臉紅的嘴硬和彆扭，約莫是情人眼裡出西施的緣故。

「我得爭取我該爭取的權益，所以你別抗拒，再說讓我牽著靠著，你很划得來的，因為我——」

「妳是宋晶。」他很順地替我接下去。

我抿著嘴角，只曬出一點小得意，然後靠了回去。

「不知道水舞能不能許願。」我低聲問。

「有這種說法嗎？」他瞧了我頭頂一眼，氣息都噴在我的頭髮上。

我搖搖頭，甩不掉的熱度直往心裡鑽：「不知道，但我現在很想許願。」

許一個就算他不會懂，我也不覺得可惜的願望。

孫燕姿唱過的，千萬記得天涯有人在等待，路程再多遙遠，請你不要不回來，因為我還在。

那天晚上，我帶他去飯店一樓的美食街吃我們曾經一起吃過的肉脞麵。

我問他，你記得這件事嗎？

他想了想：「字很難唸，外帶加兩毛費用，但魚丸很脆。」

我大笑：「沒錯，新加坡的魚丸都很脆，脆得快變成這裡的家鄉味，我饞得很。」

吃完麵，並肩走過當初他爲了不讓我看見前男友和他的EX胡搞瞎搞，而把我壓在牆上的地方，我一個興起就把這件事跟他說了，還鬧著他再把我壓在牆上一次。

他給了我一個極致的白眼，死活不肯，說壓牆是件矯情的事，瓊瑤奶奶的戲裡才有得看，只有馬大哥才會這麼做。

我說話不是這樣講，前陣子我看過一個調查，日本女生最愛男生把她們壓在牆上，這是一項新興的男主角技巧，他得學會並善用才可以。

後來被我鬧得厲害，他半推半就壓了，我笑呵呵，他約莫被我傳染，本來板著的臉也笑了，於是我笑得更開懷，沒人搔我癢也能笑成這樣，眞是奇才。

這一刻，我們在彼此眼中都是亮晶晶的。

也許正因爲如此，他伸手撩了我臉頰沾著的髮絲，爲我順到耳後，眼神出奇溫柔。

我停止笑聲，唯獨嘴角還有笑意，我問：「你爲什麼這樣看我？」

「我想，我聽過妳的笑聲。」他向我靠近了些。

「我有沒有說過我很喜歡你的聲音？」我主動勾著他的脖子，把他拉近。

「我也是——」他則主動彌補了剩下的距離。

我閉上眼，準備迎接我們的初吻。

不過他的手機鈴聲打斷一切。

他的鼻子擦過我的臉頰，把臉埋在我的肩膀上幾秒鐘，才拿出手機。

「是……我得接這通電話。」他尷尬地說完，退開了。

我從他的臉上就能看出電話是誰打的，這種來自前女友的磨難，我是見識過體驗過的，這就叫該死的上天捉弄——沒辦法，祂開過我們玩笑，祂可以做更多次。

可惜的是，我幾乎能感覺他唇上的溫度……就差那麼一點。

那天晚上，我打了通電話給小星。

只要我一談戀愛，我的朋友大多會被這樣疲勞轟炸，尤其以她爲主，否則我們爲何能保持十幾年的交情？

我告訴她，姜安武試圖要吻我，這情況比以前好多了，他本來根本不可能會有這種舉動，他心底深處一定明白我是他最愛的人。

小星冷冷回我：「妳憑什麼這麼以爲？」

這種被澆冷水的感覺挺差的，我立刻爭辯：「他說他記得我的笑聲，這不就證明他其實記得我，只是現在想不起來，但是感覺什麼的，是不會變的啊。」

小星用最理性的語氣勸說：「晶晶，對妳來說也許光是如此就跟中樂透一樣開心，聽在我這個旁觀者耳裡，我倒覺得他約莫就是享受了一場不錯的約會，而且還是第一次，妳知道這代表什麼嗎？」

「什麼？」我不甘願地問。

「妳還可以有第二次機會，但不表示你們已經在一起。如果是平常，我會建議妳等個幾天再約他出去，可是你們現在在國外，妳最好表現出矜持的尊嚴和態度，不要讓他覺得妳這麼好上……鉤。」

我感到厭煩，「妳知道這種態度已經害得我們錯過彼此多少次嗎？至少三次！我現在最不需要的就是矜持。」

小星說：「現在情況不同——」

我偏要打斷她，偏不聽，「我知道，他失憶了，又有個前女友來搗亂，情況看似烏煙瘴氣，但我們一定可以度過的，妳要是看到他看著我的眼神，就會知道我說的是眞的。」

「這只是對妳而言。」

「才不是。」說完，不想再聽她唱衰，我就掛了電話。

這間渡假飯店和多年前一模一樣，什麼都沒有改變的程度，讓我一踏進去，就想打電話再痛罵車賢秀一頓。

還好有別的事情讓我分心了。

這天是行程第四天，馬來西亞在這非雨季的時候卻罕見地下起雨來，剛開始天空還隱約有點陽光，到了下午連水上活動都停止了，說是海象不好……不知道他們會不會禁止遊客晚上去沙灘。

我趁導遊忙著和櫃檯人員Check in，抓了個服務人員想請他幫忙，姜安武卻突然靠過來，我只好把服務人員打發走。

「宋晶，那些阿姨們說晚上要去飯店的包廂唱KTV，妳要不要去？」

我一聽，連忙阻止：「不去，你也別去，晚上九點的時候，你來沙灘找我，OK？」

他看了眼外頭的天氣，「如果下雨的話怎麼辦？」

我瞪大眼睛，吩咐他：「也來，不准不來，這是約會，你記得吧？」

他聳聳肩，不置可否。

但是到了晚上，雨勢還眞不是普通的大。

我從六點便待在大廳等雨停，到時候如果能逮到一個空檔，我就要塞一大堆鈔票給服務人員，請他們幫我在沙灘上也排個大愛心，不，寫字好了，就寫我愛你？我其實喜歡你很久了？你前女友是個混蛋？好吧，等雨停了再看看。

偏偏雨它就是不肯停。

八點，我們那團的大媽們出來看到這等風雨，也放棄到海邊的包廂高唱鄧麗君了。

八點五十分，姜安武走進大廳，手上拿著一把黑色折疊傘，正在觀察雨勢，我在他撐起傘走出去前叫住他。

他邊收傘邊說：「看樣子去沙灘不太方便。」

我撇嘴：「我問過導遊，他說現在不是雨季，這雨下得也沒道理，應該很快就會停。」

他故意看了眼手錶：「我想想，這雨大概已經連續下了十二個小時，差不多還要多久才會停？」

我固執地堅持：「會停的。」

他嘆了口氣，卻接受了我的堅持：「那就走吧，反正就是沙灘上有什麼妳非得讓我看的東西。」

我咬著下唇：「現在不行。」

「已經要九點了。」他提醒我約定的時間。

「雨一直下，我沒辦法準備。」我只能埋怨。

「不如我們回台灣後，妳再拿相片什麼的給我看？」

「那就不一樣了。」我很激動。

「會嗎？」他轉著又撐開的傘，心有旁鶩的樣子。

我被他不在乎的模樣給惹惱：「當然，感受程度就不一樣，心情也會不一樣，說不定你看到以後會因爲太感動，記憶就恢復了。」

他臉色有點僵硬，「那妳現在說給我聽，也可以吧。」

我喉頭一噎，還眞不知道該怎麼說。

畢竟當年又不是他跟我在海邊耍浪漫，是他跑去海邊偷看我和車賢秀耍浪漫，大受打擊……這種事要我怎麼說？

「算了，你先回房，如果我準備好了，我再去找你。」

他忽然語重心長：「宋晶，其實不必這樣。」

我假裝聽不懂他的意思，隨口敷衍了句怎樣，就馬上推著他回房。

姜安武上樓前都還用不苟同的眼光望著我，我只得端出最好看的笑容朝他活力十足地揮手，目送他進電梯。

結果，我等了整晚，雨都沒停過。

隔天雨還是滴滴答答地下，第一個行程是市區觀光。

我決定揮別昨晚的失敗，因爲今天有個重要的行程——國家英雄紀念碑，就是那個我和他一起哼了那首《江山萬里心》的地方，就是他逼著我一起各買了張畫，再強迫我和他交換的地方。

離開飯店前，我還有另一件事情要和他一起做。

我在飯店餐廳找到正在吃早餐的姜安武。

住進他家後，他常跟我聊起以前家裡的事，聊起他的外公和外婆，說到他們一個是老師，一個是退伍軍人，對他的各種姿勢都很要求，學寫毛筆字也是爲了糾正他寫字的姿勢，還有就是用餐的禮儀。

很難想像一個長得挺像農夫的傢伙，居然擁有貴族等級的用餐禮儀，這應該就是所謂的反差萌。

「嘿，早安。」我拿著兩張明信片和兩支筆在他面前坐下。

他淡淡睨了我一眼。

「昨天晚上你有等我嗎？」

「沒，十點就睡了。」他的語氣特別凶狠特別生氣，要我怎麼相信？

我伸出一根指頭戳戳他，笑得挺曖昧。

他臉色鐵青，「妳再不快點吃早餐，所有人都只等妳一個了。」

「我已經吃過啦。整晚沒睡，我根本是最早吃的那個。」我手撐著下巴，看向窗外，雨勢已經小了許多，可是現在也沒時間搞沙灘點蠟燭這招了。

「我想起一件事。」他說。

我眼睛立刻亮起，等著他繼續往下說。

「以前好像有聽說妳常參加縣市的游泳比賽，每次都是妳自己報名，自己練習，連指導老師都是找跟體育無關的別科老師掛名？」他邊吃邊說話，也沒嘖得到處都是，眞是優秀啊。

「是啊。」會提起這個……難道是想起他給我送過花那件事？

他卻說：「妳一定是個在達到目的之前絕對不放棄的人。」

我臉上的笑容差點掛不住，「就這樣？」

他用「不然呢」的眼神掃向我。

我嘖了聲，「快點吃一吃，這裡有張明信片，你好好寫寫。」

「爲什麼？」

「唉，讓你寫你就寫，廢話那麼多幹麼？」我說完，就埋頭開始寫我自己那張。

姜安武吃完早餐，默默拿了明信片和筆，我忍著不去偷看他寫的內容，同時遮遮掩掩地寫完自己的。

我問：「好了沒？」

他白了我一眼：「妳很吵。」

我立刻發難：「你不能這樣說，現在還是在約會期間，你要像個被我吸引的男人，好好對待我、愛護我、恭維我——」

他打斷我，「寫好了。」

「包容我、理解我、以我爲中心。」我邊瞪他邊把話說完，才說：「那我們去櫃檯寄吧。」

「妳去寄，我行李還放在房間。」他懶洋洋地支使我。

我抓緊他的手，不客氣地道：「一起寄，這樣我才不會不小心看到你寫什麼。」

「我沒差。」

「我不想。」

「那就別看。」

「我忍不住。」

……

英雄紀念碑裡賣畫的依舊只有一攤，可是攤主變成一個外型非常像偶像明星的年輕人。

這裡是最後一個我爲姜安武準備的地點，看不到當年那個大叔，我感到特別惋惜……雖然其實我也記不得大叔長得是圓是扁了。

「姜安武，這裡。」一下車我就不顧旁人怎樣，導遊怎樣，直直往前衝。

姜安武跟在我後頭，慢悠悠地邁著以他那雙長腿來說太短的步伐，急得我直想催他，後來又想人都到了還有什麼好催，他早晚會走過來。

我就待在畫攤前踱步等他，他一到，不等他說上半句，我立刻風風火火開場：

「你挑張畫。」

「幹麼？」他掃了一眼畫攤，態度簡慢到我想巴他腦門。

「你挑一張給我，我挑一張給你。」

姜安武二話不說指了一張，我還抱怨他決定得太快。我花了十分鐘才選好我的，當我故意和攤主討價還價給他看時，他卻蹲在地上研究幾張背景是夜晚的畫。

我靠過去，「如何？要換嗎？」

他拿了兩幅在比較，隨口回：「不用，就剛剛那張。」

我不解，「所以你還要買？」

「嗯，挑一幅最喜歡的回去作紀念。」

「……我不是很懂，所以你剛剛是隨便挑的？」

他終於抬頭瞥了我一眼，「不是。可是妳說要交換，我當然選一幅沒那麼喜歡的，最喜歡的，就掛在我家了。」

「所以你挑了不是那麼喜歡的跟我換……」除了吶吶地重複這句話，我不知道該作何反應。

只是，姜安武，你以前會用自己最喜歡的和我換。

他逕自又挑了一張，找老闆結帳去，用帶著口音但是流利的英文，我記憶中好像很少聽過他開口說英文……爲什麼他以前願意依賴我，現在卻不願意了？

姜安武和大媽們不畏風雨到前頭去看紀念碑了，我姍姍落後，沒有跟上去。

我手中有兩幅畫，他說都給我，但還是付了其中一幅的錢。

這時我大概挺走神的，所以攤主跑來找我的時候，我嚇了一跳，也可能是因爲他從背後拍了我一記，我又聽不懂馬來語，還以爲他要搶劫。

那位偶像明星長相的攤主，用破爛的英文指了指自己的攤子，想把我帶過去，我向來對這種強迫推銷沒好感，就舉高袋子表示我已經買了，他一直搖頭，我眞是半推半就給他拖回去的。

看到攤子上另一位髮色灰白的大叔，我立刻明白了。

大叔用大大的笑容歡迎我，以稍微好些的英文告訴我他剛剛去了廁所，還跟我握手……我實在很想問他洗過手沒。

總之，大叔還記得我，記得我們，我再三確定過後，請他們等我，雀躍地跑去找姜安武。

紀念碑附近沒見著他的影子，一回頭才看到他在迴廊的另一頭拿著那幅他喜歡的畫在講電話，還眼眉帶笑。

爲何我不用問都知道他在跟誰通話？

我開心的步伐一瞬間變得殺傷力十足，衝過去就要搶他的手機。

他雖然眼明手快閃過了，卻被我不屈不撓的進攻給揮掉手機，手機掉在地上，機殼分屍，他急著要撿，我一個箭步把手機踢遠。

「妳發什麼神經！」他氣急敗壞地罵我，又跑去追手機。

我追在他身後，在他撿起手機前猛地一把搶走。

他沒有再跟我搶的意思，而是惡狠狠地瞪我。

「還來？」

「你告訴我，那幅畫是買給誰的？將來要掛在誰家？」

「我家。」

「說實話！」我氣得跺腳，多想把手機跺得稀巴爛。

「妳為什麼要這樣？」他不悅地問。

為什麼？大概是因為不懂我何必花錢和一個在旅途中買禮物討好前女友的男人出國！

「為什麼你要失憶？」我也大聲反嗆。

話一出口，我就知道失言，他臉上從憤怒到心力交瘁的疲憊，都只是一瞬間而已。

「夠了。」他捏了捏眉心，放棄了，「真的夠了，別再試了，這樣下去，對我們都沒有好處。」

我假裝沒聽見他的話，假裝剛才什麼也沒發生，「你跟我來，畫攤的老闆還記得我們，他可以告訴你上一次我們來的時候發生了什麼事。」

「宋晶，我說夠了。」他沒有動。

我急忙哀求，「聽一下就好了，如果他說完以後，你還是想不起來，我保證不會生氣，然後你想打電話給誰都可以，我電話借你呀，所以求求你……」

他堅定地搖頭，「可是我真的不想再讓妳失望了。」

當一個人下定決心後，瞳孔會宛如大理石一樣，堅硬得只能反射所有朝他扔去的東西，意即什麼也進不了他的眼，連我也是。

我茫然地問：「你不會再喜歡上我了，對不對？」

「妳希望我記得妳，可是我已經忘了啊。」他的語氣、神情都是苦澀。

我的眼眶一秒鐘就蓄滿眼淚，所以我連眨也不敢眨，直直瞪著他。

「可是你曾經那麼樣的喜歡過我。」

他沒有嘆氣，卻像嘆了很深的無可奈何。

「記不記得蛋的事？我問妳灑鹽還是醬油，妳卻提議了美乃滋。也許那是我生平第一次那麼做，可是眞的很好吃，那是我沒失憶以前絕對不會做的事。」

有一滴眼淚不小心掉出去了，我繃著臉轉向一邊，只要不承認那是眼淚，誰能說什麼。

姜安武繼續說：「我並不想傷害妳，我眞的很抱歉，但是對我來說，過去已經不是必要，記憶其實是每天推陳出新的，重要的是現在，我願意去創造新的回憶，妳懂嗎？」

我其實不懂，但我只能泣不成聲地點頭假裝我都懂，懂他的理由，懂他要離開我。

✦

桃園機場。

拿了各自的行李，我戴上墨鏡，面無表情地說：「我要直接回家，我的行李過幾天我再去你家拿。」

姜安武只是點了點頭，然後朝來接機的前女友走去。

我已經試過各種方法挽回，可是他的心已經不在我身上，對他而言，不，不管對他還是對我，都不公平。

小星說得對，他只是有了一次美好的約會，結束後，他做出選擇。

而我應該看清楚現實，他的記憶不會回來了，他也拒絕讓我再成為他生命中的一部分，我甚至會想……也許他是刻意忘了我的，因為就像他所說的，他要往前走了。

站在人群中，我拿下墨鏡，靜靜地目送他先離開。

他全身上下最顯眼的就是身高，不會讓人找不到。

高中時我覺得他那副身高很無用，開朝會如果他敢打瞌睡，老師就敢點名他來數落。

我曾經無恥地幻想過假如我倆接吻的話，他勢必得彎腰許多，結果我們的初吻對象不是對方，甚至初戀也不是，但他生平第一次喜歡上的人是我，而我第一次真心愛上的人是他。

說了那麼多，其實我由衷不懂，不懂我們倆為什麼偏就沒走到一塊兒，不懂他為什麼不去忘記前女友，偏偏忘了我。

明明他喜歡我，而我愛他。

要如何看著妳深愛的人，跟他說再見？當妳以為終於能擁有他的時候……

如果可以，我真的很希望他告訴我該說些什麼，才不會再失去他一次。

一個星期後，我終於鼓起勇氣去收拾留在姜安武家的東西。

結果替我開門的是戴瑟薇，我就想也許這輩子我都逃離不了前女友這角色的逆襲，真是鬱卒得我。

「要喝什麼嗎？」戴瑟薇雙手抱胸倚著客房的門框，帶著占盡優勢的態度。

我這時就很懊惱讓小星在樓下等我，她那等殺傷力加上我，我們都能掀起世界大戰了。

「用不著，我很快就能整理完。」言下之意，我也不想和她待在一起太久。

「也好。」戴瑟薇又說：「他去工作了。」

我用眼角餘光橫她一眼。她幹麼說這個，好像我有問她一樣。

「要不要聽聽我們分手的原因？」她唐突地問。

不要。

我心裡千百個不願意，卻沒有開口，不是因爲我想聽，是不想和她說話。

她卻自顧自地開口了：「我第一次向他表示好感的時候，他以認眞但客氣的態度跟我說了謝謝。我問他我哪裡不好，他說沒有不好，只是已經有一個就算有再多不好，他都覺得她是最好的人。他說我對某人來說一定也是這樣，所以要我不要浪費時間在他身上。」

他用我曾經對他說過的話來拒絕別人。

我正好收拾到內衣，差點都把內衣的鋼圈給扭壞了，我只能深呼吸，假裝沒在聽，並豎起耳朵。

戴瑟薇繼續說：「那個時候起，我就知道他心裡有著過去的影子，可是誰沒有？活到現在，每個人都一定談過幾場戀愛吧！我也有啊，但大家還是會繼續愛上別人。他卻說他不行，因爲他已經以自己的方式轟轟烈烈愛過某個人了，他非常肯定自己無法再來一次。

「我說沒關係，讓我們試試看，不用轟轟烈烈我也無所謂。我……我想我那時候眞的是很喜歡他的，否則自尊心很高的我不會這麼說。」

我默默放下內衣，去收拾不會失手破壞的東西，戴瑟薇的聲音追了過來。

「可是男女交往通常是這樣的，一開始說不在乎，最後還是會在乎。交往三個月，我就有預感他說的是眞的。別誤會，他對我很好，交往一年後他甚至和我母親都見過面了。」她頓了頓，對自己笑，我分辨不出那是不是自嘲，還是出於她的回憶中有哪些我不知道的有趣場景。

「你們見過彼此家長了？」我的聲音沙啞。

戴瑟薇淡淡地道：「他那邊的當然沒有，我想妳也知道原因，但他確實見過我母親。我是單親，又是獨生女，我媽一心急就問將來會不會結婚，何時結婚啊。我以爲他是回答不出來的，以爲他會翻臉，沒想到他很認眞地回答我媽，只要繼續這樣交往下去，總有一天會。那時，我眞的覺得我們有未來，那種錯覺深到我可以忽略他不是眞的愛我的事實，甚至可以假裝妳不曾存在。」

我終於停下瞎忙的動作，起身和她面對面。

她對我露出深刻的苦笑：「結果終究還是不行，在他給了我母親承諾後，妳的影子越來越清晰，令人難以忽略。我剛剛說過，我以爲他是有著『過去』的影子，可是不是，他有著的是『一直以來』的影子，而我只是在逞強。」

我沒有接話。

「所以在某個風和日麗的日子，我跟他坦白要分手了。畢竟在下雨天分手，豈不是讓人都自艾自怨起來了？」

我不知道，因爲姜安武拒絕我的時候，天空還飄著微微細雨，挺應景的。

戴瑟薇手裡把玩著髮尾：「我那時譴責他不知道愛是什麼。但其實我知道，沒有人會比他更明白，他用那麼多年，去愛一個也許根本不曾愛過他的女人，但他也就只懂得如何愛這一個女人，所以我們分手了……我一直很想親眼看看妳。一般都會這樣的吧？想要知道能讓自己喜歡的男人，那麼放不下的是怎樣的女人，長得漂亮嗎？人品如何？」

我面無表情，等待她痛快地批評我。

戴瑟薇上下打量了我好幾次，「當他打電話請我去接他那天，他跟我提起有個高中同學住在他家，我就猜到是妳，可是見到妳的時候，我心裡其實沒有任何感想，說白了我根本不認識妳，我認識的只有在他記憶中的妳，可是莫名就是有種敵對的感覺。」

我的語氣非常漠然：「無所謂，前女友本來就是讓人痛恨的存在。」

她笑了聲，似乎覺得有趣：「可是人生就是這樣，不到最後一刻，很難清楚誰才是誰故事裡的眞正女主角。」

「大概吧。」我很麻木，幾乎不把她的奚落當一回事。

我把行李箱扣上，拉起，準備離開。

她卻問：「妳後悔過嗎？擁有過機會卻沒把握。」

我居然停下腳步，非常認眞地想了好久，好久以後才整理好思緒。

「不，我只是難過。我總共錯過他三次，可是每一次他重新出現在我面前，都是最好的時候，不帶任何陰影地叫著我的名字，我卻一次又一次地從他面前轉身離去。他可以這樣喜歡我喜歡了那麼多年，現在的我卻連讓他心動超過一天都辦不到。我想……我想如果我們注定在一起，就會在一起……從現在起，我只是需要接受我們不是彼此的注定這件事。」

在情敵面前落淚是最難堪的事，我還是做了。

今天早上出門時，宋宓語重心長地跟我說，記憶不會遺忘，它一直在那裡，只是想不起來。

我問她是聽哪個醫生說的。

她回我，醫生有沒有說她不知道，但電影上這麼說過。

……所以就是這樣了。

我戴上墨鏡，仰起下巴，經過戴瑟薇身邊時留下最後的話。

「他不是把我忘了，只是藏起來而已。」

藏進了記憶之中。

Chapter 23

失戀需要多久以後才能眞正不痛、不難過？

我還沒找到答案，所以我天天哭給別人看，如果可以，我甚至希望就這樣哭到天荒地老、世界末日，這樣我多少會覺得最可憐的人不是只有我。

小星來找我時，我拿著馬克杯，跟個活屍一樣在家裡亂走，偶爾碰了牆，還會停下來用腦門叩牆，小星死活把我拖走安置在客廳沙發上，我雙手抱腿，頭還跟起乩一樣一直點。

小星扳住我的頭：「妳這樣還配得上宋晶這個名字嗎？」

我掙脫開她的手，又站起來，繼續閒晃，大抵活屍都這樣，我憑什麼不一樣？

小星只得跟在我旁邊：「妳別這樣，妳這樣難過、這樣痛苦，他也不會知道，他也不會回來。」

我聽到這裡就大哭了。

「那妳說我要怎麼辦？我現在比合夥人捲款逃跑還悲慘啊，非常非常悲慘啊，妳不要告訴我太陽還會升起這種鬼話，就是太陽升起了也跟我無關啊，我失戀了啊，我管太陽升起幹麼……」

小星把我帶回房間，讓我躺著，我一沾床，又立刻抱著被子痛哭失聲。

「我不會說太陽星星月亮，但是我不說這些，我還能說什麼？唱首歌給妳聽？」

我悶在被子裡吸鼻子：「……唱蘇打綠的《說了再見以後》。」

「……」

她不唱，我自己唱，唱「你會不會剪去黃了的回憶」，唱「低頭想找你卻只剩倒影」，唱「我試著騙自己有散也有聚」，最想唱「這該死的回憶，拉長千萬里，全是想你」。

唱過一遍又一遍，唱到變成一把菸槍嗓，我終於停止這種自虐式的唱腔，走神地瞪著天花板，此刻它就是我的仇人。

「小星，我真的好難過，我這輩子從來沒有這麼難過過，即使親眼目睹前男友劈腿的場景都沒有，我覺得自己好像活不下去了……」

「活不下去還活著才叫失戀啊，否則就是失去性命了。」小星在床沿坐下。

「聽起來失去性命還比較沒那麼難過。」我挺認真的。

「那都只是現在。總有一天妳會再回去翻看那些屬於你們的回憶，時間要過多久我不清楚，也許一年、兩年，也許等到妳老到走不動的時候，在這之前，妳只能習慣與這種疼痛相處，不要太正視它，適時逃避它，等待能夠面對它的時候……」小星的聲音變得好溫柔，我從沒聽過。

我轉頭望著她問：「那時會怎樣？」

小星只是笑了笑，那種落寞和惆悵的痕跡掛在嘴角，也是個有故事的孩子。

大概就是從這個時候起，我停止哭泣了……只有偶爾真的忍不住了才哭。

一天哭一次，兩天哭一次，一個星期哭三次……到想起來才哭一次，那樣的日子，我努力了三個月才終於做到。

可是，只要想到姜安武，我還是會哭。

於是我開始等待小星說的那一天。

我開始工作，回到人群之中，體會自己的渺小，好像疼痛也會因此不再膨脹，我才能好好呼吸。

有一天，我和宋宓外出吃完飯回家，兩個人都喝了點小酒，所以直到走近家門前，才注意到門口蹲坐著一團巨型黑影，嚇得我們倆抱在一塊連袂尖叫，挺姊妹的。

還好黑影本人迅速抬起頭，露出一張能夠表明身分的長相。

姜安武——這三個字滑過我心頭時，我發現已經可以把激動都留在心裡，我沒有哭，只是不知所措。

宋宓說了聲先進去，就進屋裡去了。

姜安武站起身，那身高真是即刻產生壓迫感。

我略略退了兩步，「你……」

「我有件事情想問妳。」他說，我才注意到他臉上有種心力交瘁的頹廢。

「……好啊。」我慢慢靠過去，和他一起靠著牆。

他琢磨著開口：「妳是不是早就知道我和瑟薇分手的原因是妳？」

我皺眉，沉默了一分鐘那麼久，卻還是支吾：「不對……其實也是……」

他焦灼地望著我。

我深呼吸，「也不是早就知道，但是她跟我提過，就在我去你家收拾行李那天。」

他用雙手抹了抹臉，顯得更消沉疲憊。

「你為什麼突然想問這件事？」我輕輕碰了他的肩膀一下，當他抬起頭就拿開，表示我這只是出於朋友的關心，與我的心情無關。

「她一直跟我說我們是因為聚少離多才會分手，直到有個知情的同事不小心說溜嘴……」他瞪著前方，表情怎麼就有點迷離。

我聽出他大概是和她吵了一架才跑來問我，我試圖站在他的角度想，這大概會讓他有種形似背叛的感覺，是欺騙。

「妳為什麼不告訴我？」他問。

我垂下眼，看著遠方行駛而來的車燈，「因為我答應過你了，如果你喜歡前女友比較多，我不會再煩你。沒錯，我還是可以那麼做，可是在別人背後捅一刀不是我會做的事，如果我真的做了，估計你也不會喜歡，我希望你是心無旁騖地愛上我。」

他出於禮貌，保護性地站在我面前，同樣看向經過我們的車子，呢喃著：「也是。」

我出神地望著他的肩頸處，鎖骨的凹陷，短短的髮尾，如果可以，我真想不顧一切抱住他，把臉貼在那裡。可是我只是在他退開時，跟著移開目光。

那晚，送走他形單影隻的背影後，我沒有哭，只是惆悵。

✦

雨下得真大。

我撐著下巴往外看，路上沒有什麼俊男美女在雨中重逢或相撞的小浪漫，只有在現實生活中疾走避雨的人們。

我有個理論。

那就是我們每個人都是一個小星球，我們都莫不相干地轉著，好久好久才交會一次，那是千載難逢的機會，錯過了這次就再等千載，等難逢。

不過這樣是好的，總比每天都見到自己的衛星好。例如在這間法院附近的咖啡廳裡，都是見過的熟面孔，打過同一場官司的檢察官，或是下一次開庭的對立律師，每天碰面的法警，這些都是我的衛星，三不五時要相見的，見了就三不五時特想把他們踹飛。

小小的咖啡廳裡都是些塵世俗事，很容易讓人迷失。

約莫是表情太迷失，所以姜安武來到我面前的第一句話就是問候我好不好。

我很想告訴他其實我就是在感嘆人生，與他的出現沒有關係，我怕他誤會了，會造成他的負擔，但是我沒有說，我就是活生生地看他看傻了眼。

別誤會，這不是什麼電影場景，不是什麼偶然重逢，我已經從三十分鐘前的那通電話知道他要來，我只是……只是懷念。

——相隔半年，總會這樣的。

他瞄了眼牆上的時鐘，「抱歉遲到了，這附近很難停車。」

「對，這附近很難停車……」我低聲複述他的話，心裡想著他的頭髮長長了。

他噗哧笑了出來，「這句我剛剛說過了。」

我臉就紅了。宋晶，當個成熟幹練的女人，鏗鏘有力些。

「你說要還給我的東西是什麼?」我用質問對方當事人的語氣問。

姜安武從濕淋淋的外套裡拿出一張明信片交給我，我接過時，紙張都透著受潮後的柔軟，眞不知道他把車停在哪裡才跑過來的，早知道就挑間有附設停車場的餐廳。

「我上個禮拜才收到。」他說。

我先轉到正面，夜晚的粉紅清眞寺，是我半年多前寄給他的明信片。

「我倒是沒收到。」

「……我當時不是寄給妳。」他有點尷尬。

我就嘴硬，「我是說我自己也給自己寄了一張，到現在還沒收到，大概寄丟了。」

「再等等吧。導遊說過，馬來西亞人生性浪慢，浪費時間慢慢來。」

換我噗哧一笑，引來坐在門口附近的一個男人的目光，是三天前和我打民事官司的律師，讓我印象深刻的一個人，因爲他在法官面前對我的當事人咄咄逼人，對我也咄咄逼人，誰曉得下了法庭卻跟我要電話。

我再看看坐在右前方的那個檢察官，對，他也跟我要過電話;窗戶反射出倒影的那個中年律師還約我吃過晚餐——他們大概很好奇現在跟我坐在一起的這個男人是什麼身分，他甚至不是穿西裝打領帶，只是牛仔褲加一件舊舊的飛行外套，腳上不是皮鞋，是穿得很爛的工作靴。

「宋晶。」姜安武屈指敲了敲桌面，幫助我回神。

「嗯?」

「妳不看看寫了什麼嗎?」他看了眼我拿在手上的明信片。

「這是我寫的明信片，我當然知道寫了什麼。」我邊說邊把明信片蓋在桌上。其實是上面寫了太多噁心巴拉的情話，我根本沒勇氣翻到背面，幸好我的字這麼多年以來也沒變過，依舊不堪入目，約莫他看得懂的也不多。事實上我以爲他收到以後就會丟掉，既然他沒有，我看清明掃墓的時候一起燒了吧。

話題突然結束，空氣陷入一股尷尬的沉默。

我想這就是該離開的訊號，「我還有事，所以——」

「我想我欠妳一句謝謝。」他的話拉住了我的腳步。

「關於什麼？」我只好又坐回去。

「在我失憶後也沒有試圖改變我的過去。」

他喝了口咖啡，一副情況太複雜、不想多說的模樣。

我想起半年前那個晚上，他多麼唐突地出現在我家門口，如果有人試圖扭曲他的歷史，肯定是那個前女友。

他轉而又說：「妳沒告訴我，我是因爲妳而錯過太空人訓練，我記得我都已經準備辭職了，卻一直想不起來後來沒去成的原因。」

現在跟我清算這個？

「等等，你恢復記憶了？」我定定地注視著他，彷彿他是外星來的。

「不，不是，宋宓她……我們有保持聯絡，她告訴我一些關於我們的事。」

我撇嘴，假裝一點都不在乎，用諷刺的語氣說：「對，我記得那件事，對不起，讓你爲了生死不明的我浪費了大好機會。」

他笑彎了眼角，語帶感嘆：「我在想怎麼妳就那麼喜歡以前的那個我。」

我有點訝異他怎麼會這麼想，忙解釋：「不是的，我不是喜歡以前的你，我喜歡的是你，就只是你，不管你變成怎樣。」

姜安武沉默了，我想那代表這句話我說得太晚了。

「現在我知道了。」良久，他這麼說。

我注視已經見底的咖啡杯，正在想這個轉折會把我們帶到什麼地方。嗯，可能只是一個老朋友般的擁抱再互道再見。

我清了清嗓，「所以你今天是想來確認什麼嗎？」

「應該。」姜安武意味深長地凝望著我。

我悄悄轉移開目光，「都確認了嗎？」

「應該。」他抿出一個深刻的笑容。

……我困惑了。

我又一次看著姜安武走出我的視野。

不過也好，也許我們都需要把事情講開，現在他知道了，應該能安心結婚了……沒錯，我是趁著喝咖啡的時候偷看他的手上有沒有戒指，那又不犯法。

「宋晶，剛才那位是妳的男朋友？」那位讓人印象深刻的律師在姜安武走後靠過來。

我正要回答，一個穿了至少十來個耳洞的服務生拿了一個禮物盒子給我，說是剛才穿著工作靴的男人要他轉交給我的。

我眉心擠了個不到川字的小二，把盒子打開，最先映入眼簾的是張鮮黃的便利貼字條，寫著「小心妳的肝」，黏在一瓶廣告打很大的養氣人參上；接著又是一張便利貼寫著「小心妳的胃」，黏在另一盒胃藥上；再來是一張他在修理飛機時拍下的照片，上頭的便利貼寫著「小心妳會寂寞」。

我從原本掛著淺笑到大笑出聲，很難解釋此刻那種身體又暖又興奮的激動，我沒想到他眞的去看了《愛・重來》那部電影。

最後，盒子底躺著一朵玫瑰，便利貼上則是問句：「和我一起吃晚餐好嗎？」

我抬頭對著虛空哈了一聲，又把那張便利貼多看了幾次，有點難以置信。

「宋晶，那個男的到底是誰？」不請自來的傢伙還在窮追猛打。

我開始將東西塞回盒子裡，「只是一個約會的對象。」

「喔，我以爲——」

蓋上盒蓋，我跳起來，笑得非常開懷，打斷他自以爲是的高論：「但是是以結婚爲前提跟他約會的，抱歉，我要去吃晚餐了，再見。不，以後不要再打電話給我了。」

我本來已經跑到門口，猛地想起忘在桌上的明信片，又奔回來拿，離開前對著一屋子曾經或者未來可能要約我的人大聲嚷嚷：

「還有你們其他人也是！」

說完，我不顧雨下得有多大，不顧有人想替我撐傘，就抱著盒子衝出去。

姜安武就在我眼前，相隔一條馬路的距離，同樣不顧淋濕，望著我揮手，臉上都是放慢動作的燦爛笑容。

我看了旁邊靦腆地笑了，再對他揮舞手中的明信片。

愛是什麼呢？

愛應該就是即使分別站在對街，即使一句話也沒有，只是看到對方，我們都能對著彼此大笑。

姜安武，不管你記不記得，我都深深記得。

我們已經錯過三次了，四是個太不吉祥的數字，因此不會再有第四次了。

所以我發誓，在你需要的時候，隨時當你需要的宋晶，不再抱怨你失憶，願意用看動作片的熱情陪你看《宇宙大探索》，不管你做了什麼惹我生氣，都不會用過肩摔對付你。

並保證不管我們以何種方式分開，都會讓你再一次愛上我。

（全文完）

後記
記憶中的味道

有沒有什麼現在已經吃不到的味道是讓你很懷念的？

大約是我國小還是國中的時候，7-11曾經賣過一種奶油海鮮焗飯，大概和現在還看得到的咖哩飯是同時推出的，可是咖哩它還死皮賴臉地撐著，焗飯卻早就拜拜了。

我甚至還寫信去詢問為什麼要淘汰奶油海鮮焗飯而不淘汰難吃的咖哩——我從以前就是個很愛針對客服人員發牢騷的小屁孩——得到什麼回答我忘了，但總歸不會是讓我滿意的，否則我現在就不會用過去式來形容這焗飯，我想很多人別說沒吃過，連見都沒見過吧，眞沒想到連討論7-11賣什麼都能洩漏年紀。

差不多也在小學時期，家裡附近原本是夜市用地的外圍有一攤豆花店和一攤鹽酥雞，兩攤都是值得用「世界第一」來形容的味道。結果夜市用地成了學校以後，小攤子就都收了，後來火媽還說看到豆花攤的老闆在大賣場當保全，眞是可惜他那神一般的手藝了，我再也沒吃過讓我如此懷念的豆花。

在更久更久之前，做為半個眷村孩子的我，人生第一個失去的味道是關東煮。

現在提到關東煮，大家一定都會想著去7-11吃就好了，再不然夜市也都有啊——會這樣想的人就代表你們沒吃過什麼叫做一等一的湯頭、一等一的黑輪、一等一的米血和蘿蔔，而我在小學之前就嘗過了，我幸運。

那是在火媽娘家眷村裡的一間小攤子，攤子就在老闆家門口，我們四個小孩全入座也就客滿了，每天下午店一開張，我們那氣勢是比除夕搶頭香還激進地往那攤裡衝，估計連排iPhone 6的蘋果粉都沒我們熱血。

那間關東煮攤子，好像也在我上小學之前店就收了，我人生的味覺輝煌期在我還不懂自己名字怎麼寫的時候都過去了……

眷村另一個讓人懷念的味道，則是在我大學時紅到連外地人都會特地開車來買的蔥油餅，當然在眷村時時被政府威脅要拆的現在，店主夫婦倆早已沒做了，而且倆人的年紀也都快可以稱作祖奶奶、祖爺爺了，眞讓他們繼續做下去，也顯得挺不敬老尊賢。

前面提到的那些味道，大抵這輩子我都不可能再吃到了。

不過，因爲火媽個人喜好的緣故，趁著眷村蔥油餅老店要關之前，她去拜師學了一手回來，總算讓我保留了一種用不著只能在記憶中品嘗的味道。

最近火媽的興趣就是給我們做蔥油餅，甚至開玩笑地喊著要創業，拉我做她的第一個不支薪員工，三不五時幫她剪蔥搗南瓜。

但我嫌不支薪員工聽起來不夠強悍，就自主決定我的職銜叫做「創意總監」，因爲我爲她發揮了我「說得一口好菜」的專長，讓她做出了連百貨公司地下美食街都比不上的超好吃南瓜餅，所以我不做創意總監誰能做？

某天我們邊吃餅邊嘮嗑，討論如果印名片，店名要印什麼。

我說店名是什麼不重要，重要的是要注明手工和純天然，強調我們的競爭優勢。

火媽不以爲然反問：「那如果客人打電話來問你是哪裡天然？蔥是你自己種的嗎？要怎麼辦？」

我立刻回：「那你就告訴他，蔥是我自己去買的，如果還要再天然一點，就說是我自己走路去買的。」

說完我們倆嗑著餅差點沒笑到岔氣。

我還加碼又模擬了一下，假設有更刁鑽的客人問：「那手工在哪裡？」，就回他：「咱們不只餅連名片都是手工做的。」

我媽立刻說：「好，將來名片讓妳寫。」

由於我媽在用人方面，向來是走一種物盡其用還兼回收再利用的環保概念，而我想我在品牌定位上有超乎常人的執行力，我辦得到。

說到「記憶中」這件事，我能提的就是吃的了，而宋晶和姜安武之所以錯過那麼多次，就是我這輩子懷念多少吃不到的味道的數目總和——當然如果你相信我現在說的，那你就要小心詐騙集團了。

最後我想謝謝大家用無比的耐心和愛心看完這個從頭到尾男女主角連個吻都沒有的愛情故事，然後如果將來這個故事又能上什麼排行榜的話，我就用毫不別出心裁的方式，在臉書粉專上深沉地再謝一次。

屠火火

城邦原創 長期徵稿

題材

(1) 愛情：校園愛情、都會愛情、古代言情等，非羅曼史，八萬字以上，需完結。
(2) 奇幻/玄幻：八萬字以上，單本或系列作皆可；若是系列作，請至少完稿一集以上，並附上分集大綱。

如何投稿

電子檔格式投稿（請盡量選擇此形式投稿）

(1) 請寄至客服信箱service@popo.tw，信件標題寫明：【投稿城邦原創實體書出版／作品名稱／真實姓名】（例：投稿城邦原創實體書出版／愛情這件事／徐大仁）
(2) 稿件存成word檔，其他格式（網址連結、PDF檔、txt檔、直接貼文於信件中等）恕不受理；並請使用正確全形標點符號。
(3) 請附上真實姓名、性別、聯絡電話、email、POPO原創網會員帳號、作者簡介與出版經歷。
(4) 請加入POPO原創市集(www.popo.tw/index)申請成為作家會員，並將投稿作品公開放上該網站至少4萬字，若想全文公開也可以。

紙本投稿

(1) 投稿地址：10483台北市民生東路二段149號6樓A室
城邦原創實體出版部收
(2) 請以A4紙列印稿件，不收手寫稿件。
(3) 請附上真實姓名、性別、聯絡電話、email、POPO原創網會員帳號、作者簡介與出版經歷。
(4) 請自行留存底稿，恕不退稿。
(5) 請加入POPO原創市集(www.popo.tw/index)申請成為作家會員，並將投稿作品公開放上該網站至少4萬字，若想全文公開也可以。

審稿與回覆

(1) 收到稿件後，約需2-3個月審稿時間，請耐心等候通知。若通過審稿，編輯部將以email回覆並洽談合作事宜，如未過稿，恕不另行通知。
(2) 由於來稿眾多，若投稿未過，請恕無法一一說明原因或給予寫作建議。
(3) 若欲詢問審稿進度，請來信至投稿信箱，請勿透過電話、部落格、粉絲團詢問。

其他注意事項

(1) 請勿抄襲他人作品。
(2) 請確認投稿作品的實體與電子版權都在您的手上。
(3) 如果您的作品在敝公司的徵稿類型之外，仍然可以投稿，只是過稿機率相對較低。

國家圖書館出版品預行編目資料

藏在記憶中／屠火火著. -- 初版. -- 臺北市；城邦原創, 民 104.01
面；公分. --（戀小說；34）

ISBN 978-986-91055-5-2（平裝）

857.7　　103023862

藏在記憶中

作　　者／屠火火
企畫選書／楊馥蔓
責任編輯／楊馥蔓

行銷業務／林政杰
總 編 輯／楊馥蔓
總 經 理／伍文翠
發 行 人／何飛鵬
法律顧問／元禾法律事務所　王子文律師
出　　版／城邦原創股份有限公司
台北市中山區民生東路二段 141 號 6 樓
電話：(02) 2509-5506　傳眞：(02) 2500-1933
E-mail：service@popo.tw
發　　行／英屬蓋曼群島商家庭傳媒股份有限公司城邦分公司
聯絡地址：台北市中山區民生東路二段 141 號 11 樓
書虫客服服務專線：(02) 25007718．(02) 25007719
24小時傳眞服務：(02) 25001990．(02) 25001991
服務時間：週一至週五09:30-12:00．13:30-17:00
郵撥帳號：19863813　戶名：書虫股份有限公司
讀者服務信箱 email：service@readingclub.com.tw
城邦讀書花園網址：www.cite.com.tw
香港發行所／城邦（香港）出版集團有限公司
地址：香港灣仔駱克道 193 號東超商業中心 1 樓
email：hkcite@biznetvigator.com
電話：(852)25086231　傳眞：(852) 25789337
馬新發行所／城邦（馬新）出版集團 Cité(M)Sdn. Bhd.
41, Jalan Radin Anum, Bandar Baru Sri Petaling,
57000 Kuala Lumpur, Malaysia.
電話：(603) 90578822　傳眞：(603) 90576622
email:cite@cite.com.my

封面設計／黃聖文
電腦排版／浩瀚電腦排版股份有限公司
印　　刷／漾格科技股份有限公司
經 銷 商／聯合發行股份有限公司
電話：(02)2917-8022　傳眞：(02)2911-0053

■ 2015 年（民 104） 1 月初版　　Printed in Taiwan
■ 2019 年（民 108） 7 月初版 8 刷

定價／250元

ISBN　978-986-91055-5-2